Milan Kundera

Risibles amours

Traduit du tchèque
par François Kérel

NOUVELLE ÉDITION
REVUE PAR L'AUTEUR

Gallimard

Titre original :

SMĚŠNÉ LÁSKY

Milan Kundera est né en Tchécoslovaquie. En 1975, il s'installe en France.

Personne ne va rire

1

« Verse-moi encore un verre de slivovice », me dit Klara, et je ne fus pas contre. Nous avions trouvé pour ouvrir la bouteille un prétexte qui n'avait rien d'extraordinaire, mais qui tenait : je venais de toucher ce jour-là une assez jolie somme pour une longue étude parue dans une revue d'histoire de l'art.

Si mon étude avait fini par être publiée, ça n'avait pas été sans mal. Ce que j'avais écrit n'était qu'épines et polémiques. C'est pourquoi la revue *La Pensée plastique*, avec sa rédaction grisonnante et circonspecte, avait refusé ce texte que j'avais finalement confié à une revue concurrente, moins importante il est vrai, mais dont les rédacteurs sont plus jeunes et plus irréfléchis.

Le facteur m'avait apporté le mandat à la faculté, ainsi qu'une lettre. Lettre sans importance et que je parcourus à peine le matin, frais émoulu de ma toute nouvelle grandeur. Mais une fois de retour à la maison, tandis que l'on approchait de minuit et que le niveau baissait dans la bouteille, pour nous amuser je pris cette lettre sur mon bureau et la lus à Klara :

« Cher camarade — et si je peux me permettre d'user de ce terme — cher collègue — pardonnez à un homme auquel vous n'avez jamais parlé de votre vie de prendre la liberté de vous écrire. Je m'adresse à vous pour vous prier de bien vouloir lire l'article ci-joint. Je ne vous connais pas personnellement mais je vous estime, car vous êtes à mes yeux l'homme dont les opinions, le raisonnement, les conclusions m'ont toujours paru corroborer de manière surprenante les résultats de mes propres recherches... » Suivaient de grands éloges de mes mérites et une requête : il me demandait d'avoir l'obligeance de rédiger une note de lecture à l'intention de la revue *La Pensée plastique* qui, depuis six mois, refusait et dénigrait son article. On lui avait dit que mon avis serait décisif, de sorte que j'étais désormais son seul espoir, la seule lueur dans ses ténèbres têtues.

Klara et moi, nous échangions toutes sortes de blagues sur ce M. Zaturecky dont le nom pompeux nous fascinait ; des blagues, bien entendu, tout à fait cordiales, car l'éloge qu'il m'avait adressé me rendait généreux, surtout avec une bouteille d'excellente slivovice à portée de la main. Si généreux qu'en ces instants inoubliables j'éprouvais de l'amour pour le monde entier. Ne pouvant faire des cadeaux au monde entier, j'en faisais du moins à Klara. Et sinon des cadeaux, du moins des promesses.

Klara, avec ses vingt ans, était une jeune fille de bonne famille. Que dis-je de bonne, d'excellente famille ! Son père, ancien directeur de banque, et représentant par conséquent de la grande bourgeoisie, avait été expulsé de Prague vers 1950 et il était allé s'installer au village de Celakovice, à une distance respectable de la capitale. Sa fille, mal notée par la section des cadres, travaillait comme couturière devant une machine à coudre dans l'immense atelier d'une entreprise de confection pragoise. Ce soir-là, assis en face d'elle, j'encourageais son penchant pour moi en lui vantant à la légère les avantages de la place que je promettais de lui procurer avec l'aide de mes amis. J'affirmai qu'il était inadmissible qu'une aussi charmante fille perdît sa beauté devant une machine à coudre et je décidai qu'elle devait devenir mannequin.

Klara ne me contredit pas et nous passâmes la nuit dans une heureuse harmonie.

2

Nous traversons le présent les yeux bandés. Tout au plus pouvons-nous pressentir et deviner ce que nous sommes en train de vivre. Plus tard seulement, quand est dénoué le bandeau et que nous examinons le passé, nous nous rendons compte de ce que nous avons vécu et nous en comprenons le sens.

Je m'imaginais, ce soir-là, boire à ma réussite et

je ne me doutais pas le moins du monde que c'était le
vernissage solennel de ma fin.

Et parce que je ne me doutais de rien, je m'éveillai
de bonne humeur le lendemain, et tandis que Klara
dormait encore d'un sommeil heureux je pris l'article
joint à la lettre de M. Zaturecky et me mis à le lire au lit
avec une indifférence amusée.

L'article, intitulé *Un maître du dessin tchèque,
Mikolas Ales*, ne méritait même pas cette demi-heure
distraite que je lui accordai. C'était un ramassis de
lieux communs accumulés sans le moindre sens du
développement logique, sans la moindre idée originale.

C'était, incontestablement, une ineptie. Ce que le
docteur Kalousek, rédacteur en chef de la revue *La
Pensée plastique* (personnage au demeurant des plus
antipathiques), me confirma le jour même par téléphone. Il m'appela à la faculté et me dit : « As-tu reçu
la dissertation de M. Zaturecky ? Eh bien, rends-moi le
service de rédiger cette note, cinq spécialistes lui ont
démoli son article, mais il continue d'insister et il
s'imagine que tu es la seule et unique autorité. Ecris en
quelques lignes que ça ne tient pas debout, tu es bien
placé pour cela, tu sais être acerbe, et il nous fichera la
paix. »

Mais quelque chose en moi se rebiffa : Pourquoi
devais-je être, justement moi, le bourreau de M. Zaturecky ? Etait-ce moi qui touchais pour cela un salaire
de rédacteur en chef ? Je me rappelais d'ailleurs fort
bien que *La Pensée plastique* avait jugé prudent de
refuser mon étude ; en outre, le nom de M. Zaturecky
était fortement lié pour moi au souvenir de Klara, de la

bouteille de slivovice et d'une belle soirée. Et enfin, je ne vais pas le nier, c'est humain, je pourrais compter sur les doigts de la main et probablement sur un seul doigt les gens qui me prennent pour « la seule et unique autorité ». Pourquoi me faire un ennemi de cet unique admirateur ?

Je terminai l'entretien avec Kalousek par quelques mots spirituels et vagues que chacun de nous pouvait considérer comme il l'entendait, lui comme une pro-messe et moi comme une échappatoire, et je raccro-chai, fermement résolu à ne jamais écrire de note de lecture sur M. Zaturecky.

Je pris donc du papier à lettres dans mon tiroir et j'écrivis à M. Zaturecky une lettre où j'évitais soigneu-sement de formuler une appréciation quelconque sur son travail et lui expliquais que mes idées sur la peinture du XIXe siècle sont en général tenues pour erronées, surtout à la rédaction de *La Pensée plastique*, si bien que mon intervention risquerait d'être plus nuisible qu'utile ; en même temps, j'accablais M. Za-turecky d'une éloquence amicale où il ne pouvait pas ne pas voir une marque de sympathie à son égard.

Aussitôt cette lettre mise à la boîte, j'oubliai M. Zaturecky. Mais M. Zaturecky ne m'oublia pas.

3

Un beau jour, comme je venais de terminer mon
cours (j'enseigne l'histoire de la peinture), la secrétaire,
Mme Marie, affable dame d'un certain âge qui me
prépare le café et répond que je ne suis pas là quand se
font entendre au téléphone d'indésirables voix féminines, vint frapper à la porte de la classe. Elle passa la
tête et me dit qu'un monsieur m'attendait.

Les messieurs ne me font pas peur. Je pris congé de
mes étudiants et sortis le cœur léger dans le couloir où
un monsieur de petite taille, en costume noir usé et
chemise blanche, me salua. Puis il m'annonça très
respectueusement qu'il s'appelait Zaturecky.

Je fis entrer mon visiteur dans une pièce vide, lui
offris un fauteuil et j'engageai la conversation d'un ton
jovial, parlant de tout et de rien, du vilain été que nous
avions et des expositions pragoises. M. Zaturecky
acquiesçait poliment à mes futilités, mais cherchait
aussitôt à rattacher chacune d'elles à son article qui se
trouva soudain entre nous dans son invisible substance
comme un irrésistible aimant.

« J'écrirais bien volontiers une note sur votre
travail, dis-je enfin, mais je vous ai expliqué dans ma
lettre que personne ne me tient pour un spécialiste de
la peinture tchèque du XIXᵉ siècle et qu'en plus je ne
suis pas dans les meilleurs termes avec la rédaction de
La Pensée plastique où l'on voit en moi un moderniste

invétéré, si bien que même une appréciation favorable
de ma part ne pourrait que vous nuire.

— Oh ! vous êtes trop modeste, répliqua M. Zaturecky. Comment un spécialiste comme vous peut-il
être aussi pessimiste sur sa position ! On m'a dit à la
rédaction que tout dépendait désormais de votre avis.
Si vous êtes favorable à mon article, il sera publié.
Vous êtes ma seule chance. Ce travail représente trois
années d'études, trois années de recherches. Tout est
maintenant entre vos mains. »

Avec quelle insouciance et de quel pauvre métal
forgeons-nous nos subterfuges ! Je ne savais que répondre à M. Zaturecky. Levant machinalement les yeux
pour le regarder en face, je vis d'innocentes petites
lunettes démodées, mais aussi une profonde ride
énergique, tracée verticalement sur son front. Dans un
bref instant de lucidité, un frisson parcourut ma
colonne vertébrale : Cette ride attentive et opiniâtre ne
reflétait pas seulement le martyre intellectuel de son
propriétaire penché sur les dessins de Mikolas Ales,
mais une force de volonté peu commune. Perdant toute
présence d'esprit, je ne parvenais plus à trouver
d'excuses suffisamment habiles. Je savais que je ne
rédigerais pas cette note de lecture mais je savais aussi
que je n'avais pas la force de le dire en face au petit
homme suppliant.

Je me mis à sourire et à proférer de vagues
promesses. M. Zaturecky me remercia en disant qu'il
reviendrait bientôt se renseigner ; je le quittai avec des
sourires plein la bouche.

Il revint effectivement quelques jours plus tard, je

parvins adroitement à l'éviter, mais on m'annonça le lendemain qu'il m'avait de nouveau demandé à la faculté. Je compris que ça tournait mal. J'allai aussitôt trouver Mme Marie afin de prendre les mesures qui s'imposaient.

« S'il vous plaît, Marie, si jamais ce monsieur revient et me demande, dites-lui que je suis parti faire un voyage d'études en Allemagne et que je ne serai pas de retour avant un mois. Autre chose : tous mes cours ont lieu le mardi et le mercredi. Désormais, je ferai mes cours le jeudi et le vendredi. Seuls mes étudiants en seront informés, ne le dites à personne et ne modifiez pas l'emploi du temps. Il faut que je passe dans la clandestinité. »

4

Peu de temps après, M. Zaturecky vint effective-ment me demander à la faculté et parut désespéré quand la secrétaire lui annonça que j'étais précipitam-ment parti pour l'Allemagne. « Mais c'est impossible ! M. l'assistant doit écrire une note sur mon article ! Comment a-t-il pu partir comme ça ? — Je n'en sais rien, répliqua Mme Marie, mais il sera de retour dans un mois. — Encore un mois..., se lamenta M. Zatu-recky. Et vous ne connaissez pas son adresse en Allemagne ? — Je ne la connais pas », dit Mme Marie.

Et j'eus la paix pendant un mois.

Mais le mois passa plus vite que je ne l'imaginais et M. Zaturecky se retrouva dans le bureau de la secrétaire. « Non, il n'est pas encore rentré », lui dit Mme Marie, et quand elle me vit, elle me demanda d'un ton suppliant : « Votre bonhomme est encore venu, qu'est-ce que vous voulez que je lui dise ? — Dites-lui, Marie, que j'ai la jaunisse en Allemagne et que je suis à l'hôpital à Iéna. » « A l'hôpital ? Mais c'est impossible, M. l'assistant devait écrire une note de lecture sur mon article ! s'écria M. Zaturecky quand la secrétaire lui annonça cette nouvelle, quelques jours plus tard. — Monsieur Zaturecky, dit la secrétaire d'un ton de reproche, M. l'assistant est gravement malade à l'étranger, et vous ne pensez qu'à votre article ! » M. Zaturecky rentra la tête dans les épaules et sortit, mais quinze jours plus tard, il était de nouveau là : « J'ai envoyé une lettre recommandée à Iéna. La lettre m'est revenue ! » « Je vais devenir folle avec votre bonhomme, me dit Mme Marie le lendemain. Ne vous fâchez pas, mais que vouliez-vous que je lui dise ? Je lui ai dit que vous étiez de retour, il faut vous débrouiller tout seul avec lui ! »

Je n'en voulais pas à Mme Marie, elle faisait ce qu'elle pouvait et, d'ailleurs, j'étais loin de m'avouer vaincu. Je me savais insaisissable. Je ne vivais plus que clandestinement, je faisais clandestinement mes cours le jeudi et le vendredi, et je venais, toujours clandestinement, le mardi et le mercredi, me tapir sous la porte cochère d'un immeuble, en face de la faculté, et je m'amusais du spectacle de M. Zaturecky qui guettait ma sortie de la faculté. J'avais envie de me mettre une perruque et une barbe postiches. Je me prenais pour Sherlock Holmes, Jack l'Eventreur, l'Homme invisible cheminant à travers la ville. J'étais d'excellente humeur.

Mais un jour, M. Zaturecky finit par se lasser de faire le guet et frappa un grand coup contre Mme Marie. « Mais enfin, quand le camarade assistant fait-il ses cours ? — Vous n'avez qu'à consulter l'emploi du temps, répliqua Mme Marie en désignant sur le mur un grand tableau quadrillé où l'horaire des cours est indiqué avec une clarté exemplaire.

— Je sais, dit M. Zaturecky qui ne s'en laissait pas conter, mais le camarade ne vient jamais faire son cours le mardi, ni le mercredi. Est-il en arrêt de travail ?

— Non », répondit Mme Marie, gênée.

Et le petit homme accabla alors Mme Marie. Il lui reprocha de ne pas avoir mis l'emploi du temps à jour. Il demanda ironiquement comment il se pouvait qu'elle ignorât à quel moment les professeurs faisaient leurs cours. Il annonça qu'il allait porter plainte contre elle. Il vociféra. Il déclara qu'il allait également se plaindre du camarade assistant qui ne faisait pas ses cours. Il demanda si le recteur était présent.

Par malheur, le recteur était là.

M. Zaturecky frappa à la porte de son bureau et entra. Dix minutes plus tard, il était de retour dans le bureau de Mme Marie et lui demandait sèchement l'adresse de mon domicile personnel.

« 20, rue Skalnikova à Litomysl, dit Mme Marie.

— Comment cela, à Litomysl ?

— M. l'assistant n'a qu'un pied-à-terre à Prague et ne souhaite pas que j'en communique l'adresse...

— J'exige que vous me donniez l'adresse du domicile de M. l'assistant à Prague », s'écria le petit homme d'une voix chevrotante.

Mme Marie perdit courage pour de bon. Elle livra l'adresse de ma mansarde, de mon pauvre abri, de mon heureuse tanière où je devais être traqué.

5

Oui, mon domicile permanent est à Litomysl. J'ai là-bas ma mère et des souvenirs de mon père ; chaque fois que je le peux, je quitte Prague pour aller travailler et étudier à la maison, dans le petit logement de maman. De sorte que j'ai gardé l'adresse de ma mère comme adresse permanente. Mais à Prague je n'avais même pas été capable de trouver un studio convenable, comme il eût été nécessaire et normal, et j'habitais en sous-location dans un quartier périphérique, sous les toits, dans une petite mansarde entièrement indépendante dont je cachais autant que possible l'existence afin d'éviter l'inutile rencontre de visiteurs indésirables avec mes compagnes éphémères.

Je ne saurais donc prétendre que ma réputation dans l'immeuble fût précisément des meilleures. En outre, pendant mes séjours à Litomysl, j'avais plu-

sieurs fois prêté ma chambre à des camarades qui s'y
étaient si bien divertis que personne dans la maison
n'avait pu fermer l'œil de la nuit. Tout cela suscitait
l'indignation de certains locataires qui me livraient une
lutte sourde, laquelle se manifestait de temps à autre
par les avis que formulait à mon égard le comité de rue
et même par le dépôt d'une plainte au service du
logement.

A l'époque dont je parle, Klara, qui commençait à
trouver pénible de venir travailler à Prague depuis
Celakovice, avait décidé de dormir chez moi, d'abord
timidement et dans des cas exceptionnels, puis elle
avait déposé une robe, ensuite plusieurs robes, et au
bout de quelque temps mes deux costumes furent
écrasés au fond de l'armoire et ma mansarde fut
transformée en salon féminin.

J'avais un grand faible pour Klara ; elle était belle ;
il me plaisait que les gens se retournent sur nous quand
nous sortions ensemble ; elle avait treize ans de moins
que moi et cette circonstance ne pouvait qu'accroître
mon prestige aux yeux de mes étudiants ; en un mot,
j'avais mille raisons de tenir à elle. Cependant, je ne
voulais pas que l'on sache qu'elle habitait chez moi. Je
redoutais que l'on s'en prenne à mon brave propriétaire, un homme âgé qui se montrait discret et ne
s'occupait pas de moi ; je tremblais qu'il ne vînt un
beau jour, à son corps défendant et le cœur gros, me
prier de mettre mon amie à la porte afin de sauvegarder
sa bonne réputation. Klara avait donc reçu des instruc-
tions sévères lui enjoignant de n'ouvrir à personne.

Ce jour-là, elle était seule à la maison. Il faisait une

belle journée ensoleillée et dans la mansarde on étouffait presque. Elle s'était donc couchée nue sur mon divan et se consacrait à la contemplation du plafond.

C'est alors que tout à coup on se mit à tambouriner à la porte.

Il n'y avait pas de quoi s'inquiéter. Puisqu'il n'y a pas de sonnette à la porte de ma mansarde, les visiteurs sont bien obligés de frapper. Donc Klara ne se laissa pas troubler par ce vacarme et ne songea nullement à interrompre sa contemplation du plafond. Mais les coups frappés à la porte ne cessaient pas ; ils continuaient au contraire avec une tranquille et incompréhensible persévérance. Klara finit par devenir nerveuse ; elle se mit à imaginer devant la porte un monsieur qui retournait lentement et éloquemment le revers de son veston, et qui allait ensuite lui demander brutalement pourquoi elle n'ouvrait pas, ce qu'elle cachait et si elle était déclarée à cette adresse. Elle céda à un sentiment de culpabilité, cessa de fixer le plafond et chercha du regard l'endroit où elle avait posé ses vêtements. Mais les coups étaient si obstinés qu'elle ne put trouver, dans sa confusion, que mon imperméable accroché dans l'entrée. Elle l'enfila et ouvrit.

Sur le seuil, au lieu d'un méchant visage fouinard, elle ne vit qu'un petit homme qui la saluait : « M. l'assistant est-il chez lui ? — Non, il est sorti ! — C'est dommage, dit le petit homme et il s'excusa poliment. M. l'assistant doit écrire une note de lecture sur un article dont je suis l'auteur. Il me l'a promis et cette affaire est très urgente maintenant. Si vous permettez, je voudrais lui laisser au moins un message. »

Klara donna au petit homme du papier et un crayon et le soir je pus lire que le sort de son article sur Mikolas Ales était entre mes mains et que M. Zaturecky attendait avec respect que je rédige la note promise. Il ajoutait qu'il me demanderait de nouveau à la faculté.

6

Le lendemain, Mme Marie me raconta que M. Zaturecky l'avait menacée, qu'il avait vociféré et était allé se plaindre ; la malheureuse avait la voix qui tremblait, elle était au bord des larmes ; cette fois, je me mis en colère. Je ne comprenais que trop bien que Mme Marie, qui s'était jusqu'alors amusée de cette partie de cache-cache (plutôt par sympathie pour moi que par franche gaieté), se sentît maintenant offensée et vît naturellement en moi la cause de ses ennuis. Et si j'ajoutais à ces griefs le fait que Mme Marie avait dû révéler l'adresse de ma mansarde, que l'on avait tambouriné à ma porte pendant dix minutes et que l'on avait effrayé Klara, ma colère tournait à la fureur.

Et comme j'étais là, à arpenter le bureau de Mme Marie, à me mordre les lèvres, à bouillonner, à

imaginer une vengeance, la porte s'ouvre et M. Zaturecky paraît.

Dès qu'il m'aperçut, son visage s'illumina de
bonheur. Il s'inclina et me dit bonjour.

Il arrivait trop tôt, avant que j'aie eu le temps de
méditer ma vengeance.

Il me demanda si l'on m'avait remis son message de
la veille.

Je ne dis rien.

Il répéta sa question.

« Oui, répondis-je enfin.

— Et vous allez l'écrire, cette note ? »

Je le voyais devant moi : chétif, têtu, redoutable ; je
voyais la ride verticale qui dessinait sur son front le
trait d'une unique passion ; je voyais ce trait et je
compris que c'était une rectiligne déterminée par deux
points : par ma note de lecture et par son article ; et
que, hormis le vice de cette ligne maniaque, rien
n'existait pour lui dans la vie qu'une ascèse digne d'un
saint. Et je cédai à une malveillance salvatrice.

« J'espère que vous comprenez que je n'ai plus rien
à vous dire après ce qui s'est passé hier, dis-je.

— Je ne vous comprends pas.

— Ne jouez pas la comédie. Elle m'a tout dit. C'est
inutile de nier.

— Je ne vous comprends pas », répéta de nouveau
le petit homme, mais d'un ton plus énergique, cette
fois.

Je pris un ton jovial et presque amical : « Ecoutez,
monsieur Zaturecky, je ne veux pas vous faire de
reproches. Moi aussi, je suis coureur et je vous

comprends. Moi aussi, à votre place, je ferais volontiers des propositions à une jolie fille, si je me trouvais seul avec elle dans un appartement et qu'elle soit nue sous un imperméable. »

Le petit homme blêmit : « C'est une insulte !

— Non, c'est la vérité, monsieur Zaturecky.

— C'est cette dame qui vous a dit cela ?

— Elle n'a pas de secrets pour moi.

— Camarade assistant, c'est une insulte, je suis un homme marié ! J'ai une femme ! J'ai des enfants ! » Le petit homme fit un pas en avant, m'obligeant à reculer.

« C'est une circonstance aggravante, monsieur Zaturecky.

— Que voulez-vous dire ?

— Je veux dire que le fait d'être marié est une circonstance aggravante pour un coureur de femmes.

— Vous retirerez ces paroles ! dit M. Zaturecky d'un ton de menace.

— Entendu ! dis-je conciliant. Le mariage n'est pas nécessairement une circonstance aggravante pour un coureur de femmes. Mais peu importe. Je vous ai dit que je ne vous en voulais pas et que je vous comprenais parfaitement. Mais il y a tout de même une chose qui me dépasse, c'est que vous puissiez exiger qu'un homme rédige une note de lecture sur votre article, alors que vous essayez de séduire son amie.

— Camarade assistant ! c'est M. Kalousek, docteur ès lettres, rédacteur en chef de la revue *La Pensée plastique*, périodique publié sous les auspices de l'Académie des sciences, qui vous réclame cette note et vous devez l'écrire !

— Choisissez ! Ma note de lecture ou mon amie. Vous ne pouvez pas vouloir l'une et l'autre !

— Comme vous vous conduisez ! » s'écria M. Zaturecky, en proie à une colère désespérée.

Chose étrange, j'avais tout à coup le sentiment que M. Zaturecky avait réellement eu l'intention de séduire Klara. J'éclatai et me mis à crier à mon tour : « Vous vous permettez de me faire la morale ? Vous qui devriez me présenter vos plus plates excuses devant notre secrétaire ! »

Je tournai le dos à M. Zaturecky qui sortit de la pièce en titubant, désemparé.

« A la bonne heure ! » dis-je avec un soupir après ce combat difficile mais victorieux, et j'ajoutai à l'intention de Mme Marie : « Je pense qu'il va me fiche la paix avec cette note de lecture, maintenant ! »

Après un moment de silence, Mme Marie me demanda timidement :

« Et pourquoi ne voulez-vous pas lui rédiger cette note ?

— Parce que son article, ma petite Marie, est un tissu d'âneries.

— Et pourquoi n'écrivez-vous pas une note pour dire que c'est un tissu d'âneries ?

— Et pourquoi est-ce à moi de l'écrire ? Pourquoi faut-il que ce soit moi qui me fasse des ennemis ? »

Mme Marie me regardait avec un long sourire indulgent quand la porte s'ouvrit de nouveau ; M. Zaturecky parut, le bras tendu devant lui :

« On verra qui présentera des excuses à l'autre ! »

Il éructa ces mots d'une voix chevrotante et disparut.

7

Je ne me souviens pas exactement, le jour même ou quelques jours plus tard, nous trouvâmes dans la boîte une enveloppe sans adresse. Cette enveloppe contenait une feuille où l'on pouvait lire ces mots tracés d'une grosse écriture maladroite : Madame ! venez chez moi dimanche pour que nous parlions de l'injure qui a été faite à mon mari ! Je serai à la maison toute la journée. Si vous ne venez pas, je me verrai dans l'obligation d'agir. Anna Zaturecky, Prague III, Dalimolova 14.

Klara prit peur et commença à dire que j'étais responsable. Je balayai ses craintes d'un revers de main et proclamai que le sens de la vie c'est justement de s'amuser avec la vie, et que si la vie est trop paresseuse pour cela il faut lui donner un léger coup de pouce. L'homme doit constamment seller de nouvelles aventures, cavales intrépides sans lesquelles il se traînerait dans la poussière comme un fantassin fatigué. Quand Klara répondit qu'elle avait l'intention de ne seller aucune aventure, je lui garantis qu'elle ne rencontrerait jamais M. Zaturecky ni son épouse, et que l'aventure

que j'avais moi-même choisi de chevaucher je la
dompterais sans l'aide de personne.

Au matin, au moment où nous sortions de l'immeuble, le concierge nous arrêta. Le concierge n'est pas un
ennemi. Je lui avais sagement donné cinquante couronnes quelque temps plus tôt et je vivais depuis lors
avec l'agréable conviction qu'il avait appris à m'ignorer
et ne versait pas de l'huile sur le feu qu'entretenaient
contre moi mes ennemis de l'immeuble.

« Deux personnes vous ont cherchés hier, dit-il.

— Qui ça ?

— Un nabot avec sa dame.

— Comment était la dame ?

— Elle avait deux têtes de plus que lui. Une
femme très énergique. Sévère. Elle a demandé des
renseignements sur tout. » Puis, s'adressant à Klara :
« Surtout sur vous. Elle voulait savoir qui vous êtes et
comment vous vous appelez.

— Grand Dieu, qu'est-ce que vous lui avez dit ?
s'écria Klara.

— Que voulez-vous que je lui réponde ? Est-ce que
je sais qui vient chez M. l'assistant ? Je lui ai dit qu'il
en avait une nouvelle tous les soirs.

— C'est parfait, dis-je, et je sortis un billet de dix
couronnes de ma poche. Continuez comme ça !

— Ne crains rien, dis-je ensuite à Klara, dimanche
tu n'iras nulle part et personne ne te mettra la main
dessus. »

Vint le dimanche, et après le dimanche, le lundi, le
mardi, le mercredi. Il ne se passa rien. « Tu vois », dis-
je à Klara.

Mais le jeudi arriva. J'expliquai à mes étudiants, à l'occasion d'un cours comme à l'ordinaire clandestin, comment les jeunes fauves, avec ferveur et dans un généreux coude à coude, avaient libéré la couleur de l'impressionnisme descriptif, quand Mme Marie vint ouvrir la porte et me dit à mi-voix : « La femme de ce Zaturecky vous demande ! — Vous savez bien que je ne suis pas là, montrez-lui l'emploi du temps. » Mais Mme Marie hocha la tête : « J'ai dit que vous n'étiez pas là, mais elle a jeté un coup d'œil dans votre bureau et elle a vu votre imperméable accroché au portemanteau. Et elle vous attend toujours dans le couloir. »

Une impasse est le lieu de mes plus belles inspirations. Je dis à mon étudiant préféré : « Pouvez-vous me rendre service ? Allez dans mon bureau, mettez mon imperméable et sortez de la faculté ! Une femme va essayer de vous démontrer que vous c'est moi, mais vous avez justement pour mission de le nier à tout prix. »

L'étudiant sortit et revint un quart d'heure plus tard. Il m'annonça que la mission était accomplie, la voie libre et la dame envolée.

Pour cette fois, j'avais gagné.

Mais le vendredi arriva et en rentrant de son travail, le soir, Klara tremblait.

Ce jour-là, le monsieur courtois qui reçoit les clientes dans le joli salon de l'entreprise de confection ouvrit brusquement la porte qui donne sur le fond de l'atelier où Klara travaille, penchée sur sa machine à coudre, en compagnie de quinze autres ouvrières, et

cria : « L'une d'entre vous est-elle domiciliée 5, rue
du Château ? »

Klara comprit aussitôt qu'il s'agissait d'elle puisque 5, rue du Château, c'est mon adresse. Mais forte
de la prudence que je lui ai soigneusement inculquée,
elle ne broncha pas, car elle sait qu'elle habite chez
moi clandestinement et que ça ne regarde personne.
« C'est bien ce que je lui explique », dit le monsieur
courtois voyant que les ouvrières se taisaient, et il
sortit. Klara apprit ensuite qu'une sévère voix féminine l'avait obligé, au cours d'une conversation télé-
phonique, à examiner les adresses de toutes ses
employées et s'était efforcée, un quart d'heure durant,
de le convaincre que l'une d'elles devait habiter 5, rue
du Château.

L'ombre de M. Zaturecky se posa sur notre
mansarde idyllique.

« Mais comment a-t-elle fait pour découvrir où tu
travailles ? Ici, dans l'immeuble, personne ne sait rien
de toi ! » dis-je en élevant la voix.

Oui, j'étais réellement persuadé que personne ne
savait rien de notre vie. Je vivais comme ces originaux
qui croient échapper aux regards indiscrets, à l'abri de
hautes murailles, car ils omettent de tenir compte
d'un petit détail : que ces murailles sont de verre
transparent.

Je soudoyais le concierge pour qu'il ne révèle pas
que Klara logeait chez moi, j'astreignais Klara à la
discrétion et à la clandestinité les plus rigoureuses, et
malgré cela tout l'immeuble était informé de sa présence. Il suffisait qu'elle eût un jour engagé une

conversation imprudente avec une locataire du
deuxième étage, et l'on savait où elle travaillait.

Sans nous en douter, nous étions depuis longtemps découverts. Une seule chose restait encore
ignorée de nos persécuteurs : le nom de Klara.
C'est grâce à ce seul petit secret que nous pouvions
encore échapper à Mme Zaturecky qui engageait la
lutte avec un esprit méthodique et une obstination
qui me donnaient la chair de poule.

Je compris que ça devenait sérieux ; que cette
fois le cheval de mon aventure était joliment bien sellé.

8

Donc, cela c'était le vendredi. Et le samedi,
quand Klara revint de son travail, elle était de nouveau toute tremblante. Voilà ce qui s'était passé :

Mme Zaturecky était venue, accompagnée de
son mari, dans l'entreprise de confection où elle
avait téléphoné la veille, et avait demandé au directeur l'autorisation de visiter l'atelier avec son mari
et de voir le visage des couturières présentes.
Certes, une telle requête surprit le camarade directeur, mais devant l'attitude de Mme Zaturecky, il
était impossible de passer outre. Elle proféra quelques paroles inquiétantes où il était question de

diffamation, de vie brisée et de procès. M. Zaturecky
se tenait à côté d'elle, se taisait et fronçait les sourcils.

Donc, on les introduisit dans l'atelier. Les couturières levèrent la tête avec indifférence et Klara
reconnut le petit homme ; elle blêmit et continua de
coudre avec une trop voyante discrétion.

« Je vous en prie », dit le directeur avec une
politesse ironique au couple pétrifié. Mme Zaturecky
comprit qu'elle devait prendre l'initiative : « Eh bien,
regarde ! » dit-elle, encourageant son mari. M. Zaturecky leva son regard sombre qu'il promena d'un bout
à l'autre de la pièce. « Est-elle ici ? » demanda Mme
Zaturecky à voix basse.

Même avec ses lunettes, M. Zaturecky n'avait pas
le regard assez perçant pour embrasser d'un seul coup
d'œil ce vaste local en désordre, encombré de tout un
bric-à-brac et de vêtements accrochés à de longues
barres horizontales, avec les ouvrières turbulentes qui
n'arrivaient pas à se tenir immobiles face à la porte,
mais tournaient le dos, bougeaient sur leurs chaises, se
levaient ou détournaient le visage. M. Zaturecky dut
finalement se décider à s'avancer dans l'atelier pour les
examiner une à une.

Quand les femmes se virent ainsi dévisagées, et
pour comble, par un personnage aussi peu désirable,
elles éprouvèrent un sentiment confus de honte et
exprimèrent leur indignation par des quolibets et de la
grogne. L'une d'elles, une forte jeune femme, s'écria
avec insolence : « Il cherche partout la salope qui l'a
engrossé ! »

Le rire brutal et sonore des femmes s'abattit sur les

deux époux qui l'affrontèrent, timides et obstinés, avec une étrange dignité.

« Maman, cria l'insolente à Mme Zaturecky, vous surveillez mal votre gamin ! Si j'avais un aussi beau gosse, il ne mettrait pas le nez dehors !

— Regarde », chuchotait l'épouse à l'époux, et le pauvre petit homme, d'un air morose et timide, faisait pas à pas le tour de l'atelier, comme s'il avançait entre une double haie de coups et d'insultes, mais d'une démarche ferme, sans omettre d'examiner un seul visage.

Le directeur, pendant toute cette scène, souriait d'un sourire neutre ; il connaissait ses ouvrières et savait qu'il n'en viendrait pas à bout ; affectant de ne pas entendre leur tapage, il demanda à M. Zaturecky : « Mais comment était-elle cette femme, à la fin ? »

M. Zaturecky se tourna vers le directeur et répondit d'une voix lente et grave : « Elle était belle... elle était très belle... »

Pendant ce temps, Klara se recroquevillait dans un coin de la pièce, et contrastait avec toutes ces femmes déchaînées, par son air inquiet, sa tête penchée, son activité fébrile. Ah, comme elle jouait mal son rôle de jeune fille insignifiante et effacée ! Et M. Zaturecky était maintenant à deux pas de sa machine ; d'un moment à l'autre, il allait la dévisager !

« Vous vous souvenez qu'elle était belle mais ça ne signifie rien, fit courtoisement observer le camarade directeur à M. Zaturecky. Il y a beaucoup de jolies femmes ! Etait-elle grande ou petite ?

— Grande, dit M. Zaturecky.

— Etait-elle brune ou blonde ?

— Elle était blonde », répondit M. Zaturecky après une seconde d'hésitation.

Cette partie de mon récit pourrait servir de parabole sur le pouvoir de la beauté. Le jour où M. Zaturecky avait vu Klara, chez moi, il en avait été à ce point ébloui qu'il ne l'avait en fait pas vue. La beauté interposait devant ses yeux une sorte de diaphragme opaque. Diaphragme de lumière qui la dissimulait comme un voile.

Car Klara n'est ni grande ni blonde. Seule la grandeur interne de la beauté pouvait lui prêter aux yeux de M. Zaturecky l'apparence de la grandeur physique. Et la lumière qui émane de la beauté prêtait à ses cheveux l'apparence de l'or.

Quand le petit homme arriva enfin dans l'angle de la pièce où Klara, en salopette marron, se penchait, crispée, sur les pièces d'une jupe, il ne la reconnut pas. Il ne la reconnut pas car il ne l'avait jamais vue.

9

Quand, d'une façon décousue et pas très intelligible, Klara eut achevé son récit, je lui dis : « Tu vois, nous avons de la chance ! »

Mais elle se rebiffa en sanglotant : « Comment,

nous avons de la chance ? S'ils ne m'ont pas trouvée aujourd'hui, ils me trouveront demain.

— Je voudrais bien savoir comment.

— Ils viendront me chercher ici, chez toi.

— Je n'ouvrirai à personne.

— Et s'ils envoient la police ? S'ils insistent et te font avouer qui je suis. Elle a parlé de porter plainte, elle m'accuse d'avoir calomnié son mari.

— Je t'en prie ! Je les tournerai en ridicule. Tout cela n'était qu'une blague.

— L'époque n'est pas à la blague, on prend tout au sérieux par les temps qui courent ; ils diront que j'ai voulu délibérément salir sa réputation. Quand on le verra, comment veux-tu qu'on croie qu'il a voulu séduire une femme ?

— Tu as raison, Klara, dis-je, on va probablement t'arrêter.

— Tu dis des bêtises, répondit Klara. Tu sais qu'il faut que je sois prudente. N'oublie pas qui est mon père. Que je sois convoquée devant une commission pénale, même pour une enquête, ce sera dans mon dossier et je ne sortirai jamais de l'atelier. A propos, je voudrais bien savoir où ça en est, cette place de mannequin que tu me promets. Et puis je ne veux plus passer la nuit chez toi, ici j'aurais peur qu'on vienne me chercher, je vais retourner à Celakovice. »

Ce fut la première discussion de la journée.

Il y en eut une autre, l'après-midi du même jour, après la réunion du personnel enseignant du département.

Le directeur du département, grisonnant historien

de l'art et monsieur tolérant, me fit entrer dans son bureau.

« L'étude que vous venez de publier dessert plutôt votre situation, c'est une chose que vous savez, j'espère ? me dit-il.

— Oui, je le sais, répondis-je.

— Ici, à la faculté, plus d'un professeur se sent visé et le recteur estime que c'est une attaque dirigée contre ses idées.

— Que peut-on y faire ? dis-je.

— Rien, répondit le professeur. Mais les assistants sont nommés pour trois ans. En ce qui vous concerne, cette période va prochainement venir à expiration, et le poste va être pourvu par concours sur titres. Evidemment, il est d'usage que la commission attribue le poste à un candidat qui a déjà enseigné à la faculté, mais êtes-vous bien certain que dans votre cas on respecte cet usage ? Enfin, ce n'est pas de cela que je voulais vous parler. Jusqu'à présent, il y avait toujours un argument en votre faveur : vous faisiez vos cours honnêtement, vous étiez aimé des étudiants, et ils apprenaient quelque chose avec vous. Mais vous ne pouvez même plus tabler là-dessus. Le recteur vient de m'annoncer que vous n'avez pas fait de cours depuis trois mois et cela sans aucune excuse. Ce serait une raison suffisante pour vous congédier immédiatement. »

J'expliquai au professeur que je n'avais pas négligé un seul cours, que tout cela n'était qu'une blague et je lui racontai toute l'histoire de M. Zaturecky et de Klara.

« Très bien, je vous crois, dit le professeur, mais le

fait que je vous croie ne change rien à l'affaire. Maintenant on raconte dans toute la faculté que vous ne faites pas vos cours. La question a déjà été soulevée au comité d'entreprise et hier au conseil de faculté.

— Mais pourquoi ne m'a-t-on pas parlé de cela, à moi, auparavant ?

— De quoi voulez-vous qu'on vous parle ? Tout est clair, paraît-il. Maintenant, on examine rétroactivement toute votre conduite passée et on cherche un rapport entre votre passé et votre attitude présente.

— Que peut-on trouver de mal dans mon passé ? Vous savez vous-même comme j'aime mon travail. Je n'ai jamais sauté un cours. J'ai la conscience tranquille.

— Toute vie humaine a d'incalculables significations, dit le professeur. Selon la manière dont on le présente, le passé de n'importe lequel d'entre nous peut aussi bien devenir la biographie d'un chef d'Etat bien-aimé que la biographie d'un criminel. Examinez seulement à fond votre propre cas. On ne vous voyait guère aux réunions, et même quand vous y veniez, la plupart du temps vous vous taisiez. Personne ne pouvait savoir ce que vous pensiez au juste. Je me souviens moi-même, quand on discutait de choses sérieuses vous lanciez tout d'un coup une plaisanterie qui suscitait des doutes. On oubliait ces doutes sur-le-champ, mais aujourd'hui, quand on va les repêcher dans le passé, ils prennent soudain une connotation précise. Ou bien, rappelez-vous toutes ces femmes auxquelles vous faisiez répondre que vous n'étiez pas là ! Ou bien, prenons votre dernière étude, à propos de laquelle n'importe qui peut affirmer qu'elle est écrite à partir de positions politiquement suspectes. Bien sûr, ce ne sont que des faits isolés ; mais il suffit de les examiner à la lumière de votre présent délit pour qu'ils forment un ensemble cohérent qui illustre avec éloquence votre mentalité et votre attitude.

— Mais quel délit ! m'écriai-je. J'expliquerai publiquement les choses comme elles se sont passées ; si les êtres humains sont des êtres humains, ils ne pourront qu'en rire.

— Comme vous voudrez. Mais vous vous apercevrez que les êtres humains ne sont pas des êtres humains ou que vous ne saviez pas ce que sont les êtres humains. Ils ne riront pas. Si vous leur expliquez les choses comme elles se sont passées, on constatera non seulement que vous ne vous êtes pas acquitté de votre tâche comme il était prescrit dans l'emploi du temps, c'est-à-dire que vous n'avez pas fait ce que vous deviez faire, mais que, par-dessus le marché, vous avez fait vos cours clandestinement, c'est-à-dire que vous avez fait ce que vous ne deviez pas faire. On constatera ensuite que vous avez insulté un homme qui vous demandait de l'aider. On constatera que vous menez une vie dissolue, qu'une jeune fille loge chez vous sans être déclarée, ce qui produira une impression extrêmement défavorable sur la présidente du comité d'entreprise. La chose s'ébruitera certainement et Dieu sait quelles rumeurs cela va susciter, à la grande joie de tous ceux qui vous détestent pour vos idées mais préfèrent vous attaquer sous un autre prétexte. »

Je savais que le professeur ne cherchait ni à m'effrayer ni à m'induire en erreur, mais je le considé-

rais comme un original et je ne voulais pas céder à son
scepticisme. J'avais moi-même enfourché ce cheval ; je
ne pouvais donc admettre qu'il m'arrache la bride des
mains et m'emporte où il le jugeait bon. J'étais prêt à
livrer bataille.

Et le cheval ne refusait pas la lutte. En rentrant
chez moi, je trouvai dans la boîte aux lettres une
convocation à la prochaine réunion du comité de rue.

10

Le comité de rue siégeait autour d'une longue table
dans une ancienne boutique désaffectée. Un homme
poivre et sel, à lunettes et au menton fuyant, me
désigna une chaise. Je remerciai, je m'assis et il prit la
parole. Il m'annonça que le comité de rue m'avait à
l'œil depuis quelque temps, que l'on savait fort bien
que je menais une vie dissolue, ce qui produisait une
mauvaise impression sur mon entourage ; que les
locataires de l'immeuble où j'habitais s'étaient déjà
plaints de ne pas avoir pu fermer l'œil de toute une nuit
à cause du tapage dans mon logement ; que tout cela
suffisait pour qu'on se fît une juste idée de ma
personne ; et que pour comble, la camarade Zaturecky,
qui était la femme d'un travailleur scientifique, venait
de solliciter l'aide du comité de rue : je devais depuis
plus de six mois rédiger une note sur le travail

scientifique de son mari et je ne l'avais pas fait, bien que je sache parfaitement que le sort de ce travail était entre mes mains.

« Il est difficile de qualifier ce travail de scientifique, c'est une compilation d'idées reçues! fis-je observer, interrompant l'homme au menton fuyant.

— C'est curieux, camarade, intervint alors une blonde dans la trentaine, habillée en femme du monde, avec un sourire radieux collé (une fois pour toutes, semblait-il) sur son visage. Permettez-moi de vous poser une question : quelle est votre spécialité ?

— L'histoire de l'art.

— Et quelle est la spécialité du camarade Zaturecky ?

— Je n'en sais rien. Peut-être cherche-t-il à travailler dans le même domaine.

— Voyez-vous, s'écria la blonde en s'adressant avec enthousiasme aux autres membres du comité, pour le camarade un travailleur scientifique de sa spécialité n'est pas un camarade mais un concurrent.

— Je continue, dit l'homme au menton fuyant. La camarade Zaturecky nous a dit que son mari est venu te voir chez toi et y a rencontré une femme. Il paraît que cette femme l'a ensuite calomnié auprès de toi, en prétendant que le camarade Zaturecky avait cherché à abuser d'elle sexuellement. La camarade Zaturecky peut bien entendu produire des preuves irréfutables d'où il ressort que son mari est incapable d'un tel acte. Elle veut connaître le nom de cette femme qui a calomnié son mari et porter plainte auprès de la commission pénale du Comité national, car cette calomnie risque de nuire à son mari et de le priver de ses moyens d'existence. »

J'essayai tout de même encore une fois d'amputer cette affaire de sa pointe hypertrophiée : « Ecoutez, camarade, dis-je, tout cela n'en vaut pas la peine. Le travail en question est tellement faible que personne n'accepterait de le recommander, pas plus que moi. Et s'il s'est produit un malentendu entre cette femme et M. Zaturecky, ce n'est tout de même pas une raison pour convoquer une réunion.

— Heureusement, camarade, ce n'est pas à toi de décider de l'opportunité de nos réunions, me répondit l'homme au menton fuyant. Et si tu prétends maintenant que le travail du camarade Zaturecky ne vaut rien, il nous faut considérer cela comme une vengeance. La camarade Zaturecky nous a fait lire une lettre que tu as écrite à son mari après avoir pris connaissance de son travail.

— Oui. Mais dans cette lettre je ne dis pas un mot de la qualité de cette étude.

— C'est exact. Mais tu as écrit au camarade Zaturecky que tu l'aiderais volontiers ; et il apparaît clairement à la lecture de ta lettre que tu appréciais son travail. Et tu dis maintenant que c'est une compilation. Pourquoi ne pas le lui avoir écrit tout de suite ? Pourquoi ne pas le lui avoir dit franchement ?

— Le camarade est un homme à double face », dit la blonde.

A ce moment une femme d'un certain âge avec une indéfrisable intervint dans la discussion ; elle aborda d'emblée le fond du problème : « Nous voudrions que

tu nous dises, camarade, qui était cette femme que
M. Zaturecky a rencontrée chez toi. »

Je compris qu'il n'était manifestement pas en mon
pouvoir de retirer à cette affaire son absurde gravité et
qu'il ne me restait plus qu'une issue : brouiller les
traces, éloigner tous ces gens de Klara, les détourner
d'elle, comme la perdrix qui détourne le chien de
chasse de son nid en offrant son corps à la place du
corps de ses petits.

« C'est fâcheux, dis-je, mais je ne me rappelle pas le
nom de cette femme.

— Comment ? Tu ne te rappelles pas le nom de la
femme avec qui tu vis ? demanda la femme à l'indéfrisable.

— Vous semblez avoir une conduite exemplaire
avec les femmes, camarade, dit la blonde.

— Je pourrais peut-être m'en souvenir, mais il
faudrait que je réfléchisse. Savez-vous quel jour
M. Zaturecky est venu me voir ?

— C'était... une seconde s'il vous plaît, dit
l'homme au menton fuyant en regardant dans ses
papiers. C'était le 14, donc mercredi après-midi.

— Mercredi 14... Attendez... » Je pris ma tête
entre mes mains et je réfléchis. « Bon, cette fois, je me
souviens. C'était Hélène. » Je constatais qu'ils étaient
tous suspendus à mes lèvres.

« Hélène... Bon, et ensuite ?

— Ensuite ? Malheureusement je n'en sais rien. Je
n'ai pas voulu lui poser de questions. A vrai dire, je ne
suis même pas certain qu'elle s'appelait Hélène. Je
l'appelais Hélène parce que son mari m'a paru roux

comme Ménélas. J'ai fait sa connaissance mardi soir dans un dancing et j'ai réussi à échanger quelques mots avec elle pendant que son Ménélas prenait un cognac au bar. Elle est venue me voir le lendemain et elle a passé l'après-midi chez moi. Vers le soir, j'ai dû la quitter pour deux heures à cause d'une réunion à la faculté. Quand je suis rentré, elle était écœurée, elle m'a dit qu'un monsieur était venu et lui avait fait des propositions. Elle a cru que j'étais de connivence avec lui, elle s'est sentie offensée et n'a plus voulu entendre parler de moi. Alors, vous voyez, je n'ai même pas eu le temps d'apprendre son vrai nom.

— Camarade, que ce que vous dites soit vrai ou non, dit la blonde, il me semble parfaitement inconcevable qu'un homme comme vous puisse éduquer la jeunesse. Comment se fait-il que la vie dans notre pays ne vous incite qu'à boire et à séduire les femmes ? Soyez certain que nous ferons connaître sur ce point notre opinion à qui de droit.

— Le concierge ne nous a pas parlé d'une dénommée Hélène, intervint à son tour la femme à l'indéfrisable, mais il nous a dit que tu héberges depuis un mois, sans la déclarer, une jeune personne qui travaille dans une entreprise de confection. N'oublie pas que tu es en sous-location, camarade ! T'imagines-tu que tu peux loger n'importe qui ? Prends-tu ta maison pour un bordel ? Si tu ne veux pas nous donner son nom, la police saura bien le trouver. »

11

Le sol se dérobait sous mes pieds. Je commençais moi-même à sentir l'atmosphère de défaveur dont m'avait parlé le professeur. Certes, personne ne m'avait encore convoqué, mais j'entendais ici et là des allusions et Mme Marie, dans le bureau de qui les professeurs venaient prendre le café et ne faisaient guère attention à leur langue, me révélait certaines choses avec compassion. La commission devait se réunir dans quelques jours et recevait de toutes parts avis et appréciations ; j'imaginais les membres de la commission en train de lire le rapport du comité de rue, ce document dont je ne savais qu'une chose : il était secret et je ne pouvais formuler aucune remarque à son sujet.

Il y a des moments dans la vie où il faut battre en retraite. Où il faut abandonner les positions les moins importantes pour sauvegarder les positions vitales. Or, l'ultime position me semblait être mon amour. Oui, en ces jours mouvementés, je commençais soudain à comprendre que j'aimais ma couturière, que je l'aimais vraiment.

Ce jour-là, je lui avais donné rendez-vous devant une église. Pas à la maison, non. Car la maison était-elle la maison ? Une pièce aux murs de verre peut-elle être encore une maison ? Une pièce que des observateurs surveillent à la jumelle ? Une pièce où vous devez dissimuler, comme une marchandise de contrebande, la femme que vous aimez ?

Chez nous donc, nous n'étions pas chez nous. Nous nous faisions l'effet d'intrus qui se sont introduits dans un territoire étranger et risquent à tout moment d'être assaillis, nous perdions notre sang-froid dès que retentissaient des pas dans le couloir, nous nous attendions à chaque instant que quelqu'un cogne à la porte, et avec insistance. Klara était retournée à Celakovice et nous n'avions plus envie de nous retrouver, même pour quelques instants, dans ce chez-nous qui nous était devenu étranger. C'est pourquoi j'avais demandé à un ami peintre de me prêter son atelier pour la soirée. Et ce jour-là, c'était la première fois qu'il m'en confiait la clef.

Donc nous nous retrouvâmes sous les toits, dans une immense pièce avec un unique petit divan et une vaste fenêtre en plan incliné, d'où l'on découvrait Prague dans la lumière du soir ; au milieu d'une quantité de tableaux appuyés le long des murs, dans cette crasse et ce désordre insouciant d'artiste, je retrouvai d'un seul coup mes anciennes impressions de douce liberté. Je me vautrai sur le divan, enfonçai le tire-bouchon dans le bouchon et débouchai la bouteille de vin. Libre et gai, je bavardais et me réjouissais de la belle soirée et de la belle nuit que nous allions passer.

Seulement, l'angoisse qui venait de m'abandonner tomba de tout son poids sur Klara.

J'ai déjà dit qu'elle était venue s'installer chez moi sans le moindre scrupule, et même avec le plus grand naturel. Mais maintenant que nous nous trouvions pour quelques instants dans un atelier étranger, elle se sentait mal à l'aise. Plus que mal à l'aise. « Ça m'humilie, dit-elle.

— Qu'est-ce qui t'humilie ? demandai-je.

— Que tu aies emprunté un appartement.

— Pourquoi est-ce que ça t'humilie que j'aie emprunté un appartement ?

— Parce que ça a quelque chose d'humiliant.

— Nous ne pouvions pas faire autrement.

— Je sais, dit-elle, mais dans un appartement prêté je me fais l'effet d'une putain.

— Mon Dieu ! Pourquoi te fais-tu l'effet d'une putain parce que nous sommes dans un appartement prêté ? Les putains exercent généralement leur activité à domicile et pas dans un appartement prêté. »

Il était vain de s'attaquer rationnellement à la solide barrière de l'irrationnel dont est pétrie, comme on dit, l'âme féminine. Dès le début notre discussion s'engageait sous de mauvais auspices.

Je rapportai à Klara ce que m'avait dit le professeur, je lui racontai ce qui s'était passé au comité de rue et je tentai de la persuader que nous viendrions finalement à bout de tous les obstacles.

Klara garda un instant le silence puis affirma que j'étais responsable de tout. « Pourras-tu au moins me faire sortir de cet atelier de confection ? »

Je répondis qu'à présent il lui faudrait patienter un peu.

« Tu vois, dit Klara, ce n'étaient que des promesses et en fin de compte tu ne feras rien. Et maintenant je

ne m'en sortirai pas, même si quelqu'un d'autre
acceptait de m'aider, parce que par ta faute j'aurai un
mauvais dossier. »

Je donnai à Klara ma parole d'honneur qu'elle
n'aurait pas à pâtir de mes démêlés avec M. Zaturecky.

« Je n'arrive tout de même pas à comprendre, dit
Klara, pourquoi tu refuses d'écrire cette note de
lecture. Si tu l'écrivais, on serait tout de suite tran-
quilles.

— Il est de toute façon trop tard pour cela, Klara,
dis-je. Si j'écris cette note de lecture maintenant, ils
prétendront que je condamne ce travail par vengeance,
et ils seront encore plus déchaînés.

— Et pourquoi faut-il que tu condamnes ce travail ? Donne un avis favorable !

— Je ne peux pas faire cela, Klara. Cet article est
impossible.

— Et puis après ? Ça te va bien de jouer les
défenseurs de la vérité ! Est-ce que ce n'était pas un
mensonge quand tu as écrit à ce bonhomme que tes
avis n'avaient aucun poids à *La Pensée plastique* ? Est-
ce que tu n'as pas menti quand tu lui as dit qu'il avait
essayé de me séduire ? Est-ce que tu n'as pas menti
quand tu as parlé de cette Hélène ? Alors, puisque tu as
tellement menti, qu'est-ce que ça peut bien te faire de
mentir une fois de plus et de donner un avis favorable
sur son article ? C'est le seul moyen de tout arranger.

— Vois-tu, Klara, dis-je, tu t'imagines qu'un
mensonge en vaut un autre, mais tu as tort. Je peux
inventer n'importe quoi, me payer la tête des gens,
monter toutes sortes de mystifications, faire toutes

sortes de blagues, je n'ai pas l'impression d'être un menteur ; ces mensonges-là, si tu veux appeler cela des mensonges, c'est moi, tel que je suis ; avec ces mensonges-là, je ne dissimule rien, avec ces mensonges-là je dis en fait la vérité. Mais il y a des choses à propos desquelles je ne peux pas mentir. Il y a des choses que je connais à fond, dont j'ai compris le sens, et que j'aime. Je ne plaisante pas avec ces choses-là. Mentir là-dessus, ce serait m'abaisser moi-même, et je ne le peux pas, n'exige pas ça de moi, je ne le ferai pas. »

Nous ne nous comprîmes pas.

Mais j'aimais vraiment Klara et j'étais résolu à tout faire pour qu'elle ne me reproche rien. Dès le lendemain, j'écrivis à Mme Zaturecky une lettre où je lui disais que je l'attendrais à deux heures, le jour suivant, dans mon bureau.

12

Fidèle à son esprit méthodique, Mme Zaturecky frappa à la porte de mon bureau exactement à l'heure fixée. J'ouvris la porte et l'invitai à entrer.

Donc je la voyais enfin. C'était une grande femme, très grande, et deux yeux bleu pâle se détachaient de son visage maigre et oblong de paysanne.

« Débarrassez-vous », lui dis-je, et elle retira avec

des gestes maladroits un long manteau marron foncé, serré à la taille et bizarrement coupé, qui m'évoquait l'image des vieilles capotes militaires.

Je ne voulais pas attaquer le premier ; je voulais que l'adversaire commence par abattre son jeu. Quand Mme Zaturecky fut assise, je l'incitai en quelques mots à engager la discussion.

Elle dit d'une voix grave et sans aucune agressivité : « Vous savez pourquoi je vous cherchais. Mon mari a toujours eu pour vous beaucoup d'estime, et pour l'homme et pour le savant. Tout dépendait de votre note de lecture. Et vous avez refusé de la rédiger. Mon mari a consacré trois années entières à ce travail. Il a eu la vie plus dure que vous. Il était instituteur, il faisait soixante kilomètres tous les jours pour aller enseigner à la campagne. C'est moi qui l'ai obligé à prendre un congé l'année dernière, pour qu'il puisse se consacrer exclusivement à la science.

— M. Zaturecky ne travaille pas ? demandai-je.

— Non...

— Et de quoi vivez-vous ?

— Pour le moment, il faut que je joigne les deux bouts toute seule. La science, c'est sa passion. Si vous saviez tout ce qu'il a étudié. Si vous saviez tout le papier qu'il a noirci. Il dit toujours qu'un véritable savant doit écrire trois cents pages pour n'en garder qu'une trentaine. Puis il y a eu cette femme. Croyez-moi, je le connais, il ne ferait certainement pas une chose comme celle dont cette femme l'a accusé, qu'elle répète cela devant nous ! Je connais les femmes, il se peut qu'elle vous aime et que vous ne l'aimiez pas. Elle voulait peut-être éveiller votre jalousie. Mais vous pouvez me croire, jamais mon mari n'aurait osé ! »

Tandis que j'écoutais Mme Zaturecky, il m'arriva soudain quelque chose d'étrange : j'oubliai qu'à cause de cette femme j'allais être obligé de quitter la faculté, qu'à cause de cette femme une ombre s'était glissée entre Klara et moi, qu'à cause de cette femme j'avais passé tant de journées dans la colère et les tourments. Tout lien entre elle et l'histoire où nous jouions tous deux je ne sais quel triste rôle me semblait maintenant confus, lâche, fortuit. Je comprenais soudain que ce n'était de ma part qu'une illusion si je m'étais imaginé que nous sellions nous-mêmes la cavale de nos aventures et que nous en dirigions nous-mêmes la course ; que ces aventures ne sont peut-être pas du tout les *nôtres*, mais nous sont en quelque sorte imposées de *l'extérieur* ; qu'elles ne nous caractérisent en aucune manière ; que nous ne sommes nullement responsables de leur cours étrange ; qu'elles nous entraînent, étant elles-mêmes dirigées on ne sait d'où par on ne sait quelles forces étrangères.

D'ailleurs, quand je regardais Mme Zaturecky dans les yeux, il me semblait que ces yeux ne pouvaient voir jusqu'au terme des actes, que ces yeux ne regardaient pas du tout ; qu'ils ne faisaient que flotter à la surface du visage.

« Vous avez peut-être raison, madame Zaturecky, dis-je d'un ton conciliant. Peut-être que mon amie a menti. Mais vous savez ce que c'est qu'un homme jaloux ; je l'ai crue et mes nerfs ont cédé. Ce sont des choses qui arrivent à tout le monde.

— Oui, bien sûr que oui, dit Mme Zaturecky, visiblement soulagée d'un grand poids. Puisque vous le reconnaissez vous-même, c'est bien. Nous avions peur que vous ne croyiez cette femme. Elle aurait pu gâcher toute la vie de mon mari. Je ne parle même pas de l'ombre que cela projette sur lui du point de vue moral. Cela, on l'aurait encore supporté. Mais mon mari attend tout de votre note de lecture. On lui a assuré, à la rédaction de cette revue, que cela ne dépendait que de vous. Mon mari est persuadé que si son article était publié, il serait enfin admis à la Recherche scientifique. Allez-vous rédiger cette note, maintenant que tout est éclairci ? Et pouvez-vous le faire rapidement ? »

Le moment de me venger et d'apaiser ma colère était enfin venu, mais à cette minute je n'éprouvais plus aucune colère, et ce que je dis à Mme Zaturecky, je le dis parce que je ne pouvais plus me dérober : « Madame Zaturecky, en ce qui concerne cette note, il y a une difficulté. Je vais vous expliquer franchement comment tout cela s'est passé. Je déteste dire en face des choses désagréables. C'est ma faiblesse. J'ai tout fait pour ne pas rencontrer M. Zaturecky et je pensais qu'il finirait par comprendre pourquoi je l'évitais. La vérité, c'est que son étude est faible. Elle n'a aucune valeur scientifique. Me croyez-vous ?

— C'est une chose que j'ai peine à croire. Non, je ne vous crois pas, dit Mme Zaturecky.

— D'abord ce travail n'est pas du tout original. Comprenez-vous ? Un savant doit toujours apporter quelque chose de nouveau ; un savant n'a pas le droit de copier des choses déjà connues, ce que d'autres ont écrit.

— Mon mari n'a certainement pas copié cet article.

— Madame Zaturecky, vous l'avez sûrement lu... » Je voulais continuer, mais Mme Zaturecky m'interrompit.

« Non, je ne l'ai pas lu. »

J'étais surpris. « Dans ce cas, lisez-le.

— J'ai une mauvaise vue, dit Mme Zaturecky. Je n'ai pas lu une seule ligne depuis cinq ans, mais je n'ai pas besoin de lire pour savoir si mon mari est honnête ou non. Ce sont des choses que l'on sent, on n'a pas besoin de lire pour ça. Je connais mon mari, comme une mère connaît son enfant, je sais tout de lui. Et je sais que tout ce qu'il fait est toujours honnête. »

Il me fallut subir le pire, je lus à Mme Zaturecky quelques passages de l'article de son mari et les passages correspondants de différents auteurs auxquels M. Zaturecky avait emprunté les idées. Bien entendu, il ne s'agissait pas de plagiat délibéré, mais plutôt d'une soumission aveugle à des autorités qui inspiraient à M. Zaturecky un respect sincère et démesuré. Il était toutefois évident qu'aucune revue scientifique sérieuse ne pouvait publier ce texte.

Je ne sais dans quelle mesure Mme Zaturecky prêtait attention à mes explications, dans quelle mesure elle les suivait et les comprenait. Elle était docilement assise dans son fauteuil, soumise et obéissante comme un soldat qui sait qu'il ne doit pas abandonner son poste. Je parlai une bonne demi-heure. Puis elle se leva de son fauteuil, fixa sur moi ses

yeux translucides et me pria d'une voix blanche de
l'excuser. Mais je savais qu'elle n'avait pas perdu foi en
son mari. Adressait-elle des reproches à quelqu'un,
c'était à elle-même, pour ne pas avoir fait front à mes
arguments qui lui paraissaient obscurs et incompré-
hensibles. Elle enfila sa capote militaire et je compris
que cette femme était un soldat, un soldat corps et
âme, un soldat triste et fidèle, un soldat fatigué par de
longues campagnes, un soldat qui n'était pas capable
de comprendre le sens des ordres mais les exécuterait
toujours sans regimber, un soldat qui partait vaincu,
mais sans tache.

13

« Et maintenant, tu n'as plus rien à craindre », dis-
je à Klara à la Taverne dalmate, après lui avoir
rapporté ma conversation avec Mme Zaturecky.

« Je ne vois pas ce que j'avais à craindre, répondit
Klara avec une assurance qui me surprit.

— Comment cela ? Si ça n'avait pas été pour toi, je
n'aurais jamais rencontré Mme Zaturecky !

— C'est une bonne chose que tu l'aies rencontrée,
parce que c'est très mal ce que tu as fait à ces gens-là.
Le docteur Kalousek dit qu'un homme sensé peut
difficilement le comprendre.

— Quand as-tu vu Kalousek ?

— Je l'ai vu, dit Klara.

— Et tu lui as tout raconté ?

— Et après ? C'est un secret peut-être ? Maintenant je sais fort bien ce que tu es.

— Ah oui ?

— Veux-tu que je te le dise ?

— Je t'en prie.

— Tu es un cynique stéréotypé.

— Est-ce Kalousek qui t'a dit cela ?

— Pourquoi Kalousek ? Tu crois que je ne peux pas trouver ça toute seule ? Tu me crois incapable de voir clair dans ton jeu ? Tu aimes bien mener les gens en bateau. Tu as promis une note de lecture à M. Zaturecky...

— Je ne lui ai jamais promis de note de lecture...

— Et moi, tu m'as promis une place. Tu t'es servi de moi contre M. Zaturecky et de M. Zaturecky contre moi. Mais si tu veux savoir, je l'aurai tout de même, cette place.

— Grâce à Kalousek ? » Je m'efforçais d'être sarcastique.

« Certainement pas grâce à toi ! Toi tu es brûlé partout, tu ne peux même pas savoir à quel point.

— Et toi, tu le sais ?

— Oui, ton contrat ne sera pas renouvelé et tu pourras t'estimer heureux si on t'accepte comme employé dans une galerie de province. Mais il faut que tu comprennes que tout cela est arrivé par ta faute. Si je peux te donner un conseil, à l'avenir, tu ferais mieux d'être sincère et de ne pas mentir, parce qu'une femme ne peut pas avoir d'estime pour un homme qui ment. »

Elle se leva, me tendit la main (visiblement pour la dernière fois), me tourna le dos et sortit.

Il me fallut encore un moment pour comprendre que mon histoire (malgré le silence glacial qui m'entourait) n'est pas du genre tragique, mais plutôt comique.

Ce qui m'apporta une sorte de consolation.

*La pomme d'or
de l'éternel désir*

Martin

Martin est capable de choses dont je suis incapable. D'accoster n'importe quelle femme dans n'importe quelle rue. Je dois avouer que depuis que je le connais (et cela fait pas mal de temps), j'ai beaucoup profité de son talent, car j'aime les femmes tout autant que lui mais je n'ai pas son impétueuse audace. En revanche, Martin a commis la faute de réduire l'accostage à un exercice de virtuosité devenu une fin en soi. De sorte qu'il se compare souvent, non sans une certaine amertume, à l'attaquant généreux passant des balles sûres à son coéquipier qui marque ainsi des buts faciles et récolte une gloire bon marché.

Lundi après-midi à la sortie de mon travail, je l'attendais dans un café de la place Saint-Venceslas, absorbé dans la lecture d'un gros livre allemand qui traite de l'ancienne culture étrusque. Il avait fallu plusieurs mois à la bibliothèque de l'université pour me procurer cet ouvrage qu'elle avait emprunté pour

moi en Allemagne ; comme, ce jour-là, je venais enfin
de le recevoir, je le portais avec moi telle une relique et
j'étais au fond tout à fait content que Martin se fît
attendre, et de pouvoir feuilleter sur une table de café
le bouquin tant désiré.

Je ne peux songer à ces vieilles cultures antiques
sans une sorte de nostalgie. De nostalgie et aussi
d'envie à la pensée, sans doute, de la douce lenteur de
l'histoire de ce temps. L'ancienne culture égyptienne
occupe plusieurs millénaires, l'antiquité grecque a
duré près de mille ans. A cet égard, la vie humaine
imite l'Histoire : elle est d'abord enfouie dans une
immobile lenteur, puis, peu à peu et de plus en plus,
elle s'accélère. Il y a deux mois, Martin a franchi la
quarantaine.

L'aventure commence

C'est lui qui coupa court à ma méditation. Il
apparut soudain dans la porte vitrée de la brasserie et
s'avança vers moi, avec des grimaces et des gestes
expressifs en direction d'une jeune fille assise à une
table devant une tasse de café. Il s'assit près de moi
sans la quitter des yeux et me demanda : « Qu'en dis-
tu ? »

Je me sentis honteux. C'était vrai ; j'étais si profondément plongé dans mon livre que je n'avais pas encore

remarqué la jeune fille ; il fallait admettre qu'elle était belle. Au même moment, elle redressa le buste, appela le maître d'hôtel au nœud papillon noir : elle voulait payer.

« Paye, toi aussi ! » m'ordonna Martin.

Nous pensions déjà qu'il faudrait courir après elle dans la rue, mais nous eûmes la chance qu'elle s'arrête encore au vestiaire. Elle y avait laissé un sac qu'une employée alla chercher je ne sais où avant de le poser devant elle sur le comptoir. Puis la jeune fille tendit quelques pièces de dix centimes à l'employée et, à ce moment-là, Martin m'arracha des mains mon gros livre allemand.

« Mettons ça ici, dit-il avec un naturel souverain, et il rangea soigneusement le livre dans le sac de la demoiselle qui sembla étonnée mais ne sut que dire.

— Ce n'est pas facile de tenir ce truc à la main », dit encore Martin, et il me reprocha de ne pas savoir me conduire, car la jeune fille s'apprêtait à porter elle-même le sac.

Elle était infirmière dans un hôpital de province. Elle n'avait fait qu'un saut à Prague et devait se dépêcher pour reprendre son car. Il nous suffit de l'accompagner jusqu'à l'arrêt du tram pour apprendre l'essentiel à son sujet et convenir que nous viendrions à B... le samedi suivant, afin de retrouver cette charmante demoiselle qui devait certainement avoir une jolie collègue, comme Martin ne manqua pas de le souligner avec éloquence.

Le tram arrivait lentement. Je tendis le sac à la jeune fille qui fit mine d'en retirer le livre, ce dont

Martin l'empêcha d'un geste magnanime ; qu'elle nous
le rende le samedi suivant et le feuillette d'ici là... Elle
riait d'un rire gêné, le tram l'emportait et nous lui
adressions de grands signes.

Je n'y pouvais rien. Le livre que j'avais si longtemps attendu se trouvait tout à coup dangereusement
loin ; à considérer les choses froidement, c'était assez
fâcheux ; mais je ne sais quelle folie me soulevait sur
ses ailes promptement déployées. Martin, sans perdre
une minute, se mit à chercher des prétextes à l'intention de sa femme pour le samedi après-midi et la nuit
du samedi au dimanche (car c'est ainsi : Martin est
marié, il a une femme jeune et, ce qui est pire, il
l'aime ; et, ce qui est encore pire, il en a peur ; et, ce
qui est encore bien pire, il a peur *pour* elle).

Un repérage réussi

J'empruntai donc une jolie Fiat pour notre expédi-
tion, et le samedi à deux heures je vins prendre Martin
devant chez lui ; il m'attendait et nous nous mîmes en
route aussitôt. On était en juillet, il faisait affreusement
chaud.

Nous voulions arriver à B... le plus tôt possible,
mais quand nous aperçûmes, dans un village, deux
jeunes gens en culotte de gymnastique et les cheveux
mouillés, j'arrêtai la voiture. L'étang n'était pas loin,

derrière les maisons. J'avais besoin de me rafraîchir ;
Martin était d'accord.

Nous mîmes nos slips de bain et nous plongeâmes.
J'eus vite atteint la rive opposée, mais Martin ne fit que
se tremper, s'ébrouer et sortir. Au moment de reprendre pied sur la rive, après avoir traversé l'étang en sens
inverse, je le trouvai perdu dans une profonde contemplation. Un groupe d'enfants s'ébattait bruyamment
sur la berge, des jeunes du village jouaient au ballon un
peu plus loin, mais Martin gardait les yeux rivés sur le
corps vigoureux d'une jeune fille qui se tenait à une
quinzaine de mètres de nous et nous tournait le dos.
Elle fixait, dans une immobilité presque parfaite, l'eau
de l'étang.

« Regarde, dit Martin.

— Je regarde.

— Et qu'en dis-tu ?

— Que veux-tu que j'en dise ?

— Tu ne sais pas ce que tu devrais en dire ?

— Il faut attendre qu'elle se retourne.

— Je n'ai pas besoin d'attendre qu'elle se retourne.
Ce qu'elle montre de ce côté-ci me suffit amplement.

— D'accord ! mais nous n'avons pas le temps.

— Le repérage, répliqua Martin, le repérage ! » et
il se dirigea vers un gamin qui enfilait une culotte de
gymnastique. « Petit gars, s'il te plaît, tu ne sais pas
comment s'appelle cette fille ? » Il désigna la jeune fille
qui gardait toujours la même pose, en proie à une
étrange apathie.

« Celle-là ?

— Oui, celle-là.

— Elle n'est pas d'ici », dit le gamin.

Martin s'adressa alors à une fillette d'une douzaine d'années qui prenait un bain de soleil à côté de nous.

« Petite, tu ne sais pas qui est cette fille, celle qui est debout au bord de l'eau ? »

La petite se leva docilement : « Celle-là, là-bas ?

— Oui.

— C'est Marie.

— Marie comment ?

— Marie Panek, de Pouzdrany... »

La jeune fille se tenait toujours au bord de l'étang, de dos par rapport à nous. Elle se penchait pour prendre son bonnet de bain et, quand elle se redressa et le mit sur ses cheveux, Martin était déjà près de moi : « C'est une nommée Marie Panek, de Pouzdrany. On peut partir. »

Il était tout à fait calme et rasséréné et ne pensait manifestement qu'à poursuivre le voyage.

Un peu de théorie

C'est ce que Martin appelle le *repérage*. De sa vaste expérience, il a tiré la conclusion que le plus difficile, pour quiconque a dans ce domaine de grandes exigences numériques, n'est pas tant de *séduire* une jeune fille que de *connaître* un nombre suffisant de jeunes filles que l'on n'a pas encore séduites.

Il prétend donc que nous devons constamment, en tout lieu et en toute circonstance, procéder au repérage systématique des femmes ou, en d'autres termes, inscrire dans un carnet ou dans notre mémoire le nom des femmes qui nous ont plu et que nous pourrions un jour *aborder*.

L'*abordage* est un degré supérieur d'activité et signifie que l'on entre en contact avec telle ou telle, que l'on fait sa connaissance et que l'on s'en facilite l'accès.

Ceux qui, avec vantardise, aiment à se tourner vers le passé insistent sur le nombre de femmes *conquises*; mais ceux qui regardent en avant, vers l'avenir, doivent d'abord se soucier de disposer d'un nombre suffisant de femmes *repérées* et *abordées*.

Il n'existe, au-delà de l'abordage, qu'un seul et dernier degré d'activité, et je me plais à souligner, pour faire plaisir à Martin, que ceux qui n'aspirent qu'à cet ultime degré sont des hommes misérables et inférieurs qui rappellent les footballeurs villageois que l'on voit s'élancer tête baissée vers les buts de l'adversaire, oubliant qu'il ne suffit pas pour marquer un but (et plusieurs buts) du désir frénétique de shooter, mais qu'il faut d'abord jouer un jeu consciencieux et systématique sur le terrain.

« Crois-tu que tu aies jamais l'occasion d'aller la voir à Pouzdrany ? demandai-je à Martin comme nous roulions de nouveau sur la route.

— On ne peut jamais savoir, répondit-il.

— En tout cas, fis-je observer à mon tour, la journée commence bien pour nous. »

Le Jeu et la Nécessité

Nous arrivâmes à l'hôpital de B... d'excellente humeur. Il était à peu près trois heures et demie. Nous fîmes appeler notre infirmière par téléphone, depuis la loge du concierge. Elle descendit un instant plus tard en coiffe d'infirmière et blouse blanche et je constatai qu'elle avait rougi, ce qui me parut un heureux présage.

Martin prit promptement la parole et la jeune fille nous annonça que son service se terminait à sept heures. Elle nous pria de l'attendre, à cette heure-là, devant l'hôpital.

« Avez-vous déjà parlé à votre collègue ? demanda Martin, et la jeune fille acquiesça :

— Oui. Nous serons deux.

— Parfait, dit Martin, mais nous ne pouvons pas mettre mon ami devant le fait accompli.

— Bon, dit la jeune fille, on peut aller la voir. Elle est en chirurgie. »

Nous traversâmes lentement la cour de l'hôpital et je demandai timidement : « Avez-vous encore mon livre ? »

L'infirmière fit oui d'un signe de tête : elle l'avait encore et même ici, à l'hôpital. Je me sentis soulagé d'un poids et j'insistai pour qu'elle aille d'abord chercher le livre.

Bien entendu, Martin dut juger déplacé que je préfère, et si ouvertement, un livre à la femme qui allait m'être présentée, mais ce fut plus fort que moi. Je dois avouer que j'ai beaucoup souffert pendant ces quelques jours où le livre sur la culture étrusque s'est trouvé hors de portée de mon regard. Il m'a fallu un gros effort de volonté pour le supporter sans broncher, car je ne voulais en aucune circonstance gâcher le Jeu, cette valeur que j'ai appris à respecter depuis le temps de ma jeunesse et à laquelle je sais assujettir tous mes intérêts et désirs personnels.

Tandis que je retrouvais mon livre avec émotion, Martin continuait de discuter avec l'infirmière et était même allé si loin que la jeune fille lui avait promis d'emprunter pour la soirée le chalet d'un collègue, près de l'étang de Hoter. Nous étions tous trois on ne peut plus satisfaits et nous repartîmes vers le petit bâtiment vert qui abritait le service de chirurgie.

Juste à ce moment, une infirmière accompagnée d'un médecin traversait la cour en sens inverse. Ce médecin était un grand maigre ridicule aux oreilles décollées, ce qui me fascinait. Notre infirmière me donna un coup de coude et je me mis à ricaner. Quand le couple s'éloigna, Martin se tourna vers moi : « Tu en as de la chance, mon vieux. Tu ne mérites pas une fille aussi superbe ! »

Je n'osais répondre que je n'avais regardé que le grand maigre et j'exprimai donc une opinion flatteuse. D'ailleurs, ce n'était aucunement de ma part une marque d'hypocrisie. Je me fie plus au goût de Martin qu'à mon propre goût, car je sais que son goût est étayé

par un *intérêt* beaucoup plus grand que le mien. J'aime
en toute chose l'ordre et l'objectivité, y compris dans
les choses de l'amour, et je fais beaucoup plus cas d'un
connaisseur que d'un dilettante.

Certains jugeront peut-être qu'il est hypocrite, de
la part de l'homme divorcé que je suis et qui raconte
justement une de ses aventures (assurément pas excep-
tionnelle), de se qualifier de dilettante. Et pourtant : je
suis un dilettante. On pourrait dire que je *joue* ce que
Martin *vit*. Il me semble parfois que toute ma vie
polygame n'est qu'une imitation des autres hommes ;
je ne nie pas trouver un certain plaisir à cette imitation.
Mais je ne peux m'empêcher de penser qu'il y a dans ce
plaisir ce je-ne-sais-quoi de tout à fait libre, gratuit,
révocable, qui caractérise la visite d'une galerie de
tableaux ou la découverte de paysages exotiques et
n'est nullement soumis à cet impératif catégorique
que je pressens derrière la vie érotique de Martin.
Ce qui m'en impose chez Martin, c'est bien cet
impératif catégorique. Qu'il prononce un jugement
sur une femme, il me semble que la Nature en personne, la Nécessité elle-même s'expriment par sa
bouche.

Le rayon du foyer

Quand nous sortîmes de l'hôpital, Martin me fit observer avec force que tout nous réussissait à merveille. Puis il ajouta : « Ce soir il faudra faire vite. Je veux être rentré à neuf heures. »

Les bras m'en tombèrent : « A neuf heures ? Mais cela signifie qu'il faudra partir d'ici à huit heures ! Il était inutile de venir, dans ces conditions ! Je pensais que nous avions toute la nuit devant nous !

— Pourquoi veux-tu que nous perdions notre temps ?

— Ça ne rime à rien d'être venus ici pour une heure. Que veux-tu faire de sept à huit ?

— Tout. Tu as entendu, j'ai trouvé un chalet. Dans ces conditions, ça marchera comme sur des roulettes. Tout dépend de toi, il faudra que tu te montres suffisamment résolu.

— Et peux-tu me dire pourquoi tu dois être rentré à neuf heures ?

— Je l'ai promis à Georgette. Nous faisons notre partie de cartes tous les samedis soir avant de nous coucher.

— Grand Dieu ! soupirai-je.

— Georgette a encore eu des ennuis hier à son travail et tu voudrais que je la prive de cette petite joie du samedi ? Tu le sais, c'est la meilleure femme que j'aie jamais connue. »

Et d'ajouter : « D'ailleurs, tu seras content d'avoir encore toute la nuit devant toi, à Prague. »

Je compris qu'il était inutile de discuter. Rien ne peut apaiser les craintes que Martin éprouve pour la tranquillité d'esprit de son épouse, et rien ne peut ébranler sa confiance dans les infinies possibilités érotiques de chaque heure et de chaque minute.

« Viens, me dit Martin. D'ici à sept heures, il nous en reste encore trois. Nous n'allons pas chômer ! »

La supercherie

Nous nous engageâmes dans la grande allée du jardin public qui sert de boulevard aux habitants de la ville. Nous examinâmes plusieurs couples de jeunes filles qui passaient près de nous ou étaient assises sur des bancs, mais nous étions mécontents de leurs caractéristiques.

Martin en aborda tout de même deux avec qui il engagea la conversation, prenant même rendez-vous, mais je savais que ce n'était pas sérieux. C'est ce qu'il appelle l'*abordage d'entraînement*, exercice auquel il se livre de temps à autre de peur de perdre la main.

Contrariés, nous sortîmes du jardin public et gagnâmes les rues qui s'enfonçaient dans le vide et l'ennui de la petite ville de province.

« Viens prendre quelque chose, dis-je à Martin. J'ai soif. »

Nous trouvâmes un bâtiment surmonté de l'inscription « Café ». Nous entrâmes, mais ce n'était qu'un self-service ; salle carrelée, froide et peu accueillante ; nous nous dirigeâmes vers le comptoir pour acheter à une dame rébarbative de l'eau colorée, que nous allâmes ensuite poser sur une table maculée de sauce qui aurait dû nous inciter à sortir au plus vite.

« Ne fais pas attention, dit Martin, la laideur a une fonction positive dans notre monde. Personne ne veut s'attarder nulle part, dès que l'on est dans un endroit on a hâte d'en sortir, ce qui donne à la vie le rythme souhaité. Mais ne nous y laissons pas prendre. Nous pouvons nous raconter pas mal de choses, protégés par la laideur tranquille de ce bistrot. » Il but sa limonade et me demanda : « As-tu déjà abordé ton étudiante en médecine ?

— Bien sûr que oui, dis-je.

— Et comment est-elle ? Décris-la-moi bien. »

Je lui décrivis l'étudiante en médecine, ce qui ne me donna guère de mal, bien que l'étudiante en médecine n'existe pas. Oui. Cela projette sans doute sur moi un jour défavorable, mais c'est ainsi : *je l'ai inventée.*

On peut me croire sur parole : je n'ai pas agi pour de noirs motifs, pour briller devant Martin ou pour le faire marcher. J'ai inventé cette étudiante en médecine pour la simple raison que je ne pouvais plus résister à l'insistance de Martin.

Martin est extrêmement exigeant en ce qui

concerne mon activité. Il est persuadé que je rencontre
chaque jour de nouvelles femmes. Il me voit autre que
je ne suis et si je lui disais franchement que je n'ai pas,
de toute une semaine, possédé ou même effleuré une
femme nouvelle, il me prendrait pour un hypocrite.

Je m'étais donc vu contraint de lui raconter,
quelques jours plus tôt, que j'avais repéré une étudiante en médecine. Il avait paru satisfait et m'avait
encouragé à passer à l'abordage. Ce jour-là il s'assura
de mes progrès.

« Et c'est de la classe de qui ? C'est de la classe
de... » Il ferma les yeux, cherchant dans la pénombre
un point de comparaison ; puis il se souvint d'une amie
commune : « ... c'est de la classe de Sylvie ?

— C'est beaucoup mieux », dis-je.

Martin s'étonna : « Tu plaisantes...

— C'est de la classe de ta Georgette. »

Sa propre femme est pour Martin le critère
suprême. Martin fut très satisfait de mon rapport et
s'abandonna à la rêverie.

Un abordage réussi

Puis une jeune fille en pantalon de velours entra
dans la salle. Elle s'avança vers le comptoir et attendit
son eau colorée. Puis, elle s'arrêta à une table voisine
de la nôtre, et elle but sans s'asseoir.

Martin se tourna vers elle : « Mademoiselle, dit-il, nous ne sommes pas d'ici et nous voudrions vous demander quelque chose. »

La jeune fille sourit. Elle était tout à fait jolie.

« Nous étouffons et nous ne savons que faire...

— Allez vous baigner !

— Justement. Nous ne savons pas où est la baignade dans cette ville.

— Il n'y en a pas.

— Comment cela ?

— Il y a bien une piscine, mais voilà un mois qu'elle est vide.

— Et la rivière ?

— On est en train de la draguer.

— Alors où peut-on se baigner ?

— Il n'y a que l'étang de Hoter, mais c'est au moins à sept kilomètres.

— Ce n'est rien ça, nous sommes en voiture, il suffirait que vous nous conduisiez.

— Vous serez notre nautonier, dis-je.

— Plutôt notre pilote, dit Martin.

— Notre étoile », dis-je.

La jeune fille, déconcertée, accepta finalement de nous accompagner ; mais elle avait encore une course à faire et il fallait qu'elle aille chercher son maillot de bain ; nous la retrouverions au même endroit une heure plus tard exactement.

Nous étions satisfaits. Nous la regardions s'éloigner, balançant joliment les fesses et secouant ses boucles noires.

« Tu vois, dit Martin, la vie est courte, il faut profiter de chaque minute. »

Eloge de l'amitié

Nous retournâmes dans le jardin public afin d'examiner les couples de jeunes filles assises sur les bancs, mais quand l'une était jolie, ce qui arrivait parfois, sa voisine ne l'était jamais.

« C'est une étrange loi de la nature, dis-je à Martin. La femme laide espère profiter de l'éclat de son amie plus jolie, et celle-ci espère briller d'un plus grand éclat sur le fond de la laideur ; il en résulte pour nous que notre amitié est soumise à d'incessantes épreuves. Et je suis très fier que nous ne laissions jamais ni au hasard ni à la compétition le soin de décider à notre place. Entre nous le choix est toujours une question de courtoisie. Chacun propose à l'autre la plus jolie fille, et nous ressemblons en cela à deux messieurs vieux jeu qui ne peuvent entrer dans une pièce car ils ne sauraient admettre que l'un précède l'autre.

— Oui, dit Martin, attendri. Tu es un véritable ami. Viens, asseyons-nous un moment. J'ai mal aux jambes. »

Et nous allâmes nous asseoir, le corps délicieusement renversé en arrière avec le soleil en pleine figure, et nous laissâmes le monde, pour quelques minutes, poursuivre sa course autour de nous sans nous en soucier.

La petite jeune fille en blanc

Soudain Martin se dressa (mû sans doute par un sens mystérieux), le regard braqué sur l'allée solitaire du parc où avançait une jeune fille en robe blanche. Même à distance, alors que l'on ne distinguait pas encore nettement les proportions du corps et les traits du visage, on devinait en elle un charme particulier, difficile à saisir ; une sorte de pureté ou de tendresse.

Quand elle passa devant nous, nous constatâmes qu'elle était très jeune. Ce n'était ni une enfant ni une jeune fille, ce qui nous mit aussitôt dans un état d'extrême excitation. Martin se leva d'un bond : « Mademoiselle, je suis le metteur en scène Forman. Vous savez, le cinéaste. »

Il tendit la main à la petite jeune fille qui, avec une expression d'extrême stupeur dans les yeux, la serra.

Martin tourna la tête vers moi et dit : « Je vous présente mon cameraman.

— Je m'appelle Ondricek », dis-je, lui tendant la main à mon tour.

Elle s'inclina.

« Nous sommes bien embarrassés, mademoiselle. Je cherche ici des extérieurs pour mon prochain film.

Mon assistant, qui connaît bien la région, devait nous attendre ici, mais il n'est pas venu. Nous nous demandons par où commencer notre visite de la ville et des environs. Mon cameraman, plaisanta Martin, étudie la question dans ce gros livre allemand, mais malheureusement il n'y trouvera rien. »

Cette allusion au livre dont j'avais été privé pendant toute une semaine m'agaça. Je passai à l'attaque contre mon metteur en scène : « Dommage que vous ne vous soyez pas intéressé davantage à ce livre. Si vous vous occupiez sérieusement de la préparation et ne laissiez pas tout le travail de documentation à vos cameramen, vos films seraient peut-être moins superficiels et contiendraient un peu moins d'erreurs. » Puis je présentai des excuses à la petite jeune fille : « Pardon, mademoiselle. Nous ne voulions pas vous importuner avec nos discussions professionnelles ; en effet, nous préparons un film historique sur la culture étrusque en Bohême.

— Oui, dit-elle en s'inclinant.

— C'est un livre passionnant, regardez ! »

Je tendis le livre à la petite jeune fille qui le prit avec une crainte presque religieuse et se mit à le feuilleter distraitement comme je semblai l'y inviter.

« Je crois que le château de Pchacek n'est pas loin d'ici, c'était le centre des Etrusques tchèques, mais comment y aller ? dis-je encore.

— C'est à deux pas, dit la petite jeune fille, et elle s'anima soudain car sa connaissance de la route de Pchacek lui offrait enfin un terrain plus solide dans ce dialogue un peu obscur.

— Comment ? Vous connaissez ce château ? demanda Martin, simulant un grand soulagement.

— Bien sûr, dit-elle. C'est à une heure d'ici.

— A pied ? dit Martin.

— Oui, à pied, dit-elle.

— Mais nous avons une voiture, dis-je.

— Soyez notre nautonier », dit Martin, mais je préférai ne pas continuer le rite habituel des jeux de mots, car j'ai un diagnostic psychologique plus sûr que Martin, et je sentis que des plaisanteries faciles risqueraient de nous nuire et qu'un sérieux total serait notre meilleur atout.

« Nous ne voulons pas abuser de votre temps, mademoiselle, dis-je, mais si vous aviez l'obligeance de nous consacrer une heure ou deux et de nous montrer les endroits que nous souhaitons voir dans la région, nous vous en serions très reconnaissants.

— Mais oui, dit la petite jeune fille, s'inclinant de nouveau. Je voudrais bien, mais... » à ce moment seulement nous constatâmes qu'elle tenait à la main un filet à provisions où il y avait deux laitues... « Il faut que je porte la salade à maman, mais c'est tout près d'ici et je reviens tout de suite.

— Bien sûr, il faut porter la salade à votre maman, dis-je. Nous vous attendons ici.

— Oui, j'en ai au plus pour dix minutes », dit-elle.

Elle s'inclina de nouveau et s'éloigna avec empressement.

« Saperlipopette ! dit Martin.

— De tout premier ordre, n'est-ce pas ?

— Je te crois. Je suis prêt à lui sacrifier les deux
infirmières. »

Le piège d'une foi excessive

Dix minutes passèrent, puis un quart d'heure et la
petite jeune fille ne revenait pas.

Martin me rassurait : « Sois sans crainte, s'il est
une chose dont je suis certain, c'est qu'elle viendra.
Notre numéro était parfaitement plausible et la petite
était aux anges. »

J'étais aussi de cet avis, si bien que nous restions là
à attendre, chaque minute avivant notre désir de cette
adolescente encore enfant. De ce fait, nous avions
laissé passer l'heure de notre rendez-vous avec la fille
en pantalon de velours. Absorbés par l'image de la
petite en blanc nous ne songions même pas à nous
lever.

Et le temps passait.

« Ecoute, Martin, je crois qu'elle ne viendra plus,
dis-je enfin.

— Comment expliques-tu cela ? Elle nous a crus
comme Dieu le Père.

— Oui. Et c'est justement cela notre malheur. Elle
nous a *trop* crus.

— Et alors ? Tu voudrais peut-être qu'elle ne nous
ait pas crus ?

— Ça aurait sans doute mieux valu. Une foi trop
ardente est le pire des alliés. » Entraîné par cette idée je
commençai un discours : « Dès que l'on prend une
chose à la lettre, la foi pousse cette chose à l'absurde. Le
véritable défenseur d'une politique ne prend jamais au
sérieux les *sophismes* de cette politique, mais seulement
les *objectifs pratiques* qui se dissimulent derrière ces
sophismes. Car les clichés politiques et les sophismes ne
sont pas faits pour qu'on y croie ; ils servent plutôt
d'excuse tacitement convenue ; les naïfs qui les prennent au sérieux y découvriront tôt ou tard des contradic-
tions, commenceront à se révolter et finiront ignomi-
nieusement dans la peau d'hérétiques ou de renégats.
Non, une foi excessive n'apporte jamais rien de bon ; et
pas seulement aux systèmes religieux et politiques ;
même à notre système, dont nous nous sommes servis
pour attirer cette petite jeune fille.

— Je ne te comprends plus, dit Martin.

— C'est pourtant bien compréhensible : nous
n'étions plus pour cette petite que deux messieurs très
sérieux et elle a voulu bien se conduire, en enfant bien
élevée qui cède sa place aux personnes âgées dans le
tram.

— Mais alors, pourquoi ne s'est-elle pas bien
conduite jusqu'au bout ?

— Justement parce qu'elle nous a tellement crus.
Elle a porté les salades à sa maman et lui a tout raconté
avec enthousiasme : le film historique, les Etrusques en
Bohême... Et la maman... »

Martin me coupa la parole : « Oui... Je comprends
la suite. » Puis il se leva.

La trahison

Le soleil commençait à descendre lentement sur les toits de la ville ; le vent fraîchissait légèrement et nous étions tristes. Nous allâmes à tout hasard jusqu'au self-service pour voir si la fille en pantalon de velours nous y attendait encore. Bien entendu, elle n'y était pas. Il était six heures et demie. Nous redescendîmes vers la voiture. Nous nous prenions soudain pour deux hommes bannis d'une ville étrangère et de ses joies, et il ne nous restait plus qu'à chercher refuge dans notre voiture qui semblait jouir ici du privilège d'exterritorialité.

« Eh bien ! s'écria Martin, une fois dans la voiture. Ne fais pas cette tête d'enterrement ! Le principal est devant nous. »

J'avais envie de répondre que nous ne disposions que d'une heure pour le principal, à cause de sa Georgette et de sa partie de cartes, mais je préférai me taire.

« D'ailleurs, ajouta Martin, la journée a été bonne. Repérage de la petite de Pouzdrany, abordage de la fille en pantalon de velours ; tout est prêt pour nous dans cette ville, nous n'avons plus qu'à revenir une autre fois. »

Je ne répondis rien. Oui. Le repérage et l'abordage étaient admirablement réussis. Tout cela était en ordre. Mais je pensai soudainement que Martin, hormis ces repérages et ces abordages, n'arrivait, depuis un an, à rien d'autre.

Je le regardais. Ses yeux brillaient comme à l'accoutumée de leur lueur éternellement avide ; je sentis à cette minute combien Martin m'est cher, combien je chéris la bannière derrière laquelle toute sa vie il a défilé : la bannière de l'éternelle poursuite des femmes.

Le temps passait et Martin dit : « Il est sept heures. »

Nous garâmes la voiture à une dizaine de mètres de la grille de l'hôpital, pour que je puisse observer l'entrée dans le rétroviseur.

Je continuais de penser à cette bannière. Je me disais que dans cette poursuite des femmes, à mesure que passent les années, il s'agit de moins en moins des femmes et de plus en plus de la poursuite en tant que telle. A condition qu'il s'agisse d'une poursuite d'avance *inutile,* on peut chaque jour poursuivre un nombre infini de femmes et faire ainsi de la poursuite une *poursuite absolue.* Oui : Martin se plaçait dans la situation de la poursuite absolue.

Nous attendions depuis cinq minutes. Les jeunes femmes ne venaient pas.

Cela ne m'inquiétait nullement. Qu'elles viennent ou qu'elles ne viennent pas n'avait aucune importance. Car, seraient-elles venues, pouvions-nous en une heure les conduire dans un chalet lointain, gagner leur confiance, coucher avec elles pour prendre poliment congé à huit heures et nous en aller ? Non, à partir du moment où Martin avait décidé que tout devait être terminé à huit heures, il avait transféré (comme tant de fois!) cette aventure dans le domaine du jeu illusoire.

Nous attendions depuis dix minutes. Personne ne se montrait à l'entrée de l'hôpital.

Martin s'indignait et criait presque : « Je leur donne encore cinq minutes, je n'attendrai pas davantage. »

Martin n'est plus jeune, pensais-je encore. Il aime fidèlement sa femme. Il mène, à vrai dire, la vie conjugale la plus rangée qui soit. C'est la réalité. Et, au-dessus de cette réalité, au niveau d'une innocente et touchante illusion, la jeunesse de Martin continue, jeunesse inquiète, turbulente et prodigue, réduite à un simple jeu qui ne parvient plus à franchir les lignes de son terrain pour atteindre la vie et devenir réalité. Et, comme Martin est le chevalier aveugle de la Nécessité, il convertit ses aventures en innocence du Jeu, *sans même s'en douter* ; il continue d'y mettre toute son âme ardente.

Bon, me disais-je, Martin est prisonnier de son illusion, mais moi ? Mais moi ? Pourquoi est-ce que je l'assiste dans ce jeu ridicule ? Moi qui sais que tout cela n'est qu'un leurre ? Ne suis-je pas encore plus ridicule que Martin ? Pourquoi feindre d'espérer une aventure amoureuse quand je sais fort bien que je peux tout au plus m'attendre à perdre une heure, ratée d'avance, avec deux femmes inconnues et indifférentes ?

C'est alors que je vis dans le rétroviseur les deux jeunes femmes franchir la grille de l'hôpital. Même à cette distance, on distinguait l'éclat de la poudre et du rouge sur leur visage, elles étaient vêtues avec une élégance tapageuse et leur retard était certainement lié à leur mise si bien apprêtée. Elles regardaient autour d'elles et se dirigeaient vers notre voiture.

« Tant pis, Martin, dis-je, feignant de ne pas avoir vu les deux femmes. Le quart d'heure est passé. Partons. » Et j'appuyai sur l'accélérateur.

Le repentir

Nous allions sortir de la ville de B..., passer les dernières maisons, pénétrer dans un paysage de champs et d'arbres, avec le soleil qui descendait sur les crêtes.

Nous nous taisions.

Je songeais à Judas Iscariote, dont un auteur spirituel a dit qu'il a trahi Jésus justement parce qu'il *croyait* infiniment en lui ; il n'a pas eu la patience d'attendre le miracle par lequel Jésus devait manifester à tous les Juifs sa puissance divine ; il l'a donc livré aux sbires pour le contraindre enfin à l'action. Il l'a trahi parce qu'il voulait hâter l'heure de sa victoire.

Hélas, me disais-je, si j'ai trahi Martin, c'est au contraire parce que j'ai cessé de croire en lui (et dans la puissance divine de sa course aux filles) ; je suis un hybride infâme de Judas Iscariote et de Thomas, celui qu'on appelle l'Incrédule. Je sentais que ma culpabilité augmentait encore ma sympathie pour Martin et que sa bannière de l'éternelle poursuite des femmes (cette bannière que l'on entendait frémir sans cesse au-dessus de nos têtes) m'attendrissait jusqu'aux larmes. Je commençais à me reprocher ma précipitation.

En effet, serai-je capable, un jour, de renoncer moi-même à ces gestes qui signifient la jeunesse ? Et que pourrai-je faire d'autre, sinon me contenter de les *mimer,* et tenter de trouver dans ma vie raisonnable un petit enclos pour cette activité déraisonnable ? Qu'importe que tout cela soit un jeu inutile ? Qu'importe que je le sache ? Vais-je renoncer à jouer le jeu, simplement parce qu'il est vain ?

La pomme d'or de l'éternel désir

Martin était à côté de moi sur son siège et se remettait lentement de son dépit.

« Ecoute, me dit-il, ton étudiante en médecine, c'est vraiment de si grande classe ?

— Je te l'ai dit. De la classe de ta Georgette. »

Martin me posa d'autres questions. Il fallut encore une fois que je lui décrive l'étudiante en médecine.

Puis il dit : « Tu pourrais peut-être me la passer, après ? »

Je voulus être vraisemblable : « Je crains que ce ne

soit difficile. Ça la gênerait car tu es mon ami. Elle a des principes...

— Elle a des principes... », répéta Martin tristement, et je vis bien qu'il le déplorait.

Je ne voulais pas le tourmenter.

« A moins que je ne fasse semblant de ne pas te connaître, dis-je. Tu pourrais peut-être te faire passer pour quelqu'un d'autre.

— Bonne idée ! Par exemple, me faire passer pour Forman, comme aujourd'hui.

— Les cinéastes ne l'intéressent pas. Elle préfère les sportifs.

— Pourquoi pas ? dit Martin. Tout est possible », et nous étions de nouveau en pleine discussion. Le plan se précisait de minute en minute, il allait bientôt se balancer devant nos yeux, dans le soir qui commençait à tomber, comme une belle pomme mûre et radieuse.

Permettez que j'appelle cette pomme, avec une certaine emphase, la pomme d'or de l'éternel désir.

Le jeu de l'auto-stop

1

L'aiguille du compteur d'essence oscilla brusquement vers le zéro et le jeune chauffeur dit que c'était fou ce que ce cabriolet pouvait bouffer. « Pourvu qu'on ne tombe pas en panne d'essence comme la dernière fois », fit observer la jeune fille (d'environ vingt-deux ans) et elle lui rappela plusieurs endroits où cela s'était déjà produit. Le jeune homme répondit qu'il ne s'en faisait pas, car tout ce qui lui arrivait avec elle avait pour lui le charme de l'aventure. La jeune fille n'était pas de cet avis : quand ils tombaient en panne d'essence en rase campagne, c'était à l'entendre toujours une aventure pour elle et pour elle seule, car il se cachait et elle devait user et mésuser de ses charmes féminins : héler une voiture, se faire conduire jusqu'au poste d'essence le plus proche, puis arrêter une autre voiture et revenir avec un jerrican. Le jeune homme fit observer que les chauffeurs qui la prenaient à leur bord devaient être bien antipathiques pour qu'elle parle de

sa mission comme d'une corvée. La jeune fille répondit
(avec une coquetterie maladroite) qu'ils étaient parfois
fort sympathiques mais qu'elle ne pouvait guère en
profiter, encombrée qu'elle était avec le jerrican et
obligée de les quitter sans avoir eu le temps de rien
entreprendre. « Monstre », dit-il. Elle répliqua que s'il
y avait un monstre, c'était lui. Dieu sait combien de
jeunes femmes l'arrêtaient sur les routes quand il
roulait seul ! Tout en conduisant, il lui enlaça les
épaules et lui donna un baiser sur le front. Il savait
qu'elle l'aimait et qu'elle était jalouse. La jalousie n'est
pas un trait de caractère bien sympathique, mais si l'on
se garde d'en abuser (si elle s'accompagne de modes-
tie), elle a, en dépit de tous ses inconvénients, je ne sais
quoi de touchant. Du moins le pensait-il. Parce qu'il
n'avait que vingt-huit ans, il se croyait vieux et
s'imaginait connaître des femmes tout ce qu'un homme
peut en connaître. Ce qu'il appréciait chez la jeune fille
assise à côté de lui, c'était justement ce qu'il avait
jusqu'ici trouvé de plus rare chez les femmes : la
pureté.

L'aiguille était déjà sur le zéro quand il aperçut à
droite de la route un panneau indiquant qu'il y avait un
poste d'essence à cinq cents mètres. A peine eut-elle
annoncé qu'elle se sentait soulagée, il mettait son
clignotant à gauche et montait sur le terre-plein devant
les pompes à essence. Mais un énorme camion avec une
grosse citerne était arrêté devant les pompes et les
remplissait à l'aide d'un gros tuyau. « On tombe mal »,
dit-il, et il descendit. « Vous en avez pour longtemps ?
cria-t-il au pompiste. — Pour une minute. — Pour une

minute, on connaît ça. » Il voulait se rasseoir dans la voiture, mais il constata que la jeune fille était descendue par l'autre portière. « Excuse-moi, dit-elle. — Où vas-tu ? » demanda-t-il exprès pour la mettre dans l'embarras. Il y avait bien un an qu'ils se connaissaient, mais elle parvenait encore à rougir devant lui et il aimait beaucoup ses instants de pudeur ; primo, parce qu'ils la distinguaient des femmes qu'il avait connues avant elle, secundo, parce qu'il connaissait la loi de l'universelle fugacité qui lui rendait précieuse même la pudeur de son amie.

2

La jeune fille détestait devoir le prier (il roulait souvent plusieurs heures d'affilée) de stopper devant un bouquet d'arbres. Elle s'irritait toujours de la surprise feinte avec laquelle il lui demandait pourquoi. Sa pudeur était ridicule et démodée, elle le savait. A son travail, elle l'avait maintes fois constaté, on se moquait d'elle et on la provoquait délibérément à cause de sa décence. Elle rougissait toujours d'avance à l'idée qu'elle allait rougir. Elle désirait se sentir à l'aise dans son corps, sans soucis ni anxiété, comme savaient l'être la plupart des jeunes femmes qu'elle côtoyait. Elle avait même inventé, pour son usage personnel, une méthode originale d'autopersuasion : elle se répétait que tout être humain reçoit en naissant un corps parmi des millions d'autres corps prêts-à-porter, comme si on lui attribuait un logement pareil à des millions d'autres dans un immense building ; que le corps est donc une chose fortuite et impersonnelle ; rien qu'un article d'emprunt et de confection. Voilà ce qu'elle se répétait sous toutes les variations possibles, mais sans pouvoir s'inculquer cette façon de sentir. Ce dualisme de l'âme et du corps lui était étranger. Elle se confondait trop avec son corps pour ne pas ressentir celui-ci avec anxiété.

Cette anxiété, elle l'éprouvait même auprès du jeune homme ; elle le connaissait depuis un an et était heureuse, sans doute parce qu'il ne distinguait jamais entre son corps et son âme de sorte qu'avec lui elle pouvait vivre corps et âme. Le bonheur venait de cette absence de dualité, mais il n'y a pas loin du bonheur au soupçon et elle était pleine de soupçons. Par exemple, elle se disait souvent qu'il y avait d'autres femmes plus séduisantes (sans anxiété, celles-là) et que son ami qui connaissait ce type de femme et ne s'en cachait pas la quitterait un jour pour l'une d'elles. (Le jeune homme, certes, déclarait qu'il en avait assez connu comme ça pour le restant de ses jours, mais elle le savait plus jeune qu'il ne le croyait lui-même.) Elle le voulait à elle tout entier et se voulait tout entière à lui, mais plus elle s'efforçait de tout lui donner, plus elle avait le senti- ment de lui refuser ce que donne un amour peu profond et superficiel, ce que donne le flirt. Elle se reprochait de ne savoir allier le sérieux à la légèreté.

Mais ce jour-là elle ne se tourmentait pas et ne

pensait à rien de tel. Elle se sentait bien. C'était leur première journée de vacances (quinze jours de vacances qui avaient été pendant toute l'année le point de convergence de ses désirs), le ciel était bleu (toute l'année elle s'était demandé avec angoisse si le ciel serait vraiment bleu) et il était avec elle. Après son « où vas-tu ? », elle rougit et partit en courant, sans un mot. Elle contourna la station-service, qui se trouvait au bord de la route en rase campagne ; à une centaine de mètres (dans la direction qu'ils devaient prendre ensuite) commençait une forêt. Elle s'élança dans cette direction et, abandonnée à une sensation de bien-être, disparut derrière un buisson. (Même la joie que procure la présence de l'aimé, il faut être seul pour l'éprouver dans sa plénitude.)

Puis elle sortit de la forêt et regagna la route ; de l'endroit où elle se trouvait, on apercevait la station-service ; le gros camion-citerne était déjà parti. Le cabriolet s'avança vers la colonne rouge de la pompe à essence. Elle marchait le long de la route ; à peine se retournait-elle de temps à autre pour voir s'il n'arrivait pas. Elle l'aperçut enfin ; elle s'arrêta et se mit à faire signe, comme une auto-stoppeuse fait signe à une voiture inconnue. Le cabriolet freina et s'arrêta juste à sa hauteur. Le jeune homme se pencha vers la vitre, la baissa, sourit et : « Où allez-vous, mademoiselle ? demanda-t-il. — Allez-vous à Bystrica ? s'enquit-elle à son tour avec un sourire coquet. — Je vous en prie, montez », dit-il en ouvrant la portière. Elle monta et la voiture se mit en marche.

3

Le jeune homme était toujours content de la voir de bonne humeur ; ça n'arrivait pas si souvent : elle avait un travail assez dur (atmosphère désagréable, beaucoup d'heures supplémentaires sans récupération) et en plus une mère malade à la maison ; souvent fatiguée, elle n'avait pas les nerfs solides, manquait d'assurance et succombait facilement à la peur et à l'angoisse. Il accueillait donc de sa part toute marque de gaieté avec la tendre sollicitude d'un frère aîné. Il lui sourit et dit : « J'ai de la chance aujourd'hui. Depuis cinq ans que je roule je n'ai jamais pris à mon bord une auto-stoppeuse aussi jolie. »

La jeune fille accueillait avec gratitude le moindre compliment de son ami ; pour en retenir un peu la chaleur, elle dit :

« Vous savez bien mentir.

— Ai-je l'air d'un menteur ?

— Vous avez l'air de bien aimer mentir aux femmes », dit-elle et un peu de sa vieille angoisse perça à son insu dans ses paroles, car elle croyait vraiment que son ami se plaisait à mentir aux femmes.

D'ordinaire il s'irritait des accès de jalousie de son amie, mais il lui fut facile ce jour-là de ne pas y

prêter attention car cette phrase ne s'adressait pas à lui
mais à un chauffeur inconnu. Il se contenta d'une
question banale : « Ça vous gêne ?

— Si j'étais votre amie ça me gênerait », dit-elle, et
c'était là une subtile leçon de morale à l'intention du
jeune homme ; mais la fin de la phrase ne s'adressait
qu'au chauffeur étranger : « Ça ne me gêne pas
puisque je ne vous connais pas.

— Une femme pardonne toujours plus facilement
à un étranger qu'à son ami. » (C'était là une subtile
leçon de morale qu'il adressait à son tour à la jeune
fille.) « Donc nous pourrions bien nous entendre
puisque nous sommes étrangers l'un à l'autre. »

Elle feignit de ne pas saisir la nuance didactique
sous-entendue dans cette remarque et décida de ne
plus s'adresser qu'au chauffeur inconnu. « A quoi ça
nous avance, puisque nous allons nous quitter dans
quelques minutes ?

— Pourquoi ? demanda-t-il.

— Vous savez bien que je vais descendre à Bystrica.

— Et si je descendais avec vous ? »

A ces mots elle leva les yeux sur le jeune homme et
constata qu'il était exactement tel qu'elle l'imaginait
aux heures les plus déchirantes de sa jalousie ; elle
s'effrayait de cette coquetterie avec laquelle il s'adressait à elle (à l'auto-stoppeuse inconnue) et qui le
rendait si séduisant. Elle répliqua donc avec une
impertinence provocante :

« Je me demande bien ce que *vous* feriez de moi ?

— Je n'aurais pas besoin de beaucoup réfléchir

pour savoir quoi faire d'une aussi jolie fille », dit-il galamment, et cette fois encore il s'adressait beaucoup plus à la jeune fille qu'au personnage de l'auto-stoppeuse.

Ces mots flatteurs, ce fut pour elle comme de le prendre en flagrant délit, comme un aveu arraché par un habile subterfuge ; elle se sentit saisie d'un brusque et bref mouvement de haine et dit : « Vous prenez vos désirs pour des réalités ! »

Il l'observait : le visage têtu de la jeune fille était crispé ; il éprouva pour elle une étrange pitié et souhaita retrouver son regard habituel, familier (qu'il disait simple et enfantin) ; il se pencha vers elle, lui enlaça les épaules et, voulant annuler le jeu, prononça doucement son prénom.

Mais elle se dégagea et dit : « Vous y allez un peu vite !

— Pardon mademoiselle », dit-il, éconduit. Puis il fixa la route devant lui, sans mot dire.

4

La jeune fille se départit de cette jalousie aussi rapidement qu'elle y avait succombé. Elle avait suffi-samment de bon sens pour savoir que tout cela n'était qu'un jeu ; elle se trouvait même un peu ridicule d'avoir repoussé son ami dans un mouvement de jalousie ; elle ne souhaitait pas qu'il s'en aperçût. Heureusement, elle possédait la miraculeuse faculté de modifier après coup le sens de ses actes et décida qu'elle ne l'avait pas repoussé par dépit, mais seulement pour continuer le jeu dont l'insouciance convenait si bien à une première journée de vacances.

Donc, elle était de nouveau l'auto-stoppeuse qui venait de repousser le chauffeur trop entreprenant, mais seulement pour retarder la conquête et lui donner plus de sel. Elle se tourna légèrement vers lui et dit d'une voix câline : « Je ne voulais pas vous blesser, monsieur.

— Excusez-moi, je ne vous toucherai plus », dit-il.

Il lui en voulait de ne pas l'avoir compris et d'avoir refusé d'être elle-même au moment où il le désirait ; et puisqu'elle insistait pour garder son masque, il reporta sa colère sur l'auto-stoppeuse inconnue qu'elle représentait ; alors il découvrit subitement le personnage de son rôle : il renonça aux galanteries qui étaient un moyen détourné de faire plaisir à son amie et se mit à jouer l'homme dur qui, dans ses rapports avec les femmes, met l'accent sur les aspects plutôt brutaux de la virilité : la volonté, le cynisme, l'assurance.

Ce rôle était en totale contradiction avec la tendre sollicitude qu'il éprouvait pour la jeune fille. Il est vrai qu'avant de la connaître il s'était montré moins délicat avec les femmes, mais même alors il n'avait rien de l'homme dur et satanique, car il ne se distinguait ni par sa force de volonté ni par son absence de scrupules. Néanmoins, s'il ne ressemblait pas à ce type d'homme il avait, autrefois, d'autant plus désiré y ressembler.

C'est certainement un désir assez naïf, mais qu'y faire : les désirs puérils échappent à tous les pièges de l'esprit adulte et lui survivent parfois jusqu'à la lointaine vieillesse. Et ce désir puéril saisit l'occasion de s'incarner dans le rôle qu'on lui proposait.

La distance sarcastique du jeune homme convenait à la jeune fille : elle la libérait d'elle-même. Car elle-même, c'était d'abord la jalousie. Dès que son ami cessa d'exhiber ses talents de séducteur pour ne montrer que son visage fermé, sa jalousie s'apaisa. Elle pouvait s'oublier et s'abandonner à son rôle.

Son rôle ? Lequel ? Un rôle tiré de la mauvaise littérature. Avait-elle arrêté la voiture, ce n'était pas pour aller ici ou là, mais pour séduire l'homme assis au volant ; l'auto-stoppeuse n'était qu'une vile séductrice qui savait admirablement user de ses charmes. La jeune fille se glissa dans la peau de ce ridicule personnage de roman avec une facilité qui la surprit elle-même et l'enchanta.

C'est ainsi qu'ils étaient l'un à côté de l'autre : un chauffeur et une auto-stoppeuse ; deux inconnus.

5

Ce que le jeune homme regrettait le plus de ne pas trouver dans la vie, c'était l'insouciance. La route de sa vie était tracée avec une implacable rigueur : le travail faisait plus qu'absorber huit heures par jour ; il imprégnait le reste de la journée de l'obligatoire ennui des réunions et de l'étude à domicile ; et il imprégnait, par les regards d'innombrables collègues, jusqu'au maigre temps de sa vie privée qui ne restait jamais cachée et qui avait fait à plusieurs reprises l'objet de ragots et de discussions publiques. Même les deux semaines de vacances ne procuraient aucun sentiment de délivrance ou d'aventure ; ici aussi s'étendait l'ombre grisâtre d'une stricte planification ; en raison de la pénurie de logements de vacances, il avait dû retenir six mois d'avance une chambre dans les Tatras, et il lui avait fallu pour cela une recommandation du Comité syndical de l'entreprise où il travaillait, dont l'âme omniprésente ne cessait pas un instant de suivre ses faits et gestes.

Il avait fini par accepter tout cela, mais il avait parfois l'horrible vision d'une route où il était poursuivi sous le regard de tous, sans jamais pouvoir s'en écarter. Juste à ce moment cette vision surgit et, par un étrange court-circuit, la route imaginaire se confondit pour lui avec la route réelle où il roulait ; cette étrange et brève association d'idées l'amena à une soudaine extravagance :

« Où avez-vous dit que vous alliez ?

— A Bystrica.

— Et qu'allez-vous faire là-bas ?

— J'ai rendez-vous.

— Avec qui ?

— Avec un monsieur. »

Le cabriolet arrivait justement à un grand carrefour.

Le jeune homme ralentit pour lire le poteau indicateur ;
puis il prit à droite.

« Et que se passera-t-il si vous n'allez pas à votre
rendez-vous ?

— Ce sera votre faute et il faudra que vous vous
occupiez de moi.

— Vous n'avez pas vu que je viens de prendre la
route de Nové Zamky ?

— Vraiment ? Vous avez perdu la tête !

— Ne craignez rien ! Je m'occuperai de vous »,
dit-il.

Le jeu acquit d'emblée une qualité nouvelle. La
voiture s'éloignait non seulement du but imaginaire —
Bystrica — mais aussi du but réel, pour lequel elle
avait pris la route le matin même : les Tatras et la
chambre réservée. L'existence jouée empiétait sur
l'existence réelle. Le jeune homme s'éloignait à la fois
de lui-même et de la route rigoureuse d'où il ne s'était
encore jamais écarté.

« Vous m'aviez pourtant dit que vous alliez dans les
Tatras, s'étonna-t-elle.

— Je vais où j'ai envie d'aller, mademoiselle. Je
suis un homme libre et je fais ce que je veux et ce qui
me plaît. »

6

La nuit commençait à tomber quand ils arrivèrent à Nové Zamky.

Le jeune homme n'y avait jamais mis les pieds et il lui fallut un bon moment pour s'orienter. Il stoppa plusieurs fois pour demander à des passants où se trouvait l'hôtel. Les rues étaient défoncées et ils mirent près d'un quart d'heure pour arriver enfin à l'hôtel pourtant tout proche (à en croire les passants inter-rogés) après maints détours et déviations. L'hôtel n'avait rien d'engageant, mais c'était le seul de la ville et le jeune homme était las de rouler. « Attendez-moi ici », dit-il, et il sortit de la voiture.

Une fois sorti, il redevint lui-même. Subitement, il lui déplaisait de se retrouver dans un endroit tout à fait imprévu ; d'autant que personne ne l'y avait contraint et qu'à vrai dire il ne l'avait pas lui-même voulu. Il se reprochait son extravagance, puis il résolut de ne plus s'inquiéter : la chambre dans les Tatras attendrait jusqu'au lendemain, et quel mal y avait-il à célébrer cette première journée de vacances par un peu d'imprévu ?

Il traversa la salle à manger, enfumée, bondée, bruyante, et demanda la réception. On lui désigna le fond du hall, au pied de l'escalier, où une blonde fanée trônait sous un tableau couvert de clefs ; il obtint à grand-peine la clef de la dernière chambre libre.

Une fois seule, la jeune fille, elle aussi, sortit de son rôle. Mais elle n'était pas fâchée du changement d'itinéraire. Elle était tellement dévouée à son ami qu'elle ne mettait en doute rien de ce qu'il faisait et, avec confiance, elle lui offrait les heures de sa vie. Puis, elle imagina que d'autres jeunes femmes qu'il avait rencontrées pendant ses voyages l'avaient attendu dans cette voiture comme elle l'y attendait en ce moment. Chose étrange, cette pensée ne lui faisait pas mal ; elle souriait ; cela lui semblait beau que, cette fois, ce soit elle cette étrangère ; cette étrangère, irresponsable et indécente, une de celles dont elle était tellement jalouse ; elle croyait ainsi leur couper l'herbe sous le pied ; avoir trouvé le moyen de s'emparer de leurs armes ; offrir enfin à son ami ce qu'elle n'avait pas encore su lui donner : la légèreté, l'insouciance, l'impudeur ; elle éprouvait une satisfaction particulière à la pensée qu'elle seule pouvait être toutes les femmes et pouvait ainsi (elle seule) accaparer toute l'attention de son bien-aimé et l'absorber tout entière.

Le jeune homme ouvrit la portière et fit entrer la jeune fille dans la salle du restaurant. Dans un coin, au milieu du vacarme, de la crasse et de la fumée, il découvrit la seule table libre.

7

« Maintenant on va voir comment vous allez vous occuper de moi, dit la jeune fille d'un ton provocant.

— Vous prendrez bien l'apéritif ? »

Elle n'était guère portée sur l'alcool ; elle buvait un peu de vin et aimait bien le porto. Mais cette fois elle répondit à dessein : « Une vodka.

— Parfait, dit-il. J'espère que vous n'allez pas vous soûler.

— Et après ? » dit-elle.

Il ne répondit pas et appela le garçon, commanda deux vodkas et deux steaks. Un instant plus tard, le garçon apporta deux verres et les posa devant eux.

Il leva son verre et dit : « A vous !

— Vous ne pouvez rien trouver de plus original ? »

Il y avait quelque chose, dans le jeu de la jeune fille, qui commençait à l'irriter ; maintenant qu'ils étaient face à face, il comprit que si elle lui faisait l'effet d'une autre ce n'était pas seulement à cause de ses *paroles*, mais parce qu'elle était tout *entière* métamorphosée, dans les gestes et dans la mimique, qu'elle ressemblait avec une regrettable fidélité à ce type de femme qu'il ne connaissait que trop bien et qui lui inspirait un léger dégoût.

Il modifia donc (tout en tenant son verre dans sa main tendue) son toast. « Bon, je ne bois pas à vous, mais à votre espèce qui allie aux meilleures qualités de l'animal les défauts de l'être humain.

— Quand vous parlez de mon espèce, voulez-vous parler de toutes les femmes ? demanda-t-elle.

— Non, seulement de celles qui vous ressemblent.

— De toute façon, je ne trouve pas très spirituel de comparer une femme à un animal.

— Bon, répliqua-t-il, tenant toujours son verre à bout de bras, je ne boirai donc pas à vos semblables, mais à votre âme ; êtes-vous d'accord ? A votre âme qui s'allume quand elle descend de la tête dans le ventre et qui s'éteint quand elle remonte du ventre dans la tête. »

Elle leva son verre. « Entendu, à mon âme qui descend dans mon ventre.

— Encore une petite rectification, dit-il. Buvons plutôt à votre ventre où descend votre âme.

— A mon ventre », dit-elle, et son ventre (quand ils le désignèrent par son nom) sembla répondre à l'appel ; elle sentait chaque millimètre de sa peau.

Puis le garçon apporta les steaks. Ils commandèrent une deuxième vodka et de l'eau gazeuse (cette fois ils burent aux seins de la jeune femme) et la conversation se poursuivit sur un ton bizarrement frivole. Il s'irritait de plus en plus de voir à quel point son amie *savait* se conduire en femme facile ; puisqu'elle sait si bien devenir ce personnage, se disait-il, c'est qu'elle l'*est* vraiment ; en effet, ce n'était pas l'âme d'une autre, surgie on ne sait d'où, qui s'était insinuée sous sa peau ; celle qu'elle incarnait ainsi, c'était elle-même ; ou au moins la part de son être qu'elle tenait habituellement

enfermée sous les verrous mais que le prétexte du jeu
avait fait surgir de sa cage ; elle croyait sans doute
se *renier* en jouant ce jeu ; mais n'était-ce pas justement le contraire ? n'était-ce pas ce jeu qui la rendait elle-même ? et qui la délivrait ? non, en face de
lui, ce n'était pas une autre femme dans le corps
de son amie ; c'était bien son amie, elle-même et personne d'autre. Il la regardait avec une répugnance
croissante.

Mais ce n'était pas que de la répugnance. Plus elle
lui était étrangère *mentalement* plus il la désirait *physi-
quement* ; l'étrangeté de l'âme singularisa son corps de
femme ; bien mieux, cette étrangeté fit enfin de ce
corps un corps, comme si ce corps n'avait jusqu'alors
existé pour lui que dans le brouillard de la compassion,
de la tendresse, de la sollicitude, de l'amour et de
l'émotion ; comme s'il était perdu dans ce brouillard
(oui, comme si le corps était *perdu* !). Pour la première
fois, le jeune homme croyait *voir* le corps de son
amie.

Après la troisième vodka à l'eau gazeuse, elle se
leva et : « Excusez-moi, dit-elle avec un sourire
coquet.

— Puis-je vous demander où vous allez, mademoiselle ?

— Pisser, avec votre permission », et elle se faufila
entre les tables vers le rideau de velours au fond du
restaurant.

8

La jeune fille était satisfaite de l'avoir laissé comme abasourdi par ce mot — certes bien anodin — mais qu'il ne lui avait jamais entendu prononcer ; rien, à son avis, n'exprimait mieux le personnage de la femme qu'elle incarnait que l'emphase coquettement placée sur ce mot ; oui, elle était satisfaite, elle était en excellente forme ; le jeu la fascinait ; il lui procurait des sensations toutes nouvelles : par exemple, *le sentiment d'une irresponsable insouciance.*

Elle qui tremblait toujours pour la minute à venir se sentait soudain totalement détendue. Cette vie d'une autre où elle se trouvait subitement plongée était une vie sans pudeur, sans déterminations biographiques, sans passé et sans avenir, sans engagement ; c'était une vie exceptionnellement libre. Devenue l'auto-stoppeuse, elle pouvait tout ; *tout lui était permis* ; tout dire, tout faire, tout éprouver.

En traversant la salle elle nota qu'on l'observait de toutes les tables ; cela aussi c'était une sensation nouvelle, qu'elle ne connaissait pas : *le plaisir impudique que lui procurait son corps.* Jusqu'à présent elle n'avait jamais su se libérer totalement de l'adolescente de quatorze ans qui a honte de ses seins et éprouve une désagréable sensation d'indécence à l'idée qu'ils font saillie sur son corps et qu'ils sont visibles. Bien qu'elle fût fière d'être belle et bien faite, cet orgueil était immédiatement corrigé par la pudeur : elle sentait bien que la beauté féminine agit d'abord par son pouvoir de provocation sexuelle, et c'était là pour elle quelque chose de déplaisant ; elle souhaitait que son corps ne s'adresse qu'à l'homme qu'elle aimait ; quand les hommes regardaient sa poitrine dans la rue, il lui semblait que ces regards souillaient un peu de son intimité la plus secrète qui n'appartenait qu'à elle et qu'à son amant. Mais maintenant, elle était l'auto-stoppeuse, la femme sans destin ; elle s'était libérée des tendres chaînes de son amour et commençait à prendre intensément conscience de son corps ; et ce corps l'excitait d'autant plus que les regards qui l'observaient lui étaient plus étrangers.

Elle passait près de la dernière table quand un homme entre deux vins, voulant sans doute se distinguer par sa connaissance du monde, l'interpella en français : « Combien, mademoiselle ? »

La jeune femme comprit. Elle bombait le torse et vivait intensément chaque mouvement de ses hanches ; elle disparut derrière le rideau.

9

C'était un drôle de jeu. L'étrange venait, par exemple, de ce que le jeune homme, s'il s'était parfaitement mis dans la peau du chauffeur inconnu,

ne cessait pas un instant de voir, dans l'auto-stoppeuse, son amie. Et c'était justement ce qui était
pénible ; il voyait son amie occupée à séduire un
inconnu et avait le triste privilège d'assister à la
scène ; de voir de près ce dont elle avait l'air et ce
qu'elle disait quand elle le trompait (quand elle le
trompera) ; il avait l'honneur paradoxal de servir lui-
même d'appât pour son infidélité.

Le pire, c'est qu'il l'adorait encore plus qu'il ne
l'aimait ; il s'était toujours dit que la jeune fille
n'avait de *réalité* que dans les limites de la fidélité et
de la pureté et qu'au-delà de ces limites, tout simplement, elle n'existait pas ; qu'au-delà de ces
limites elle aurait cessé d'être elle-même comme
l'eau cesse d'être l'eau au-delà du point d'ébullition.
Quand il la voyait franchir cette effroyable frontière
avec une élégance si naturelle, il sentait monter sa
colère.

Elle revint des toilettes et se plaignit : « Un type
m'a dit : Combien, mademoiselle ?

— Ne vous étonnez pas ! Vous avez l'air d'une
putain.

— Savez-vous que je m'en fiche ?

— Vous auriez dû rester avec ce monsieur !

— Mais puisque je suis avec vous.

— Vous pouvez le rejoindre plus tard. Vous
n'avez qu'à vous entendre avec lui.

— Il ne me plaît pas.

— Mais ça ne vous dérangerait nullement
d'avoir plusieurs hommes dans la même nuit.

— Pourquoi pas ? S'ils sont beaux gosses.

— Préférez-vous les avoir l'un après l'autre ou tous à la fois ?

— Les deux. »

La conversation devenait de plus en plus scabreuse ; elle en était un peu choquée, mais ne pouvait protester. Dans le jeu on n'est pas libre, pour le joueur le jeu est un piège ; s'il ne s'était agi d'un jeu et s'ils avaient été, l'un pour l'autre, deux inconnus, l'auto-stoppeuse aurait pu depuis longtemps se sentir offensée et partir ; mais il n'y a pas moyen d'échapper à un jeu ; l'équipe ne peut pas fuir le terrain avant la fin du match, les pions du jeu d'échecs ne peuvent pas sortir des cases de l'échiquier, les limites de l'aire de jeu sont infranchissables. La jeune fille savait qu'elle était tenue de tout accepter, justement parce qu'il s'agissait d'un jeu. Elle savait que plus le jeu serait poussé loin, plus ce serait un jeu et plus elle serait obligée de le jouer docilement. Et il ne servait à rien d'appeler au secours la raison et d'avertir l'âme étourdie d'avoir à garder ses distances et de ne pas prendre le jeu au sérieux. Justement parce que c'était un jeu, l'âme n'avait pas peur, ne se défendait pas et s'abandonnait au jeu comme à une drogue.

Le jeune homme appela le garçon et paya. Puis, il se leva et dit : « On y va.

— Où ça ? demanda-t-elle, feignant de ne pas comprendre.

— Ne pose pas de questions et viens !

— Comme vous me parlez !

— Comme à une putain. »

10

Ils montaient l'escalier mal éclairé ; sur le palier un groupe d'hommes un peu gris attendait devant les toilettes. Il l'enlaça par-derrière, de façon à tenir un de ses seins dans la paume de sa main. Les hommes près des toilettes s'en aperçurent et se mirent à lancer des gaudrioles. Elle voulut se dégager, mais il lui imposa silence. « Tiens-toi tranquille ! » dit-il, ce que les hommes saluèrent avec une brutale solidarité, adressant à la jeune fille quelques messages obscènes. Ils arrivaient au premier étage. Il ouvrit la porte de la chambre et tourna l'interrupteur.

C'était une petite chambre à deux lits avec une table, une chaise et un lavabo. Le jeune homme poussa le verrou et se tourna vers la jeune fille. Elle se tenait en face de lui, dans une attitude de défi, avec une sensualité insolente dans les yeux. Il la regardait et s'efforçait de découvrir derrière cette expression lascive les traits familiers qu'il aimait tendrement. C'était comme de regarder deux images dans le même objectif, deux images superposées apparaissant en transparence l'une à travers l'autre. Ces deux images superposées lui disaient que son amie pouvait *tout* contenir, que son âme était atrocement indéfinie, que la fidélité pouvait y trouver place comme l'infidélité, la trahison comme l'innocence, la coquetterie comme la pudeur ; ce

mélange sauvage lui semblait aussi répugnant que le
bariolage d'un dépôt d'ordures. Les deux images
superposées apparaissaient, toujours en transparence,
l'une au-dessus de l'autre, et le jeune homme comprenait que la différence entre son amie et les autres
femmes était une différence toute superficielle, que,
dans les vastes profondeurs de son être, son amie
était semblable aux autres femmes, avec toutes les
pensées, tous les sentiments, tous les vices possibles,
ce qui justifiait ses doutes et ses jalousies secrètes ;
que l'impression de contours délimitant sa personnalité n'était qu'une illusion à laquelle succombait l'autre, celui qui regardait, c'est-à-dire lui. Il lui semblait que telle qu'il l'avait aimée, elle n'était qu'un
produit de son désir, de sa pensée abstraite, de sa
confiance, alors que telle qu'elle était *réellement*, elle
se tenait là, devant lui, désespérément *autre*, désespérément *étrangère*, désespérément *polymorphe*. Il la
détestait.

« Qu'est-ce que tu attends ? Déshabille-toi ! »

Elle inclina coquettement la tête et dit : « Est-ce
nécessaire ? »

Ce ton-là éveillait à son oreille une réminiscence,
comme si une autre femme lui avait déjà dit cela
voici longtemps, mais il ne savait plus laquelle. Il
voulait l'humilier. Pas l'auto-stoppeuse, mais elle,
son amie. Le jeu finissait par se confondre avec la
vie. Jouer à humilier l'auto-stoppeuse n'était plus
qu'un prétexte pour humilier son amie. Il avait
oublié que c'était un jeu. Il détestait la femme qui
était là devant lui. Il la dévisageait ; puis, il sortit un

billet de cinquante couronnes de son portefeuille et le
lui tendit. « Ça suffit ? »

Elle prit les cinquante couronnes et dit : « Vous
n'êtes pas bien généreux.

— Tu ne vaux pas davantage », dit-il.

Elle se serra contre lui : « Tu t'y prends mal avec
moi. Il faut être plus gentil. Fais un effort ! »

Elle l'enlaça et tendit ses lèvres vers ses lèvres. Mais
il lui mit les doigts sur la bouche et la repoussa
doucement. « Je n'embrasse que les femmes que
j'aime.

— Et moi, tu ne m'aimes pas ?

— Non.

— Qui aimes-tu ?

— Est-ce que ça te regarde ? Déshabille-toi ! »

11

Jamais elle ne s'était déshabillée comme ça. La
timidité, la sensation de panique, le vertige, tout ce
qu'elle éprouvait quand elle se déshabillait devant le
jeune homme (et qu'elle ne pouvait se dissimuler dans
l'obscurité), tout cela avait disparu. Elle se tenait
devant lui, sûre d'elle-même, insolente, en pleine
lumière, et étonnée de découvrir soudain les gestes
jusqu'alors inconnus d'un enivrant déshabillage au
ralenti. Attentive à ses regards, elle retirait les vête-

ments l'un après l'autre, amoureusement, et savourait chaque étape de ce dépouillement.

Mais ensuite, quand elle fut soudain complètement nue devant lui, elle se dit que le jeu ne pouvait pas aller plus loin ; qu'en se dépouillant de ses vêtements elle avait aussi jeté son masque et qu'elle était nue, ce qui signifiait qu'elle n'était plus qu'elle-même et que le jeune homme devait faire maintenant un pas vers elle, un geste de la main, un geste qui effacerait tout et au-delà duquel il n'y aurait place que pour leurs plus intimes caresses. Donc elle était nue devant lui et elle avait cessé de jouer ; elle se sentait embarrassée, et le sourire qui n'appartenait vraiment qu'à elle, le sourire timide et confus, apparut sur son visage.

Mais le jeune homme restait immobile, il ne faisait aucun geste pour effacer le jeu. Il ne voyait pas son sourire, pourtant si familier ; il ne voyait devant lui que le beau corps inconnu de son amie qu'il détestait. La haine lavait sa sensualité de tout vernis sentimental. Elle voulut s'approcher de lui, mais il lui dit : « Reste où tu es, que je te voie bien. » Il ne souhaitait plus qu'une chose, la traiter comme une prostituée. Mais il n'avait jamais connu de prostituée et l'idée qu'il s'en faisait lui avait été transmise par la littérature et par ouï-dire. C'est donc cette image qu'il évoqua, et, la première chose qu'il vit, ce fut une femme nue en dessous noirs dansant sur le couvercle luisant d'un piano. Il n'y avait pas de piano dans la chambre d'hôtel, il n'y avait qu'une petite table appuyée au mur et recouverte d'une nappe. Il

ordonna à son amie d'y grimper. Elle eut un geste
suppliant mais il dit : « On t'a payée. »

Devant l'implacable résolution qu'elle lisait dans
son regard, elle s'efforça de poursuivre le jeu, mais elle
ne pouvait plus, elle ne savait plus. Les larmes aux
yeux, elle grimpa sur la table. La table mesurait à peine
un mètre sur un mètre et elle était bancale ; debout sur
cette table, elle avait peur de perdre l'équilibre.

Mais il était satisfait de voir ce corps nu qui se
dressait devant lui et dont la pudique incertitude le
rendait encore plus tyrannique. Il voulait voir ce corps
dans toutes les postures et sous tous les angles, comme
il s'imaginait que d'autres hommes l'avaient vu et le
verraient. Il était grossier, obscène. Il lui disait des
mots qu'elle ne lui avait jamais entendu prononcer.
Elle voulait résister, échapper à ce jeu, elle l'appela par
son prénom, mais il lui imposa silence, disant qu'elle
n'avait pas le droit de lui parler sur ce ton familier. Elle
finit par céder, éperdue et au bord des larmes. Elle se
pencha en avant et s'accroupit selon son désir, fit le
salut militaire, puis se déhancha pour exécuter un
numéro de twist ; mais elle fit glisser la nappe dans un
mouvement brusque et faillit tomber. Il la rattrapa et
l'entraîna sur le lit.

Il s'unit à elle. Elle se réjouit à la pensée que ce
malheureux jeu était enfin terminé, qu'ils allaient être
de nouveau tous les deux, tels qu'ils étaient vraiment et
tels qu'ils s'aimaient. Elle voulut presser ses lèvres
contre les siennes, mais il la repoussa et répéta qu'il
n'embrassait que les femmes qu'il aimait. Elle éclata en
sanglots. Mais il ne lui fut même pas donné de pleurer,

car la furieuse passion de son ami s'emparait peu à peu de son corps qui finit par étouffer le gémissement de son âme. Sur le lit il n'y eut bientôt plus que deux corps parfaitement unis, sensuels et étrangers l'un à l'autre. Ce qui se produisait maintenant, c'était ce qu'elle avait toujours redouté plus que tout au monde, ce qu'elle avait toujours anxieusement évité : l'amour sans sentiment et sans amour. Elle savait qu'elle avait franchi la frontière interdite, au-delà de laquelle elle évoluait désormais sans la moindre réserve et en totale communion. A peine, dans un recoin de son esprit, éprouvait-elle une sorte d'effroi à la pensée qu'elle n'avait jamais éprouvé un tel plaisir et autant de plaisir que cette fois-ci — au-delà de cette frontière.

12

Puis tout fut fini. Le jeune homme s'écarta d'elle et tira sur le long cordon qui pendait au-dessus du lit ; la lumière s'éteignit. Il ne voulait pas voir son visage. Il savait que le jeu était terminé, mais il n'avait aucune envie de retourner dans l'univers de leurs rapports habituels ; il redoutait ce retour. Il gisait à côté d'elle dans l'obscurité, évitant tout contact avec son corps.

Au bout d'un instant il entendit des sanglots étouffés ; d'un geste timide, enfantin, la main de la jeune fille toucha sa main elle le toucha, se retira, le toucha de nouveau puis une voix se fit entendre, suppliante, entrecoupée de sanglots, qui l'appelait par son prénom et disait : « Je suis moi, je suis moi... »

Il se taisait, ne bougeait pas et ne comprenait que trop bien la triste inconsistance de l'affirmation de son amie, où l'inconnu se définissait par le même inconnu.

Les sanglots cédèrent la place à un long pleur ; la jeune fille répéta encore longtemps cette émouvante tautologie : « Je suis moi, je suis moi, je suis moi... »

Alors il commença à appeler au secours la compassion (et il dut l'appeler de loin, car elle n'était nulle part à portée de main) pour pouvoir consoler la jeune fille. Ils avaient encore devant eux treize jours de vacances.

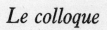

Le colloque

PREMIER ACTE

La salle de garde

La salle de garde (dans n'importe quel service de n'importe quel hôpital de n'importe quelle ville) a réuni cinq personnages et tressé leurs actes et leurs discours en une histoire dérisoire, et d'autant plus joyeuse.

Il y a là le docteur Havel et l'infirmière Elisabeth (tous deux sont de service de nuit) et il y a deux autres médecins (un prétexte plus ou moins futile les a amenés ici pour bavarder et vider quelques bouteilles ensemble) : le patron avec son crâne chauve et une jolie doctoresse dans la trentaine, qui fait partie d'un autre service et dont tout l'hôpital sait qu'elle couche avec le patron.

(Le patron est évidemment marié et il vient de proférer sa phrase favorite, qui doit attester à la fois son sens de l'humour et ses intentions : « Mes chers collègues, le plus grand malheur de l'homme, c'est un mariage heureux. Aucun espoir de divorce. »)

Outre ces quatre personnages, il y en a un cinquième, mais à vrai dire il n'est pas ici car, étant le plus jeune, on vient de l'envoyer chercher une nouvelle bouteille. Et il y a la fenêtre, qui est importante parce qu'elle est ouverte sur l'obscurité du dehors et laisse continuellement entrer dans la pièce, avec l'été tiède et parfumé, la lune. Et enfin, il y a la bonne humeur que laisse deviner le bavardage complaisant de tous, mais surtout du patron qui écoute ses propres fariboles avec des oreilles amoureuses.

Un peu plus tard (et c'est à ce moment que notre récit commence), une certaine tension se fait sentir : Elisabeth a bu plus qu'il ne convient à une infirmière qui est de service, et, pour comble, elle affiche à l'égard du docteur Havel une aguichante coquetterie qui l'énerve et provoque de sa part un avertissement plutôt vif.

L'avertissement du docteur Havel

« Ma chère Elisabeth, je ne vous comprends pas. Tous les jours, vous pataugez dans des plaies purulentes, vous piquez les fesses racornies de vieillards, vous donnez les lavements, vous videz les bassins. Le destin vous a donné l'enviable occasion de saisir la nature charnelle de l'homme dans toute son inanité métaphysique. Mais votre vitalité refuse d'entendre

raison. Rien ne peut ébranler votre volonté tenace
d'être un corps et seulement un corps. Vos seins se
frottent aux hommes à cinq mètres de distance ! J'en ai
le vertige, rien que de vous voir marcher, à cause des
éternelles spirales que dessine votre infatigable croupe.
Que diable, éloignez-vous un peu ! Vos seins sont
omniprésents comme Dieu ! Vous avez déjà dix
minutes de retard pour les piqûres ! »

Le docteur Havel est comme la mort. Il prend tout

« S'il vous plaît, Havel, demanda le patron quand
Elisabeth (ostensiblement vexée) fut sortie de la salle
de garde, condamnée à piquer deux vieilles fesses,
pouvez-vous m'expliquer pourquoi vous repoussez si
obstinément cette malheureuse Elisabeth ? »

Le docteur Havel but une gorgée et répondit :
« Patron, il ne faut pas m'en vouloir. Ce n'est pas parce
qu'elle est laide ou parce qu'elle n'est plus tellement
jeune. Croyez-moi ! J'ai déjà eu des femmes encore
plus laides et beaucoup plus âgées.

— Oui, on vous connaît : vous êtes comme la
mort ; vous prenez tout. Mais puisque vous prenez
tout, pourquoi est-ce que vous ne prenez pas Elisabeth ?

— C'est sans doute, dit Havel, parce qu'elle manifeste son désir de façon si expressive que cela ressemble

à un ordre. Vous dites que je suis comme la mort
envers les femmes. Seulement, la mort n'aime pas
qu'on lui donne des ordres. »

Le plus grand succès du patron

« Je crois que je vous comprends, répondit le
patron. Quand j'avais quelques années de moins, j'ai
connu une fille qui couchait avec tout le monde, et,
comme elle était jolie, j'avais décidé de l'avoir. Et
figurez-vous, elle n'a pas voulu de moi ! Elle couchait
avec mes collègues, avec le chauffeur, avec le cuisinier,
avec le porteur de cadavres, j'étais le seul avec qui elle
ne couchait pas. Vous pouvez imaginer ça ?

— Certainement, fit la doctoresse.

— Si vous voulez le savoir, reprit avec humeur le
patron qui vouvoyait sa maîtresse en public, à cette
époque-là, je n'étais diplômé que depuis quelques
années et j'avais beaucoup de succès. J'étais persuadé
que toute femme est accessible, et j'étais parvenu à le
démontrer avec des femmes d'un accès plutôt difficile.
Et vous voyez, avec cette fille pourtant si facile, j'ai
échoué.

— Tel que je vous connais, vous avez certainement
une théorie pour expliquer ça, dit le docteur Havel.

— Oui, répliqua le patron. L'érotisme n'est pas
seulement désir du corps, mais, dans une égale

mesure, désir d'honneur. Un partenaire que nous avons eu, qui tient à nous et qui nous aime, devient notre miroir, il est la mesure de notre importance et de notre mérite. De ce point de vue-là, ma petite putain n'avait pas la tâche facile. Quand on couche avec tout le monde, on cesse de croire qu'une chose aussi banale que l'acte d'amour puisse encore avoir une importance quelconque. Le vrai honneur érotique, on le cherche donc du côté opposé. Seul un homme qui la voulait mais qu'elle refusait pouvait offrir à ma petite putain la mesure de sa valeur. Et comme elle voulait être à ses propres yeux la meilleure et la plus belle, elle s'est montrée extrêmement sévère et exigeante quand il a fallu choisir celui-là, l'unique, qu'elle honorerait de son refus. C'est moi qu'elle a finalement choisi, et j'ai compris que c'était un honneur exceptionnel, et aujourd'hui encore je considère cela comme mon plus grand succès amoureux.

— Vous avez un don surprenant pour changer l'eau en vin, dit la doctoresse.

— Vous êtes vexée parce que ce n'est pas vous que je considère comme mon plus grand succès ? dit le patron. Il faut me comprendre. Bien que vous soyez une femme vertueuse, je ne suis tout de même pour vous (et vous ne pouvez pas savoir à quel point ça me chagrine) ni le premier ni le dernier, tandis que pour cette petite putain je l'étais. Croyez-moi, elle ne m'a jamais oublié, et aujourd'hui encore elle se souvient avec nostalgie qu'elle m'a repoussé. D'ailleurs, je n'ai raconté cette anecdote que pour montrer l'analogie avec l'attitude de Havel à l'égard d'Elisabeth. »

Eloge de la liberté

« Bon Dieu, patron, dit Havel, vous n'allez tout de
même pas prétendre que je cherche en Elisabeth la
mesure de ma valeur humaine.

— Certes non ! dit la doctoresse, sarcastique. Vous
nous avez déjà expliqué ça. L'attitude provocante
d'Elisabeth vous fait l'effet d'un ordre et vous voulez
conserver l'illusion de choisir vous-même les femmes
avec qui vous couchez.

— Vous savez, puisque nous parlons franchement,
ce n'est pas exactement ça, dit Havel, pensif. En fait, je
voulais seulement être spirituel quand j'ai dit que ce
qui me gêne c'est l'attitude provocante d'Elisabeth. A
vrai dire, j'ai eu des femmes beaucoup plus provocantes, et ça faisait tout à fait mon affaire qu'elles
soient provocantes, parce que les choses ne traînaient
pas.

— Alors, diable, pourquoi ne prenez-vous pas
Elisabeth ? s'écria le patron.

— Patron, votre question n'est pas aussi absurde
que je l'ai cru tout d'abord, car je constate qu'il est très
difficile d'y répondre. Pour être franc, je ne sais pas
pour quelle raison je ne prends pas Elisabeth. J'ai pris
des femmes plus laides, plus âgées et plus provocantes.
On peut en conclure que je finirai, nécessairement, par

la prendre. C'est ce que penseraient tous les statisticiens. Toutes les machines cybernétiques concluraient en ce sens. Et voyez-vous, c'est sans doute pour cela que je ne la prends pas. J'ai sans doute voulu dire non à la nécessité. Faire un croc-en-jambe au principe de causalité. Déjouer d'un caprice du libre arbitre la morne prévisibilité du cours universel.

— Mais pourquoi avoir choisi Elisabeth dans ce but ? s'écria le patron.

— Justement, parce qu'il n'y a pas de raison. S'il y en avait une, on pourrait d'avance la découvrir et déterminer d'avance ma conduite. C'est justement dans cette absence de raison que se trouve ce fragment de liberté qui nous est accordé et vers lequel nous devons tendre inlassablement pour que subsiste, en ce monde de lois implacables, un peu du désordre humain. Mes chers collègues, vive la liberté ! » dit Havel, et il leva tristement son verre pour trinquer.

Etendue de la responsabilité

A ce moment une nouvelle bouteille sur laquelle se reporta aussitôt toute l'attention des médecins présents fit son apparition dans la pièce. Le charmant jeune homme dégingandé, qui se tenait dans la porte avec la bouteille à la main, c'était Fleischman, étudiant en médecine qui faisait un stage dans le service. Il posa

(lentement) la bouteille sur la table, chercha (longuement) le tire-bouchon, ensuite il planta (sans hâte) le
tire-bouchon dans le bouchon et l'enfonça (pensive-
ment) dans le bouchon, qu'il finit par extraire (rêveu-
sement). Les précédentes parenthèses sont destinées à
mettre en lumière la lenteur de Fleischman, cette
lenteur qui attestait, plutôt que de la gaucherie,
l'admiration nonchalante avec laquelle le jeune étudiant en médecine regardait attentivement au fond de
son être, négligeant les détails insignifiants du monde
extérieur.

« Tout ça ne rime à rien, dit le docteur Havel. Ce
n'est pas moi qui repousse Elisabeth, c'est elle qui ne
veut pas de moi. Hélas ! Elle est folle de Fleischman.

— De moi ? » Fleischman leva la tête, puis, à
longues enjambées, il alla remettre le tire-bouchon à sa
place, revint ensuite auprès de la table basse et versa du
vin dans les verres.

« Vous êtes bon, dit le patron, faisant chorus avec
Havel. Tout le monde est au courant sauf vous. Depuis
le moment où vous avez mis les pieds dans le service,
elle est invivable. Et voici deux mois que ça dure. »

Fleischman regarda (longuement) le patron et dit :
« Je n'en sais vraiment rien. » Et il ajouta : « De toute
façon, ça ne m'intéresse pas.

— Et tous vos nobles discours ? Toutes vos péro-
raisons sur le respect de la femme ? dit Havel, simulant
une très grande sévérité. Vous faites souffrir Elisabeth
et ça ne vous intéresse pas ?

— J'ai de la compassion pour les femmes et je ne
pourrais jamais leur faire de mal consciemment, dit

Fleischman. Mais ce que je fais inconsciemment ne m'intéresse pas parce que je n'y peux rien, et par conséquent je n'en suis pas responsable. »

Ensuite, Elisabeth revint. Elle avait sans doute décidé que ce qu'elle avait de mieux à faire c'était d'oublier l'affront et de se conduire comme s'il ne s'était rien passé, si bien qu'elle se conduisait avec une extraordinaire affectation. Le patron lui avança une chaise et remplit son verre. « Buvez, Elisabeth ! Oubliez tous les tourments !

— Bien sûr », répliqua Elisabeth avec un large sourire, et elle vida son verre.

Et le patron s'adressa de nouveau à Fleischman : « Si l'on n'était responsable que des choses dont on a conscience, les imbéciles seraient d'avance absous de toute faute. Seulement, mon cher Fleischman, l'homme est tenu de savoir. L'homme est responsable de son ignorance. L'ignorance est une faute. C'est pourquoi rien ne peut vous absoudre, et je déclare que vous vous conduisez comme un mufle avec les femmes, même si vous le niez. »

Eloge de l'amour platonique

Havel repartit à l'attaque contre Fleischman :
« Avez-vous enfin procuré à Mlle Klara l'appartement que vous lui avez promis ? » dit-il, lui rap-

pelant ainsi la cour inutile qu'il faisait à une certaine
jeune fille (connue d'eux tous).

« Pas encore, mais je m'en occupe.

— Je vous ferai observer que Fleischman est un
gentleman avec les femmes. Il ne leur raconte pas
d'histoires, intervint la doctoresse, prenant la défense
de Fleischman.

— Je ne peux pas supporter qu'on soit cruel avec
les femmes, parce que j'ai de la compassion pour elles,
répéta l'étudiant en médecine.

— De toute façon, Klara vous tient la dragée
haute », dit Elisabeth à Fleischman, et elle éclata d'un
rire incongru de sorte que le patron se vit contraint de
reprendre la parole :

« Haute ou pas, c'est beaucoup moins important
que vous ne le pensez, Elisabeth. Comme chacun sait,
Abélard était châtré, et ça ne les a pas empêchés de
rester des amants fidèles, lui et Héloïse, et leur amour
est immortel. George Sand a vécu pendant sept ans
avec Frédéric Chopin, immaculée comme une vierge,
et on parle encore de leur amour ! Je ne veux pas, en
une compagnie aussi auguste, rappeler le cas de la
petite putain qui m'a accordé le plus grand honneur
qu'une femme peut accorder à un homme, en me
repoussant. Prenez-en bonne note, ma chère Elisabeth,
il y a entre l'amour et ce à quoi vous pensez constamment des liens beaucoup plus lâches qu'on ne le croit.
N'en doutez pas, Klara aime Fleischman. Elle est
gentille avec lui, pourtant elle se refuse à lui. Ça vous
paraît illogique, mais l'amour c'est justement ce qui est
illogique.

— Mais qu'y a-t-il à cela d'illogique ? dit Elisabeth, riant à nouveau d'un rire incongru. Klara a besoin d'un appartement, c'est pour ça qu'elle est gentille avec Fleischman. Mais elle n'a pas envie de coucher avec lui parce qu'elle a sans doute quelqu'un d'autre avec qui elle couche. Mais ce quelqu'un d'autre ne peut pas lui procurer d'appartement. »

A ce moment, Fleischman leva la tête et dit : « Vous me tapez sur les nerfs. On dirait une bande d'adolescents. Elle hésite peut-être par pudeur ? Ça ne vous vient même pas à l'esprit ? Ou elle a peut-être une maladie qu'elle me cache ? Une cicatrice qui l'enlaidit ? Il y a des femmes qui ont une pudeur terrible. Seulement, ce sont des choses auxquelles vous ne comprenez pas grand-chose, Elisabeth.

— Ou bien, dit le patron, venant en aide à Fleischman, Klara est pétrifiée d'angoisse amoureuse devant Fleischman, au point de ne pouvoir faire l'amour avec lui. Vous ne pouvez pas imaginer, Elisabeth, que vous pourriez aimer quelqu'un au point qu'il vous serait impossible de coucher avec cette personne ? »

Elisabeth affirma que non.

Le signal

Ici, nous pouvons cesser un instant de suivre la
conversation (perpétuellement alimentée de nouvelles
fadaises) pour expliquer que, depuis le début de la
soirée, Fleischman s'efforçait de regarder la doctoresse dans les yeux car elle lui plaisait terriblement
depuis qu'il l'avait vue (il y avait de cela un mois)
pour la première fois. La majesté de ses trente ans
l'éblouissait. Jusqu'ici, il ne l'avait vue qu'en passant,
et cette soirée était la première occasion qui lui était
offerte de se trouver pendant quelque temps avec elle
dans la même pièce. Il avait l'impression qu'elle
répondait de temps à autre à ses œillades, et il en était
ému.

Donc, après un échange de regards, la doctoresse
se leva brusquement, s'approcha de la fenêtre et dit :
« Comme il fait beau dehors. C'est la pleine lune... »
Et de nouveau son regard se posa machinalement sur
Fleischman.

Celui-ci, qui avait du flair pour les situations de ce
genre, comprit aussitôt que c'était un signal, un signal
qui lui était destiné. Et juste à ce moment, il sentit
une vague se gonfler dans sa poitrine. Sa poitrine était
en effet un instrument sensible, digne de l'atelier de
Stradivarius. Il lui arrivait, de temps à autre, d'éprouver cette sensation exaltante et il était à chaque fois
persuadé que la vague dans sa poitrine avait l'irrévo-

cabilité d'un présage annonçant l'avènement de quelque chose de grandiose et d'inouï qui surpasserait ses
rêves.

Cette fois, il était étourdi par cette vague, et aussi
(dans un recoin de son cerveau, qui échappait à
l'étourdissement) surpris : comment se pouvait-il que
son désir eût une telle force, qu'à l'appel de son désir la
réalité accourût docilement, prête à s'accomplir ? Sans
cesser de s'étonner de son pouvoir, il guettait le
moment où la discussion deviendrait plus animée, où il
échapperait à l'attention des adversaires. Dès qu'il
jugea que ce moment était venu, il disparut de la salle.

Le beau jeune homme aux bras croisés

Le service où avait lieu ce colloque improvisé
occupait le rez-de-chaussée d'un joli pavillon construit
(à proximité d'autres pavillons) dans le vaste jardin de
l'hôpital. C'était dans ce jardin que venait d'entrer
Fleischman. Il s'adossa au tronc d'un grand platane,
alluma une cigarette, contempla le ciel : on était en
plein été, des parfums flottaient dans l'air, et la lune
ronde était suspendue dans le ciel noir.

Il s'efforçait d'imaginer ce qui allait suivre : la
doctoresse qui venait de lui faire signe de sortir
attendrait que son chauve fût plus absorbé par la
conversation que par le soupçon, et ferait discrètement

comprendre qu'un petit besoin intime l'obligeait à
s'absenter un instant.

Et que se passerait-il ensuite ? Ensuite, il préférait
ne rien imaginer. La vague dans sa poitrine annonçait
une aventure et cela lui suffisait. Il avait confiance
dans sa chance, confiance dans son étoile d'amour,
confiance dans la doctoresse. Bercé par son assurance
(assurance toujours un peu étonnée) il s'abandonnait à
une agréable passivité. Car il se voyait toujours sous les
traits d'un homme séduisant, désiré et aimé, et il lui
plaisait d'attendre les aventures les bras (élégamment)
croisés. Il était persuadé que les bras croisés aiguillon-
nent et subjuguent les femmes et le destin.

Il vaut sans doute la peine de noter, à cette
occasion, qu'il arrivait souvent, sinon constamment, à
Fleischman de *se voir*, de sorte qu'il était constamment
accompagné d'un double et que sa solitude devenait
tout à fait divertissante. Ce soir-là, par exemple, non
seulement il était adossé à un platane et il fumait, mais
il observait en même temps avec délectation cet
homme (beau et juvénile) qui était adossé à un platane
et qui fumait nonchalamment. Il se réjouit longuement
de ce spectacle et finit par entendre des pas légers qui
venaient vers lui depuis le pavillon. Il fit exprès de ne
pas se retourner. Il tira encore sur la cigarette, souffla
la fumée et garda les yeux au ciel. Quand les pas furent
tout proches, il dit d'une voix tendre, insinuante : « Je
savais que vous viendriez. »

Uriner

« Ce n'était pas tellement difficile à deviner, lui répondit le patron. Je préfère uriner dans la nature plutôt que dans les installations modernes, qui sont infectes. Ici, bientôt, le mince filet doré m'unira miraculeusement à l'humus, à l'herbe et à la terre. Car, Fleischman, je suis poussière, et dans un instant, au moins partiellement, je retournerai en poussière. Uriner dans la nature est un rite religieux par lequel nous promettons à la terre d'y retourner, un jour, tout entier. »

Fleischman se taisait et le patron lui demanda : « Et vous ? Vous êtes venu regarder la lune ? » Fleischman se taisait obstinément et le patron ajouta : « Vous êtes un lunatique, Fleischman, c'est pour ça que je vous aime bien. » Fleischman interpréta les paroles du patron comme un sarcasme, et il dit d'un ton qu'il voulait distant : « Laissez-moi tranquille avec la lune. Moi aussi je suis venu ici pour pisser.

— Mon petit Fleischman, dit le patron, attendri, j'interprète cela comme un exceptionnel témoignage d'affection à l'égard de votre chef vieillissant. »

Et ils se campèrent tous deux sous le platane pour accomplir l'opération que le patron, avec un enthousiasme inlassable et des images sans cesse renouvelées, comparait à un office divin.

DEUXIÈME ACTE

Le beau jeune homme sarcastique

Ils revenaient par le long couloir et le patron tenait l'étudiant en médecine par les épaules, fraternellement. L'étudiant en médecine était certain que ce chauve jaloux avait deviné le signal de la doctoresse et qu'il se payait sa tête avec ses épanchements amicaux ! Certes, il ne pouvait pas rejeter la main du patron de son épaule, et il n'en était que plus irrité. Une seule chose le consolait : c'était que, bouillant de colère, il se *voyait* dans cette colère, il voyait l'expression de son propre visage, et il était satisfait de ce jeune homme furieux qui retournait dans la salle de garde et, à la surprise générale, allait soudain se montrer sous un jour tout à fait différent : sarcastique, mordant, démoniaque.

Lorsqu'ils pénétrèrent dans la salle de garde, Elisabeth se tenait au centre de la pièce et se déhanchait terriblement, tout en fredonnant les notes d'une mélodie. Le docteur Havel baissait les yeux et la doctoresse expliqua, pour devancer la frayeur des nouveaux venus : « Elisabeth danse.

— Elle est un peu grise », ajouta Havel.

Elisabeth ne cessait de mouvoir ses flancs et d'onduler du buste devant le visage baissé du docteur Havel.

« Où donc avez-vous appris cette jolie danse ? » demanda le patron.

Fleischman, gonflé de sarcasme, fit entendre un rire ostensible. « Ah ! ah ! ah ! Une jolie danse ! Ah ! ah ! ah !

— C'est un numéro que j'ai vu dans une boîte à strip-tease de Vienne, répondit Elisabeth au patron.

— Eh bien, eh bien, s'indigna le patron, tendrement. Depuis quand nos infirmières fréquentent-elles les boîtes à strip-tease ?

— Ce n'est tout de même pas défendu, patron ! » fit Elisabeth en ondulant du buste autour de lui.

La bile affluait dans le corps de Fleischman, cherchant une issue : « C'est de bromure, dit-il, que vous avez besoin, pas de strip-tease. Vous allez finir par nous violer.

— Vous, vous n'avez rien à craindre. Les morveux ne m'amusent pas, coupa Elisabeth en ondulant du buste autour du docteur Havel.

— Et il vous a plu, ce strip-tease ? interrogea le patron, amicalement.

— Je vous crois ! Il y avait une Suédoise aux seins énormes, mais j'en ai de plus beaux, moi, des seins ! (et en disant cela, elle se caressait la poitrine), et il y avait aussi une fille qui faisait semblant de prendre un bain

dans de la mousse de savon, dans une espèce de
baignoire en carton, et une mulâtresse qui se mastur-
bait devant le public, ça, c'est ce qu'il y avait de
mieux !

— Ah ! ah ! dit Fleischman, portant le sarcasme
diabolique à son paroxysme. La masturbation, c'est
exactement ce qu'il vous faut ! »

Un chagrin en forme de croupe

Elisabeth continuait de danser, mais son public
était sans doute bien moins bon public que les
spectateurs de la boîte à strip-tease de Vienne : Havel
baissait la tête, la doctoresse regardait avec malice,
Fleischman avec réprobation, et le patron avec une
paternelle indulgence. Et la croupe d'Elisabeth, sur
laquelle se tendait l'étoffe blanche du tablier d'infirmière, croisait à travers la pièce comme un soleil
magnifiquement rond, mais un soleil éteint et mort
(enveloppé dans un linceul blanc), un soleil que les
regards indifférents et gênés des médecins présents
condamnaient à une pitoyable inutilité.

Vint un moment où l'on crut qu'Elisabeth allait
vraiment retirer ses vêtements l'un après l'autre, de
sorte que le patron intervint d'une voix anxieuse :
« Mais Elisabeth ! On n'est pas à Vienne, ici !

— De quoi avez-vous peur, patron ? Au moins

vous saurez à quoi doit ressembler une femme nue ! »
claironna Elisabeth, et, se tournant à nouveau vers le
docteur Havel, elle le menaça de ses seins : « Eh bien,
mon petit Havel ! Qu'est-ce que c'est que cette tête
d'enterrement ? Lève la tête ! Quelqu'un est mort ? Tu
es en deuil ? Regarde-moi ! Je suis vivante, moi ! Je ne
suis pas près de mourir ! Je suis encore bien vivante ! Je
vis ! » et comme elle disait cela, sa croupe n'était plus
une croupe mais le chagrin même, un chagrin magnifiquement moulé qui traversait la salle en dansant.

« Je crois que ça suffit maintenant, Elisabeth, dit
Havel, les yeux rivés sur le parquet.

— Ça suffit ? dit Elisabeth. Mais c'est pour toi que
je danse ! Et maintenant, je vais te faire un strip-tease !
Un grand strip-tease ! » et elle détacha son tablier,
noué sur les reins, et, d'un geste de danseuse, le jeta
sur le bureau.

De nouveau, peureusement, le patron se fit entendre : « Elisabeth, ce serait beau que vous nous fassiez
un strip-tease, mais ailleurs. Ici, vous comprenez, on
est à l'hôpital. »

Le grand strip-tease

« Je sais me conduire, patron ! » répondit Elisabeth. Elle était dans son habit réglementaire, bleu pâle
à col blanc, et continuait de se trémousser.

Ensuite elle posa les mains à plat sur les hanches, les fit glisser le long des flancs, les leva au-dessus de la tête ; puis sa main droite remonta le long de son bras gauche levé et sa main gauche le long de son bras droit, après quoi elle exécuta un mouvement des bras en direction de Fleischman, comme si elle lui jetait son corsage. Fleischman eut peur et sursauta. « Bébé, tu l'as laissé tomber ! » lui cria-t-elle.

Ramenant ensuite les mains à ses hanches, elle les fit glisser le long des jambes ; courbée, elle leva la jambe droite, puis la jambe gauche. Ensuite, elle regarda le patron et fit un mouvement du bras droit en lui lançant sa jupe imaginaire. Le patron tendit sa main et referma le poing ; avec son autre main il lui envoya un baiser.

Encore quelques trémoussements et quelques pas, et Elisabeth se dressa sur la pointe des pieds, plia les bras en arrière, les doigts se rejoignant au milieu du dos. Puis, avec des gestes de danseuse, elle ramena les bras en avant, se caressa l'épaule droite avec la main gauche et l'épaule gauche avec la main droite et, de nouveau, elle fit du bras un mouvement gracieux, cette fois en direction du docteur Havel qui, à son tour, fit de la main un geste timide et gêné.

Mais déjà Elisabeth arpentait majestueusement la pièce ; elle faisait le tour de ses quatre spectateurs, l'un après l'autre, érigeant devant chacun la symbolique nudité de son buste. Pour finir, elle s'arrêta devant Havel, se remit à onduler des hanches et, s'inclinant légèrement, fit glisser ses deux mains le long de ses flancs ; alors (comme tout à l'heure), elle leva d'abord une jambe, puis l'autre, et elle se redressa triomphalement, levant sa main droite avec, entre le pouce et l'index, le slip invisible. Et de nouveau, gracieusement, elle fit un mouvement vers le docteur Havel.

Tendue dans toute la gloire de sa nudité fictive, elle ne regardait plus personne, pas même Havel. Les yeux mi-clos, la tête penchée sur le côté, elle regardait son propre corps ondoyant.

Ensuite, la fière posture se brisa et Elisabeth s'assit sur les genoux du docteur Havel. « Je suis épuisée », dit-elle en bâillant. Elle saisit le verre de Havel et but une gorgée. « Docteur, dit-elle à Havel, tu n'aurais pas des cachets pour me réveiller ? Je ne vais tout de même pas aller me coucher !

— Pour vous, tout ce que vous voudrez, Elisabeth ! » dit Havel ; et il souleva Elisabeth de ses genoux, la fit asseoir sur la chaise et se dirigea vers la pharmacie. Il y trouva un somnifère puissant et en donna deux cachets à Elisabeth.

« Ça va me réveiller ? demanda-t-elle.

— Aussi vrai que je m'appelle Havel », dit ce dernier.

Les mots d'adieu d'Elisabeth

Quand elle eut avalé les deux cachets, Elisabeth voulut se rasseoir sur les genoux de Havel, mais celui-ci écarta les jambes et Elisabeth tomba.

Aussitôt Havel le regretta, car il n'avait pas eu l'intention d'infliger à Elisabeth cette humiliation, et le mouvement qu'il avait fait était plutôt un réflexe machinal provoqué par le dégoût sincère qu'il éprouvait à l'idée de toucher la croupe d'Elisabeth avec ses cuisses.

Il essaya donc de la relever, mais Elisabeth adhérait au plancher de tout son poids, avec une plaintive obstination.

Fleischman se campa devant elle : « Vous êtes soûle et vous devriez aller vous coucher. »

Elisabeth le regarda de bas en haut avec un immense mépris et (savourant le masochisme pathétique de son être-à-terre) elle lui dit : « Goujat, imbécile. » Et une fois encore : « Imbécile. »

De nouveau, Havel tenta de la relever, mais elle se dégagea violemment et éclata en pleurs. Personne ne trouvait rien à dire et les sanglots d'Elisabeth s'élevaient comme un solo de violon dans la pièce silencieuse. Après un bon moment, la doctoresse eut l'idée de siffler doucement. Elisabeth se leva d'un bond, se dirigea vers la porte et, quand elle eut la main sur la poignée, elle se retourna et dit : « Goujats. Goujats. Si vous saviez. Mais vous ne savez rien. Vous ne savez rien. »

Le réquisitoire du patron contre Fleischman

Le départ d'Elisabeth fut suivi d'un silence que le patron fut le premier à interrompre : « Vous voyez, mon petit Fleischman. Vous prétendez avoir de la compassion pour les femmes. Mais si vous avez de la compassion pour les femmes, pourquoi n'avez-vous pas de la compassion pour Elisabeth ?

— En quoi est-ce que ça me concerne ? répliqua Fleischman.

— Ne faites pas semblant de ne rien savoir ! On vous l'a dit tout à l'heure. Elle est folle de vous !

— Est-ce que j'y peux quelque chose ? demanda Fleischman.

— Vous n'y pouvez rien, dit le patron. Mais vous êtes grossier avec elle et vous la faites souffrir, et ça vous y pouvez quelque chose. Pendant toute la soirée, elle ne s'intéressait qu'à une chose, à ce que vous alliez faire, si vous alliez la regarder, lui sourire, lui dire un mot gentil. Et rappelez-vous ce que vous lui avez dit !

— Je ne lui ai rien dit de si terrible, répliqua Fleischman (mais il y avait un doute dans sa voix).

— Rien de si terrible, ironisa le patron. Vous vous êtes moqué d'elle quand elle a dansé bien qu'elle n'ait

dansé que pour vous, vous lui avez recommandé du
bromure, vous lui avez dit que ce qu'elle pouvait faire
de mieux c'était de se masturber. Rien de terrible !
Quand elle a fait son strip-tease, vous avez laissé
tomber son corsage par terre.

— Quel corsage ? répliqua Fleischman.

— Son corsage, dit le patron. Ne faites pas l'imbécile. Pour finir vous l'avez envoyée se coucher, bien
qu'elle ait pris des cachets contre la fatigue.

— Mais c'est après Havel qu'elle en avait ! se
défendit Fleischman.

— Ne jouez pas la comédie, dit sévèrement le
patron. Que vouliez-vous qu'elle fasse, puisque vous
ne vous occupiez pas d'elle ? Elle vous provoquait. Et
elle ne désirait qu'une chose, quelques miettes de votre
jalousie. Vous parlez d'un gentleman !

— Fichez-lui la paix, maintenant, dit la doctoresse. Il est cruel, mais il est jeune.

— C'est l'archange du châtiment », dit Havel.

Les rôles mythologiques

« Oui, c'est exact, dit la doctoresse. Regardez-le :
un archange beau et terrible.

— Nous sommes une vraie société mythologique,
souligna le patron d'une voix somnolente. Parce que
toi, tu es Diane. Froide, sportive, méchante.

— Et vous, vous êtes un satyre. Vieux, lascif, bavard, dit la doctoresse. Et Havel, c'est don Juan. Pas vieux, mais vieillissant.

— Allons donc ! Havel, c'est la mort », répliqua le patron, revenant à sa thèse de tout à l'heure.

La fin des don Juan

« Si vous me demandez si je suis un don Juan ou la mort, je dois, bien qu'à contrecœur, me ranger à l'avis du patron, dit Havel, et il avala une bonne gorgée. Don Juan était un conquérant. Et avec des majuscules, même. Un Grand Conquérant. Mais, je vous le demande, comment voulez-vous être un conquérant dans un territoire où personne ne vous résiste, où tout est possible et où tout est permis ? L'ère des don Juan est révolue. L'actuel descendant de don Juan ne *conquiert* plus, il ne fait que *collectionner*. Au personnage du Grand Conquérant a succédé le personnage du Grand Collectionneur, seulement le Collectionneur n'a absolument plus rien de commun avec don Juan. Don Juan était un personnage de tragédie. Il était marqué par la faute. Il péchait gaiement et se moquait de Dieu. C'était un blasphémateur et il a fini en enfer.

« Don Juan portait sur ses épaules un fardeau tragique dont le Grand Collectionneur n'a pas la

moindre idée, car dans son univers toute pesanteur est
sans poids. Les blocs de pierre se sont changés en
duvet. Dans le monde du Conquérant, un regard
comptait ce que comptent, dans le monde du Collectionneur, dix années de l'amour physique le plus
assidu.

« Don Juan était un maître, tandis que le Collectionneur est un esclave. Don Juan transgressait effrontément les conventions et les lois. Le Grand Collectionneur ne fait qu'appliquer docilement, à la sueur de son
front, la convention et la loi, car collectionner fait
désormais partie des bonnes manières et du bon ton,
collectionner est presque considéré comme un devoir.
Si je me sens coupable, c'est uniquement de ne pas
prendre Elisabeth.

« Le Grand Collectionneur n'a rien de commun ni
avec la tragédie ni avec le drame. L'érotisme, qui était
le germe de catastrophes, est devenu, grâce à lui, une
chose pareille à un petit déjeuner ou à un dîner, à la
philatélie, au ping-pong, ou à une course dans les
magasins. Le Collectionneur a fait entrer l'érotisme
dans la ronde de la banalité. Il en a fait les coulisses et
les planches d'une scène où le vrai drame n'aura jamais
lieu. Hélas, mes amis, s'écria Havel d'un ton pathétique, mes amours (si je peux me permettre de les
appeler ainsi) sont les planches d'une scène où il ne se
passe rien.

« Chère doctoresse et cher patron. Vous avez
opposé don Juan à la mort, comme les termes d'une
contradiction. Par pur hasard et par inadvertance, vous
avez ainsi mis en lumière le fond du problème.

Regardez. Don Juan bravait l'impossible. Et c'est cela qui est tellement humain. En revanche, dans le royaume du Grand Collectionneur rien n'est impossible, parce que c'est le royaume de la mort. Le Grand Collectionneur, c'est la mort qui est venue chercher par la main la tragédie, le drame, l'amour. La mort qui est venue chercher don Juan. Dans le feu infernal où l'a envoyé le Commandeur, don Juan est vivant. Mais dans le monde du Grand Collectionneur où les passions et les sentiments voltigent dans l'espace comme un duvet, dans ce monde-là, il est définitivement mort.

« Allons donc, chère madame, dit tristement Havel, moi et don Juan ! Ce que je donnerais pour voir le Commandeur, pour sentir sur mon âme l'atroce poids de sa malédiction, sentir croître en moi la grandeur de la tragédie ! Allons donc, madame, je suis tout au plus un personnage de comédie, et même cela ce n'est pas à moi que je le dois, mais justement à lui, don Juan, car c'est uniquement sur l'arrière-plan historique de sa gaieté tragique que vous pouvez encore saisir, tant bien que mal, la comique tristesse de mon existence de coureur de jupons, existence qui, sans ce repère, ne serait qu'une grisaille banale, un paysage fastidieux. »

Nouveaux signaux

Fatigué par cette longue tirade (pendant laquelle le patron ensommeillé laissa par deux fois sa tête retomber sur sa poitrine), Havel se tut. Après une pause pleine d'émotion, la doctoresse prit la parole : « Je ne savais pas, docteur, que vous étiez aussi bon orateur. Vous vous êtes dépeint sous les traits d'un personnage de comédie, de la grisaille, et de l'ennui, comme un zéro ! Malheureusement, la façon dont vous vous êtes exprimé était un peu trop noble. C'est votre maudit raffinement : vous vous traitez de mendiant, mais vous choisissez pour cela des mots princiers, pour être quand même plus prince que mendiant. Vous êtes un vieil imposteur, Havel. Vaniteux jusque dans les moments où vous vous roulez dans la boue. Vous êtes un vieil et vil imposteur. »

Fleischman rit d'un rire sonore, car il croyait, à sa grande satisfaction, discerner dans les paroles de la doctoresse du mépris à l'égard de Havel. C'est pourquoi, encouragé par l'ironie de la doctoresse et par son propre rire, il s'approcha de la fenêtre et dit d'un air entendu : « Quelle nuit !

— Oui, dit la doctoresse. Une nuit splendide. Et Havel qui joue à la mort ! Avez-vous seulement remarqué, Havel, qu'il fait une nuit magnifique ?

— Bien sûr que non, dit Fleischman. Pour Havel, une femme est une femme, une nuit en vaut une autre, l'hiver et l'été c'est du pareil au même. Le docteur Havel refuse de distinguer les attributs secondaires.

— Vous m'avez percé à jour », dit Havel.

Fleischman estima que cette fois-ci son rendez-vous avec la doctoresse serait réussi : le patron avait beaucoup bu et la somnolence à laquelle il succombait depuis quelques minutes semblait émousser considérablement sa vigilance. « Oh ! ma vessie », dit Fleischman, discrètement, et après un regard à l'intention de la doctoresse il se dirigea vers la porte.

Le gaz

Une fois dans le couloir, il songea avec plaisir que la doctoresse avait passé toute la soirée à se moquer des deux hommes, le patron et Havel qu'elle venait, avec beaucoup d'à-propos, de traiter d'imposteur, et il s'émerveilla de voir se répéter une situation qui l'étonnait chaque fois, justement parce qu'elle se répétait avec une telle régularité : il plaisait aux femmes, elles le préféraient à des hommes expérimentés, ce qui, dans le cas de la doctoresse — et c'était visiblement une femme extraordinairement exigeante, intelligente et assez (mais agréablement) hautaine —, constituait un triomphe nouveau et inattendu.

C'est dans cet état d'esprit que Fleischman traversa le long couloir et se dirigea vers la sortie. Il était

presque arrivé à la porte qui donnait sur le jardin
quand une odeur de gaz frappa tout à coup ses narines.
Il s'arrêta et renifla. L'odeur était concentrée du côté
de la porte qui séparait le couloir de la petite salle de
repos des infirmières. Soudain, Fleischman se rendit
compte qu'il avait très peur.

Son premier mouvement fut de courir chercher le
patron et Havel, mais ensuite il se décida à poser la
main sur la poignée de la porte (sans doute parce qu'il
supposait que la porte serait verrouillée ou barricadée).
Mais à sa grande surprise, la porte s'ouvrit. Le
plafonnier était allumé et éclairait, étendu sur le divan,
un grand corps de femme, nu. Fleischman jeta un
regard circulaire à travers la pièce et s'élança vers un
petit réchaud. Il tourna le robinet à gaz, qui était
ouvert. Puis il courut jusqu'à la fenêtre et l'ouvrit toute
grande.

Remarque entre parenthèses

(On peut dire que Fleischman a agi avec sang-froid
et, somme toute, avec présence d'esprit. Il y a une
chose, cependant, qu'il n'a pas enregistrée avec la tête
suffisamment froide. Certes, il a gardé les yeux fixés
pendant une bonne seconde sur le corps nu d'Elisabeth, mais il avait tellement peur qu'il n'a pu, derrière
l'écran de cette peur, saisir ce que nous pouvons

maintenant savourer tout à loisir, profitant d'un recul avantageux :

Ce corps était splendide. Il était étendu sur le dos avec la tête légèrement détournée, les épaules étaient un peu rapprochées, et les deux beaux seins se serraient l'un contre l'autre, offrant leur forme pleine. Une jambe était étendue et l'autre légèrement pliée, de sorte que l'on pouvait voir la remarquable plénitude des cuisses et l'ombre noire, extraordinairement épaisse, de la toison.)

L'appel au secours

Ayant ouvert toutes grandes la fenêtre et la porte, Fleischman s'élança dans le couloir et appela à l'aide. Ce qui suivit se déroula avec une prompte efficacité : respiration artificielle, coup de téléphone au service des urgences, arrivée du chariot pour le transport des malades, remise de la malade au médecin de garde, nouvelle séance de respiration artificielle, retour à la vie, transfusion sanguine et, pour finir, profond soupir de soulagement quand il fut évident que la vie d'Elisabeth était sauvée.

TROISIÈME ACTE

Qui a dit quoi

Lorsque les quatre médecins sortirent du service des urgences et se retrouvèrent dans la cour, ils semblaient épuisés.

Le patron dit : « Elle nous a gâché notre colloque, cette petite Elisabeth. »

La doctoresse dit : « Les femmes insatisfaites portent toujours la poisse. »

Havel dit : « C'est curieux. Il a fallu qu'elle ouvre le gaz pour qu'on s'aperçoive qu'elle est bien faite. »

A ces mots, Fleischman regarda (longuement) Havel et il dit : « Je n'ai plus envie de boire ni de faire de l'esprit. Bonne nuit. » Et il se dirigea vers la sortie de l'hôpital.

La théorie de Fleischman

Fleischman trouvait infects les propos de ses collègues. Il y voyait l'insensibilité d'hommes et de femmes
vieillissants, la cruauté de leur âge qui se dressait
devant sa jeunesse comme une barrière hostile. C'est
pourquoi il se réjouissait d'être seul et il allait à
pied, délibérément, pour savourer pleinement son
exaltation : il ne cessait de se répéter, avec un
effroi délicieux, qu'Elisabeth s'était trouvée à deux
doigts de la mort et que cette mort il en était responsable.

Bien entendu, il n'ignorait pas qu'un suicide
résulte, non pas d'une cause unique, mais d'ordinaire
de toute une constellation de causes ; seulement, il ne
pouvait nier que l'une de ces causes, et sans doute la
cause décisive, c'était lui, du simple fait de son
existence et de son comportement d'aujourd'hui.

A présent, il s'accusait pathétiquement. Il se disait
qu'il était un égoïste au regard vaniteux rivé sur ses
succès amoureux. Il se jugeait grotesque de s'être laissé
aveugler par l'intérêt que lui avait témoigné la doctoresse. Il se reprochait d'avoir fait d'Elisabeth un simple
objet, un récipient dont il s'était servi pour déverser sa
bile lorsque le patron jaloux avait empêché son rendez-
vous nocturne. De quel droit avait-il ainsi traité une
innocente créature ?

Cependant, le jeune étudiant en médecine n'était

pas un être primitif ; chacun de ses états d'âme contenait en soi la dialectique de l'affirmation et de la négation, de sorte qu'à la voix intérieure de l'accusateur répliquait maintenant la voix intérieure du défenseur : Les sarcasmes qu'il avait adressés à Elisabeth étaient assurément déplacés, mais n'auraient sans doute pas eu des conséquences aussi tragiques si Elisabeth n'avait été éprise de lui. Or Fleischman y pouvait-il quelque chose, si une femme était amoureuse de lui ? Devenait-il automatiquement responsable de cette femme ?

Il s'arrêta à cette question qui lui semblait être la clef de tout le mystère de l'existence humaine. Il s'arrêta même de marcher et formula la réponse le plus sérieusement du monde : Oui, il avait eu tort, tout à l'heure, quand il avait dit au patron qu'il n'était pas responsable de ce qu'il provoquait à son insu. En effet, pouvait-il réduire sa personne à ce qui était conscient et délibéré ? Ce qu'il infligeait inconsciemment ne faisait-il pas aussi partie de la sphère de sa personnalité ? Qui d'autre que lui pourrait en être responsable ? Oui, il était coupable ; coupable de l'amour d'Elisabeth ; coupable d'ignorer cet amour ; coupable de le négliger ; coupable. Pour un peu, il aurait tué un être humain.

La théorie du patron

Pendant que Fleischman se livrait à cet examen de conscience, le patron, Havel et la doctoresse regagnaient la salle de garde. Ils n'avaient vraiment plus envie de boire ; ils gardèrent pendant quelque temps le silence ; puis : « Qu'est-ce qui a bien pu se passer dans la tête d'Elisabeth ? dit le docteur Havel.

— Pas de sentimentalité, dit le patron. Quand quelqu'un fait des conneries de ce genre, je m'interdis toute émotion. D'ailleurs, si vous ne vous étiez pas entêté et si vous aviez fait avec elle ce que vous n'hésitez pas à faire avec toutes les autres, ça ne serait pas arrivé.

— Je vous remercie de me rendre responsable d'un suicide, dit Havel.

— Soyons précis, répondit le patron. Il ne s'agit pas d'un suicide, mais d'une manifestation suicidaire arrangée de manière à éviter la catastrophe. Mon cher docteur, quand on veut s'asphyxier au gaz on commence par fermer la porte à clef. Mieux que ça, on prend soin de boucher toutes les fissures pour que la présence du gaz soit décelée le plus tard possible. Seulement, Elisabeth ne pensait pas à la mort, elle pensait à vous.

« Dieu sait depuis combien de semaines elle se réjouissait à la pensée qu'elle allait être avec vous de service de nuit, et depuis le début de la soirée elle s'est concentrée impudiquement sur vous. Mais vous vous êtes buté. Et plus vous vous êtes buté, plus elle a bu, et plus elle s'est montrée provocante : elle a parlé, elle a dansé, elle a voulu faire un strip-tease...

« Voyez-vous, je me demande s'il n'y a tout de même pas quelque chose d'émouvant dans tout cela. Quand elle s'est rendu compte qu'elle ne pouvait attirer ni vos yeux ni vos oreilles, elle a tout misé sur votre odorat et elle a ouvert le gaz. Et avant d'ouvrir le gaz, elle s'est déshabillée. Elle sait qu'elle a un beau corps, et elle a voulu vous obliger à vous en rendre compte. Rappelez-vous ce qu'elle a dit en partant : *Si vous saviez. Vous ne savez rien. Vous ne savez rien.* Maintenant vous le savez, Elisabeth a un visage laid, mais elle a un beau corps. Vous l'avez reconnu vous-même. Vous voyez bien que son raisonnement n'est pas si bête. Je me demande même si vous n'allez pas vous laisser faire, à présent. »

Havel haussa les épaules. « Ça se peut, dit-il.

— J'en suis certain », dit le patron.

La théorie de Havel

« Ce que vous dites peut paraître convaincant, patron, mais il y a une faille dans votre raisonnement : vous surestimez mon rôle dans cette affaire. Parce qu'il ne s'agit pas de moi. Je ne suis tout de même pas le seul

qui aie refusé de coucher avec Elisabeth. Personne ne
voulait coucher avec elle.

« Tout à l'heure, quand vous m'avez demandé
pourquoi je ne voulais pas prendre Elisabeth, je vous ai
répondu je ne sais quelles balivernes sur la beauté du
libre arbitre et sur ma liberté que je tiens à préserver.
Mais ce n'étaient que des propos en l'air destinés à
masquer la vérité qui est juste à l'opposé et pas
flatteuse du tout : si j'ai refusé Elisabeth, c'est parce
que je suis incapable de me conduire en homme libre.
Parce que c'est une mode de ne pas coucher avec
Elisabeth. Personne ne couche avec elle, et si quelqu'un couchait avec elle, il n'en conviendrait jamais
parce que tout le monde se moquerait de lui. La mode
est un terrible dragon et je lui ai servilement obéi.
Seulement, Elisabeth est une femme mûre, et ça lui est
monté au cerveau. Et, peut-être, ce qui lui est monté
au cerveau plus que tout le reste, c'est que je la refuse,
moi, parce que tout le monde sait que je prends tout.
Seulement, la mode m'était plus chère que le cerveau
d'Elisabeth.

« Et vous avez raison, patron : elle sait qu'elle a un
beau corps, et elle estimait que cette situation est tout à
fait absurde et injuste, et elle a voulu protester.
Souvenez-vous que pendant toute la soirée elle n'a pas
cessé d'attirer l'attention sur son corps. Quand elle a
parlé de la strip-teaseuse suédoise qu'elle a vue à
Vienne, elle s'est caressé les seins et elle a déclaré qu'ils
étaient plus beaux que ceux de la Suédoise. Et
rappelez-vous : pendant toute la soirée, ses seins et sa
croupe ont envahi cette pièce comme une foule de

manifestants. Je parle sérieusement, patron, c'était une
manifestation.

« Et rappelez-vous son strip-tease, rappelez-vous
comme elle le vivait ! Patron, c'est le strip-tease le plus
triste que j'aie jamais vu. Elle se déshabillait avec
passion, mais sans se dégager du fourreau détesté de son
uniforme d'infirmière. Elle se déshabillait, mais elle ne
pouvait pas se déshabiller. Et tout en sachant qu'elle ne
se déshabillerait pas, elle se déshabillait parce qu'elle
voulait nous faire part de son triste et irréalisable désir
de se déshabiller. Patron, ce n'était pas un déshabillage, c'était le chant élégiaque du déshabillage, le chant
sur l'impossibilité de se déshabiller, sur l'impossibilité
de faire l'amour, sur l'impossibilité de vivre ! Et même
ça, nous n'avons pas voulu l'entendre, nous baissions la
tête et nous prenions l'air indifférent.

— Oh, romantique coureur ! Vous croyez vraiment
qu'elle voulait mourir ? s'écria le patron.

— Souvenez-vous, dit Havel, de ce qu'elle m'a dit
en dansant ! Elle m'a dit : *Je suis encore vivante ! Je suis
encore bien vivante !* Vous vous souvenez ? A partir du
moment où elle a commencé à danser, elle savait ce
qu'elle allait faire.

— Et pourquoi a-t-elle voulu mourir toute nue,
hein ? Comment expliquez-vous cela ?

— Elle voulait entrer dans les bras de la mort
comme dans les bras d'un amant. C'est pour ça qu'elle
s'est déshabillée, coiffée, fardée…

— Et c'est pour ça qu'elle n'a pas fermé la porte à
clef, hein ? Je vous en prie, n'essayez pas de vous
persuader qu'elle voulait vraiment mourir.

— Peut-être ne savait-elle pas exactement ce qu'elle voulait. Vous le savez, vous, ce que vous voulez ? Qui d'entre nous sait ce qu'il veut ? Elle voulait mourir, et elle ne le voulait pas. Elle voulait très sincèrement mourir et, en même temps (tout aussi sincèrement), elle voulait suspendre l'acte qui la conduisait à la mort, et dont elle se sentait grandie. Vous comprenez bien qu'elle ne voulait pas qu'on la voie quand elle serait toute brune, puante et déformée par la mort. Elle voulait nous montrer son corps, si beau, si sous-estimé, qui dans toute sa gloire s'en allait copuler avec la mort ; elle voulait qu'au moins en cet instant essentiel nous enviions ce corps à la mort et que nous le désirions. »

La théorie de la doctoresse

« Messieurs, commença la doctoresse qui s'était tue jusque-là et avait écouté attentivement les deux médecins, ce que vous avez dit tous les deux me paraît logique, autant qu'une femme peut en juger. En elles-mêmes, vos théories sont assez convaincantes et témoignent d'une profonde connaissance de la vie. Elles n'ont qu'un défaut. Elles ne contiennent pas une once de vérité. Elisabeth ne pensait pas au suicide. Ni au suicide réel, ni au suicide simulé. A aucun suicide. »

La doctoresse savoura pendant un instant l'effet de

ses paroles et reprit : « Messieurs, on voit que vous avez mauvaise conscience. Quand nous sommes revenus du service des urgences, vous avez évité la salle de repos. Vous ne vouliez plus la voir. Mais moi, je l'ai soigneusement examinée, pendant que vous faisiez de la respiration artificielle à Elisabeth. Il y avait une casserole sur le réchaud. Elisabeth a mis de l'eau à chauffer pour se faire un café, et elle s'est endormie. L'eau a débordé et a éteint la flamme. »

Les deux médecins se rendirent dans la salle de repos avec la doctoresse. C'était exact, il y avait une petite casserole sur le réchaud et il y restait même un peu d'eau.

« Mais dans ce cas, pourquoi était-elle toute nue ? s'étonna le patron.

— Regardez bien », dit la doctoresse, montrant les quatre coins de la pièce : la robe bleu pâle traînait par terre sous la fenêtre, le soutien-gorge pendait, accroché à la petite armoire à pharmacie, et la petite culotte blanche avait été jetée par terre dans l'angle opposé. « Elisabeth a jeté ses vêtements de tous les côtés, ce qui prouve qu'elle a voulu réaliser, même pour elle seule, la séance de strip-tease que vous avez jugé prudent d'interdire, patron !

« Quand elle a été toute nue, elle s'est sans doute sentie fatiguée. Ça ne faisait pas son affaire, parce qu'elle n'avait pas renoncé à ses espérances pour cette nuit. Elle savait que nous allions finalement partir et que Havel resterait seul. C'est pour ça qu'elle a demandé des cachets pour se réveiller. Elle voulait se faire un café et elle a mis une casserole d'eau sur le réchaud. Ensuite, elle a de nouveau regardé son corps, et ça l'a excitée. Messieurs, Elisabeth avait un avantage sur vous. Elle ne voyait pas sa tête. Pour elle, elle était donc d'une beauté sans défaut. Son corps l'a excitée et elle s'est lascivement étendue sur le divan. Mais, visiblement, le sommeil l'a surprise avant la volupté.

— Certainement, dit Havel. D'autant plus que je lui avais donné des somnifères !

— Ça vous ressemble, dit la doctoresse. Alors, y a-t-il encore quelque chose de pas clair ?

— Oui, dit Havel. Rappelez-vous ce qu'elle nous a dit : *Je ne suis pas près de mourir ! Je suis encore bien vivante ! Je vis !* Et ces dernières paroles : elle les a dites si pathétiquement, comme si c'étaient des paroles d'adieu : *Si vous saviez. Vous ne savez rien. Vous ne savez rien.*

— Voyons, Havel, dit la doctoresse. Comme si vous ne saviez pas que quatre-vingt-dix-neuf pour cent de toutes les paroles qu'on prononce sont des paroles en l'air. Est-ce que vous-même, la plupart du temps, vous parlez pour autre chose que pour parler ? »

Les médecins bavardèrent pendant quelque temps encore, puis sortirent ; le patron et la doctoresse serrèrent la main à Havel et s'éloignèrent.

Des parfums flottaient dans l'air nocturne

Fleischman arriva enfin dans la rue de banlieue où
il habitait chez ses parents dans une petite villa
entourée d'un jardin. Il ouvrit la grille et, sans aller
jusqu'à la porte d'entrée, s'assit sur un banc au-dessus
duquel se penchaient des roses soigneusement entrete-
nues par sa maman.

Des parfums flottaient dans l'air nocturne de l'été
et les mots « coupable », « égoïsme », « aimé »,
« mort » tournoyaient dans la poitrine de Fleischman
et la remplissaient d'un plaisir exaltant ; il avait
l'impression qu'il lui poussait des ailes dans le dos.

Dans cet afflux de bonheur mélancolique, il comprit qu'il était aimé comme jamais. Evidemment,
plusieurs femmes lui avaient déjà donné des preuves
tangibles de leurs sentiments, mais, à présent, il se
contraignait à une froide lucidité : est-ce que ça avait
toujours été l'amour ? est-ce qu'il n'avait pas quelquefois succombé à des illusions ? est-ce qu'il ne lui
arrivait pas d'imaginer plus qu'il n'y avait en réalité ?
est-ce que Klara, par exemple, n'était pas plus inté-
ressée qu'amoureuse ? est-ce qu'elle ne tenait pas plus
à l'appartement qu'il allait lui procurer qu'elle ne
tenait à lui ? Tout était bien pâle auprès de l'acte
d'Elisabeth.

De grands mots flottaient dans l'air et Fleischman
se disait que l'amour n'a qu'un seul critère : la mort.

Au terme du véritable amour, il y a la mort, et seul l'amour au terme duquel il y a la mort est l'amour.

Des parfums flottaient dans l'air et Fleischman se demandait : quelqu'un l'aimerait-il jamais autant que cette femme laide ? Mais qu'était la beauté ou la laideur auprès de l'amour ? Qu'était la laideur d'un visage auprès d'un sentiment dont la grandeur reflétait l'absolu ?

(L'absolu ? Oui. Fleischman est un adolescent projeté depuis peu dans le monde incertain des adultes. Il fait de son mieux pour séduire les femmes, mais ce qu'il cherche c'est surtout l'étreinte consolante, infinie, rédemptrice, qui le sauvera de l'atroce relativité du monde récemment découvert.)

QUATRIÈME ACTE

Le retour de la doctoresse

Le docteur Havel était étendu depuis quelques moments sur le divan, sous une mince couverture de laine, quand il entendit des coups frappés contre la vitre. Il aperçut le visage de la doctoresse à la lueur de la lune. Il ouvrit la fenêtre et demanda : « Qu'est-ce qui se passe ?

— Ouvrez-moi », dit la doctoresse et elle se dirigea d'un pas leste vers la porte du pavillon.

Havel boutonna sa chemise, poussa un soupir et sortit de la pièce.

Quand il eut ouvert la porte du pavillon, la doctoresse s'avança sans donner davantage d'éclaircissements, et lorsqu'elle fut installée dans un fauteuil dans la salle de garde, en face de Havel, elle se mit à expliquer qu'elle n'avait pu rentrer chez elle, qu'elle s'était sentie terriblement troublée, qu'elle ne pourrait pas s'endormir et qu'elle demandait à Havel de faire encore un brin de causette avec elle afin de retrouver le calme.

Havel ne croyait pas un mot de ce que disait la doctoresse et il était suffisamment mal élevé (ou imprudent) pour le laisser voir.

C'est pourquoi la doctoresse lui dit : « Bien sûr, vous ne me croyez pas, parce que vous êtes persuadé que je ne suis revenue que pour coucher avec vous. »

Le docteur fit un geste de dénégation, mais la doctoresse poursuivit : « Don Juan vaniteux ! Evidemment. Dès qu'une femme vous voit, elle ne pense qu'à ça. Et vous, contraint et dégoûté, vous accomplissez votre triste mission. »

De nouveau, Havel fit un geste de dénégation, mais la doctoresse, ayant allumé une cigarette et soufflé nonchalamment la fumée, poursuivit : « Mon pauvre don Juan, ne craignez rien. Je ne suis pas venue pour vous importuner. Vous n'avez rien de commun avec la mort. Tout cela, ce ne sont que les paradoxes de notre cher patron. Vous ne prenez pas tout, pour la bonne raison que toutes les femmes ne sont pas prêtes à se laisser prendre. Moi, par exemple, je peux vous le garantir, je suis absolument immunisée contre vous.

— C'est ça que vous êtes venue me dire ?

— Peut-être. Je suis venue pour vous consoler, pour vous dire que vous n'êtes pas comme la mort. Que moi, je ne me laisserai pas prendre. »

La moralité de Havel

« C'est gentil de votre part, dit Havel, gentil de ne pas vous laisser prendre et d'être venue me le dire. Vous avez raison, je n'ai rien de commun avec la mort. Non seulement je ne prends pas Elisabeth, mais je ne vous prendrai pas davantage.

— Oh ! fit la doctoresse.

— Je ne veux pas dire par là que vous ne me plaisez pas. Bien au contraire.

— Tout de même, dit la doctoresse.

— Oui. Vous me plaisez beaucoup.

— Alors, pourquoi ne voulez-vous pas me prendre ? Est-ce parce que je ne m'intéresse pas à vous ?

— Non, je crois que ça n'a pas de rapport, dit Havel.

— Alors, pourquoi ?

— Parce que vous êtes la maîtresse du patron.

— Et après ?

— Le patron est jaloux. Ça lui ferait de la peine.

— Vous avez des scrupules ? dit la doctoresse en riant.

— Vous savez, dit Havel, j'ai eu pas mal d'intrigues avec des femmes dans ma vie, si bien que je n'en apprécie que davantage l'amitié masculine. Cette amitié qui n'est pas éclaboussée par la bêtise de l'érotisme est la seule valeur que j'aie connue dans la vie.

— Vous considérez le patron comme un ami ?

— Le patron a fait beaucoup pour moi.

— Encore plus pour moi, répliqua la doctoresse.

— C'est possible, dit Havel. Mais il ne s'agit pas de gratitude. C'est un ami, c'est tout. C'est un type épatant. Et il tient à vous. Si j'essayais de vous avoir, je serais obligé de me considérer comme un salaud. »

Le patron calomnié

« Je ne m'attendais pas, dit la doctoresse, à entendre de votre bouche un aussi fervent éloge de l'amitié ! Je vous découvre, docteur, sous une apparence pour moi toute nouvelle et absolument inattendue. Non seulement vous possédez, contre toute attente, la faculté de sentir, mais vous exercez cette faculté (et c'est bien émouvant) à l'égard d'un monsieur âgé, gris et déplumé, dont on ne remarque que le ridicule. L'avez-vous observé tout à l'heure ? Vous avez vu comme il se donne constamment en spectacle ? Il veut toujours prouver des choses que personne ne peut croire.

« D'abord, il veut prouver qu'il est spirituel. Vous l'avez entendu. Il a passé la soirée à parler pour ne rien dire, il amusait la galerie, il faisait de l'esprit, le docteur Havel est comme la mort, il inventait des paradoxes sur le malheur d'un mariage heureux (ça fait bien cent fois que j'entends la chanson !), il essayait de faire marcher Fleischman (comme s'il fallait être spirituel pour cela !).

« Deuxièmement, il veut se faire passer pour un

type généreux. En réalité, il déteste quiconque a
encore des cheveux sur la tête, mais il se donne
d'autant plus de mal. Il vous flattait, il me flattait, il
était paternel et tendre avec Elisabeth, et s'il s'est payé
la tête de Fleischman il a pris soin que Fleischman ne
s'en aperçoive pas.

« Et troisièmement, et c'est le plus grave, il veut
prouver qu'il est irrésistible. Il tente désespérément de
cacher sa physionomie d'aujourd'hui sous son apparence d'autrefois, qui n'est malheureusement plus et
dont aucun de nous ne se souvient. Vous avez vu
comme il s'y est pris habilement pour nous raconter
l'histoire de cette petite putain, qui ne voulait pas de
lui, uniquement pour évoquer à cette occasion son
visage d'autrefois et faire ainsi oublier sa triste calvitie ? »

Défense du patron

« Tout ce que vous dites est presque vrai, chère
madame, répondit Havel. Mais je ne vois là que des
raisons supplémentaires, et de bonnes raisons, d'aimer
le patron, car tout cela me touche de plus près que vous
ne le pensez. Pourquoi voulez-vous que je me moque
d'une calvitie à laquelle je n'échapperai pas ? Pourquoi
voulez-vous que je me moque de cet effort obstiné du
patron pour ne pas être ce qu'il est ?

« Ou bien un vieil homme accepte d'être ce qu'il est, c'est-à-dire ce résidu pitoyable de soi-même, ou bien il n'accepte pas. Mais que doit-il faire, s'il n'accepte pas ? Il ne lui reste qu'à feindre de ne pas être ce qu'il est ; il ne lui reste qu'à recréer, par une simulation laborieuse, ce qui n'est plus, ce qui est perdu ; à inventer, jouer, mimer sa gaieté, sa vitalité, sa cordialité. A faire revivre son image juvénile, à s'efforcer de se confondre avec elle et de la substituer à soi-même. Dans cette comédie du patron, c'est moi que je vois, c'est mon propre avenir. S'il me reste encore assez de force pour refuser la résignation qui est certainement un mal pire que cette mélancolique comédie.

« Vous avez peut-être vu clair dans le jeu du patron. Mais je ne l'en aime que davantage, et je ne pourrai jamais lui faire de mal, d'où il résulte que je ne pourrai jamais coucher avec vous. »

La réponse de la doctoresse

« Mon cher docteur, répondit la doctoresse, il y a moins de divergences entre nous que vous ne le pensez. Moi aussi je l'aime bien. Moi aussi, j'ai pitié de lui, tout comme vous. Et je lui dois plus que vous ne lui devez. Sans lui, je n'aurais pas une aussi bonne place. (Vous le savez bien, tout le monde ne le sait que trop

bien.) Vous croyez que je le fais marcher ? Que je le
trompe ? Que j'ai d'autres amants ? Avec quelle joie
tout le monde lui en ferait part ! Je ne veux faire de mal
à personne, ni à lui ni à moi, et je suis par conséquent
moins libre que vous ne l'imaginez. Je suis complètement liée. Mais je suis contente que nous nous soyons
si bien compris, tous les deux. Parce que vous êtes le
seul homme avec qui je peux me permettre d'être
infidèle au patron. En effet, vous l'aimez sincèrement
et vous ne voudriez jamais lui faire de mal. Vous serez
scrupuleusement discret. Je peux avoir confiance en
vous. Je peux donc coucher avec vous... » et elle s'assit
sur les genoux de Havel et commença à le déboutonner.

Qu'a fait le docteur Havel ?

Que pouvait-il faire...

CINQUIÈME ACTE

Dans un tourbillon de nobles sentiments

Après la nuit vint le matin et Fleischman descendit dans le jardin pour y couper un bouquet de roses. Puis il prit le tram jusqu'à l'hôpital.

Elisabeth avait une chambre particulière dans le service des urgences. Fleischman s'assit au chevet de son lit, posa le bouquet sur la table de nuit et prit la main d'Elisabeth pour lui tâter le pouls.

« Ça va mieux ? demanda-t-il ensuite.

— Oui », dit Elisabeth.

Et Fleischman dit d'une voix pleine de sentiment : « Vous n'auriez pas dû faire une bêtise pareille, ma chérie.

— Vous avez raison, dit Elisabeth, mais je me suis endormie. J'ai mis de l'eau à chauffer pour me faire un café et je me suis endormie comme une idiote. »

Fleischman contemplait Elisabeth avec stupeur, car il ne s'attendait pas à tant de générosité de sa part : Elisabeth voulait lui épargner les remords, elle ne voulait pas l'accabler avec son amour, et elle reniait cet amour !

Il lui caressa les joues et, transporté par ses sentiments, il se mit à la tutoyer : « Je sais tout. Tu n'as pas besoin de mentir. Mais je te remercie de ton mensonge. »

Il comprenait qu'il ne pourrait trouver chez aucune autre tant de noblesse, d'abnégation et de dévouement, et il faillit céder à la force de la tentation et lui demander de devenir sa femme. Mais, au dernier moment, il se domina (on a toujours le temps de présenter une demande en mariage) et dit seulement :

« Elisabeth, Elisabeth, ma chérie. C'est pour toi que j'ai apporté ces roses. »

Elisabeth fixait Fleischman d'un air hébété et dit : « Pour moi ?

— Oui, pour toi. Parce que je suis heureux d'être ici avec toi. Parce que je suis heureux que tu existes, Elisabeth. Peut-être que je t'aime. Peut-être que je t'aime beaucoup. Mais c'est sans doute une raison de plus pour que nous en restions là. Je crois qu'un homme et une femme s'aiment davantage quand ils ne vivent pas ensemble et quand ils ne savent l'un de l'autre qu'une seule chose, qu'ils existent, et quand ils sont reconnaissants l'un envers l'autre parce qu'ils existent et parce qu'ils savent qu'ils existent. Et ça leur suffit pour être heureux. Je te remercie, Elisabeth, je te remercie d'exister. »

Elisabeth n'y comprenait rien mais souriait d'un sourire béat, d'un sourire stupide, plein d'un vague bonheur et d'une vague espérance.

Puis Fleischman se leva, serra dans sa main l'épaule d'Elisabeth (signe d'un amour réservé et discret), fit demi-tour et sortit.

L'incertitude de toutes choses

« Notre belle collègue, qui rayonne littéralement de jeunesse ce matin, a sans doute trouvé l'explication la plus juste des événements, dit le patron à la doctoresse et à Havel, quand tous trois furent réunis dans le service. Elisabeth a mis de l'eau à chauffer pour se faire un café, et elle s'est endormie. Du moins, c'est ce qu'elle prétend.

— Vous voyez, dit la doctoresse.

— Je ne vois rien du tout, répliqua le patron. En fin de compte, personne ne sait rien de ce qui s'est passé. Peut-être que la casserole était déjà sur le réchaud. Si Elisabeth voulait se suicider au gaz, pourquoi aurait-elle enlevé la casserole ?

— Mais puisqu'elle vous a tout expliqué ! fit observer la doctoresse.

— Après la comédie qu'elle nous a jouée et la peur qu'elle nous a faite, ne vous étonnez pas qu'elle tente de nous faire croire que tout est arrivé à cause d'une casserole. N'oubliez pas que dans ce pays l'auteur d'une tentative de suicide

est automatiquement envoyé en traitement dans un
asile. Cette perspective ne sourit à personne.

— Ces histoires de suicide vous plaisent, patron ?
dit la doctoresse.

— Je voudrais bien que Havel soit torturé de
remords, pour une fois », dit le patron en riant.

Le repentir de Havel

Dans la remarque insignifiante du patron, la
mauvaise conscience de Havel perçut un blâme chif-
fré que les cieux lui envoyaient discrètement : « Le
patron a raison, dit-il. Ce n'était pas nécessairement
une tentative de suicide, mais c'en était peut-être
une. D'ailleurs, si je peux parler franchement, je
n'en voudrais pas à Elisabeth. Dites-moi, y a-t-il
dans la vie une seule valeur absolue, qui fait que le
suicide peut être considéré comme inacceptable par
principe ? L'amour ? Ou l'amitié ? Je vous garantis
que l'amitié n'est pas moins fragile que l'amour et
qu'on ne peut rien fonder sur l'amitié. Ou l'amour-
propre, au moins ? Je le voudrais bien. Patron, dit
Havel presque avec ferveur, et cela sonnait comme
un repentir, je te le jure, patron, je ne m'aime pas
du tout.

— Messieurs, dit la doctoresse avec un sourire, si
cela vous embellit la vie, si cela sauve vos âmes,

décidons qu'Elisabeth a vraiment voulu se suicider. Entendu ? »

Happy end

« Ça suffit, dit le patron. Changeons de sujet. Havel, vos discours souillent l'air de cette belle matinée ! J'ai quinze ans de plus que vous. J'ai la malchance d'être heureux en ménage, donc de ne pouvoir divorcer. Et je suis malheureux en amour, parce que, hélas, la femme que j'aime n'est autre que cette doctoresse ! Et pourtant, je suis heureux sur cette terre !

— Très, très bien, dit la doctoresse au patron, avec une tendresse inhabituelle, et elle lui prit la main. Moi aussi je suis heureuse sur cette terre. »

A ce moment, Fleischman rejoignit le groupe des trois médecins et dit : « Je sors de la chambre d'Elisabeth. C'est vraiment une fille extraordinairement honnête. Elle a tout nié. Elle assume tout.

— Vous voyez bien, dit le patron en riant. Et pour un peu, Havel nous pousserait tous au suicide.

— Evidemment », dit la doctoresse. Et elle s'approcha de la fenêtre. « Il va encore faire une belle journée. Le ciel est tellement bleu. Qu'en dites-vous, Fleischman ? »

Quelques instants plus tôt, Fleischman se reprochait presque d'avoir agi hypocritement en se tirant

d'affaire avec un bouquet de roses et quelques jolies
paroles, mais maintenant il se félicitait de ne pas avoir
brusqué les choses. Il capta le signal de la doctoresse et
le comprit. Le fil de l'aventure allait donc reprendre,
au point où il s'était rompu, la veille, lorsque l'odeur
du gaz avait fait échouer le rendez-vous de Fleischman
et de la doctoresse. Et Fleischman ne put s'empêcher
de sourire à la doctoresse, même sous le regard jaloux
du patron.

L'histoire reprend donc là où elle s'est achevée
hier, mais Fleischman croit y rentrer beaucoup plus
âgé et beaucoup plus fort. Il a derrière lui un amour
grand comme la mort. Il sent une vague se gonfler dans
sa poitrine, et c'est la vague la plus haute et la plus
puissante qu'il a jamais connue. Car ce qui l'exalte si
voluptueusement, c'est la mort : la mort dont on lui a
fait présent ; une mort splendide et revigorante.

*Que les vieux morts
cèdent la place aux jeunes morts*

1

Il rentrait chez lui, longeant une rue d'une petite ville de Bohême où il habitait depuis pas mal d'années, résigné à une vie sans beaucoup d'intérêt, à des voisins cancaniers et à la monotone grossièreté qui l'entourait au bureau, et il allait avec une telle indifférence (c'est ainsi que l'on marche sur une route des centaines de fois suivie) qu'il faillit la manquer. Mais elle le reconnut de loin, et tout en s'avançant à sa rencontre, elle le regardait avec un sourire qui finit par déclencher, au tout dernier moment, alors qu'ils arrivaient à la même hauteur, un déclic dans sa mémoire et le tira de sa somnolence.

« Je n'arrivais pas à vous reconnaître », dit-il, mais c'était une excuse maladroite qui les aiguilla d'emblée sur un sujet pénible qu'il eût été préférable d'éviter : ils ne s'étaient pas vus depuis quinze ans et ils avaient l'un et l'autre vieilli. « J'ai tellement changé ? » demanda-t-elle, et il répondit que non, et bien que ce

fût un mensonge, ce n'en était pas un tout à fait, parce
que ce sourire réservé (où s'exprimait pudiquement et
modestement une faculté d'enthousiasme éternel) lui
parvenait jusqu'ici à travers une distance de plusieurs
années, inchangé, et le troublait : car ce sourire
évoquait en lui l'ancienne apparence de cette femme si
distinctement qu'il dut faire un effort pour oublier ce
sourire et la voir telle qu'elle était à présent : c'était
presque une vieille femme.

Il lui demanda où elle allait et si elle avait des
projets, et elle lui répondit qu'elle était venue régler
des affaires et qu'il ne lui restait plus qu'à attendre le
train qui devait la reconduire à Prague dans la soirée. Il
exprima le plaisir que lui causait leur rencontre
inopinée, et comme ils tombèrent d'accord pour déclarer (à juste titre) que les deux brasseries de l'endroit
étaient sales et bondées, il l'invita dans son studio qui
n'était pas éloigné, où il pourrait lui préparer du thé ou
du café et, surtout, qui était un endroit propre et
tranquille.

2

La journée avait mal commencé pour elle. Son mari
(voici trente ans, ils avaient vécu ici pendant quelque
temps étant alors jeunes mariés, puis ils s'étaient
installés à Prague où il était mort il y avait dix ans) était

inhumé dans le cimetière de cette petite ville, à la suite
d'un vœu bizarre qu'il avait exprimé dans ses dernières
volontés. Elle avait donc acquis une concession pour
dix ans, et, voici quelques jours, elle avait constaté
qu'elle avait oublié de la renouveler et que le délai était
écoulé. Elle avait d'abord envisagé d'écrire au bureau
du cimetière mais, se souvenant que toute correspon-
dance avec l'administration est une entreprise intermi-
nable et vaine, elle était venue.

Bien qu'elle connût par cœur le chemin qui menait
à la tombe de son mari, elle avait l'impression, ce jour-
là, de voir le cimetière pour la première fois. Elle
n'arrivait pas à trouver la tombe et croyait s'être
égarée. Elle comprit enfin : là où était autrefois un
monument en grès avec le nom, en lettres dorées, de
son époux, se dressait maintenant (elle fut certaine de
reconnaître l'endroit aux deux tombes voisines) un
monument en marbre noir avec, en lettres dorées, un
nom tout à fait inconnu.

Bouleversée, elle se rendit au bureau du cimetière.
Là, ils lui dirent qu'à l'expiration des concessions les
tombes étaient automatiquement liquidées. Elle leur
reprocha de ne pas l'avoir avertie qu'il fallait renouveler la concession, et ils lui répondirent qu'il y avait peu
de place au cimetière et que *les vieux morts devaient
céder la place aux jeunes morts*. Elle était indignée et leur
dit, réprimant avec peine un sanglot, qu'ils n'avaient ni
sens de la dignité humaine ni respect pour autrui, mais
elle ne tarda pas à comprendre que la discussion était
inutile. De même qu'elle n'avait pu empêcher la mort
de son mari, elle était sans défense devant cette

deuxième mort, cette mort d'un *vieux mort* qui n'avait même plus droit à une existence de mort.

Elle retourna vers le centre ville, et sa tristesse fut bientôt mêlée d'inquiétude car elle se demandait comment elle pourrait expliquer à son fils la disparition de la tombe paternelle et excuser devant lui sa négligence. Ensuite, vint la fatigue : elle ne savait pas comment passer les longues heures d'attente jusqu'au départ du train qui devait la ramener à Prague, car elle ne connaissait plus personne ici, et elle n'avait même pas envie de faire une promenade sentimentale, la ville ayant à ce point changé au cours des années que des lieux autrefois familiers lui offraient aujourd'hui un visage tout à fait étranger. C'est pourquoi elle accepta avec reconnaissance l'invitation du vieil ami (à moitié oublié) qu'elle venait de rencontrer par hasard : elle put se laver les mains dans la salle de bains et s'asseoir ensuite dans un fauteuil moelleux (elle avait mal aux jambes), examiner la pièce et écouter derrière la cloison qui séparait le coin cuisine du studio frémir l'eau bouillante.

3

Il avait eu récemment trente-cinq ans et il avait soudain constaté que ses cheveux étaient nettement clairsemés sur le sommet de son crâne. Ce n'était pas encore tout à fait une calvitie, mais on la devinait déjà (les cheveux laissaient transparaître la peau) : elle était tout à fait inéluctable et assez proche. Il est certainement ridicule de faire un problème vital de la perte de ses cheveux, mais il se rendait compte que la calvitie lui changerait le visage et que donc la vie d'une de ses apparences (manifestement la meilleure) touchait à sa fin.

Alors, il se demanda quel était au juste le bilan de ce personnage (chevelu) qui petit à petit s'en allait, ce qu'avait au juste vécu ce personnage et quelles joies il avait au juste connues, et il constata avec stupeur que c'était bien peu de chose, ces joies ; il se sentait rougir rien qu'à cette pensée ; oui, il avait honte : parce qu'il est infamant d'avoir vécu si longtemps sur cette terre et d'avoir si peu vécu.

Que voulait-il dire exactement, quand il disait qu'il avait peu vécu ? Pensait-il aux voyages, au travail, à la vie publique, aux sports, aux femmes ? C'était certainement à tout cela qu'il pensait, mais c'était d'abord aux femmes ; parce que, si sa vie était pauvre dans d'autres domaines, cela le tourmentait bien un peu, mais il ne pouvait pas s'estimer coupable de cette pauvreté-là : ce n'était tout de même pas sa faute si son métier était sans intérêt et sans perspectives ; ce n'était pas sa faute s'il ne pouvait voyager, n'ayant pour cela ni argent ni attestation de la section des cadres ; pas sa faute s'il s'était rompu le ménisque à vingt ans et s'il avait dû renoncer aux sports qu'il aimait. En revanche, le domaine féminin était pour lui une sphère de relative liberté, et là il ne pouvait invoquer aucune excuse. Là il aurait pu montrer qui il était, il aurait pu manifester sa richesse ; les femmes étaient devenues pour lui le seul critère justifié de la *densité* vitale.

Mais, pas de chance ! ça n'avait jamais très bien marché avec les femmes : jusqu'à vingt-cinq ans (bien qu'il fût beau garçon) il était paralysé par le trac ; ensuite il était tombé amoureux, il s'était marié et, pendant sept ans, il essaya de se persuader que l'on peut trouver dans une seule femme l'infini de l'érotisme ; puis il avait divorcé, l'apologétique de la monogamie (l'illusion de l'infini) céda la place à un agréable et audacieux désir de femmes (du fini bariolé de leur multitude), mais hélas ce désir et cette audace étaient fortement freinés par une situation financière difficile (il devait verser une pension alimentaire à son ex-épouse pour un enfant qu'il était autorisé à voir une ou deux fois par an) et par les conditions de vie dans une petite ville où la curiosité des voisins était aussi illimitée qu'était restreint le choix des femmes à séduire.

Après cela, le temps avait passé, très vite et, soudain, il se trouva devant la glace ovale placée au-dessus du lavabo de la salle de bains, il tenait dans la main droite un petit miroir rond au-dessus de son crâne, et, envoûté, regardait sa calvitie naissante ; d'un seul coup (sans aucune préparation) il comprit la vérité banale : on ne rattrape pas ce qu'on a laissé échapper. Depuis lors, il souffrait de mauvaise humeur chronique et il avait même des idées de suicide. Evidemment (et il faut le souligner afin de ne pas le prendre pour un hystérique ou pour un imbécile) : il avait conscience de ce que ces idées avaient de comique et qu'il ne les réaliserait jamais (il riait lui-même à la pensé‍ de sa lettre d'adieu : *Je n'accepterai jamais d'être chauve : adieu!*), mais il suffit que ces pensées, même platoniques, lui soient venues à l'esprit. Faisons un effort pour le comprendre : ces idées lui venaient à peu près comme vient à un coureur de marathon le désir irrésistible d'abandonner lorsqu'il constate, au milieu de la course, qu'il est sur le point de perdre (et pour comble, à cause de ses propres erreurs). Lui aussi, il considérait que la course était perdue et il n'avait pas envie de continuer à courir.

Et maintenant, il se penchait sur la petite table et posait une tasse de café devant le divan (où il allait s'asseoir lui-même ensuite) et une autre devant le fauteuil confortable où s'était assise la visiteuse, et il se disait que c'était une étrange méchanceté du sort d'avoir rencontré cette femme, dont il était autrefois follement amoureux et qu'il avait alors laissée échapper (à cause de ses propres erreurs), juste au moment où il se trouvait dans une si mauvaise disposition d'esprit et où il n'était plus possible de rien rattraper.

4

Elle n'aurait certainement pas deviné qu'elle était à ses yeux *celle qu'il avait laissée échapper* ; certes, elle se

souvenait toujours d'une nuit qu'ils avaient passée
ensemble, elle se souvenait de son apparence d'alors (il
avait vingt ans, ne savait pas s'habiller, rougissait et
l'amusait avec ses manières de gamin), elle se souvenait
aussi de celle qu'elle était alors (elle avait près de
quarante ans et une soif de beauté qui la jetait dans les
bras d'inconnus, mais l'en repoussait aussitôt ; car
elle avait toujours pensé que sa vie devait ressembler
à *une exquise danse,* et elle redoutait de transformer ses infidélités conjugales en une hideuse habitude).

Oui, elle s'imposait la beauté, comme d'autres
s'imposent un impératif moral ; eût-elle aperçu de la
laideur dans sa propre vie, elle aurait succombé au
désespoir. Et, comme elle comprenait que son hôte
devait la trouver bien vieille après quinze ans (avec
toutes les laideurs que cela implique), elle s'empressa
de déployer devant son visage un éventail imaginaire,
et elle l'accabla de questions : elle voulait savoir
comment il était venu dans cette ville ; elle l'interrogeait sur son travail ; elle faisait l'éloge de son studio
qu'elle trouvait très agréable, avec la vue sur les toits
de la ville (elle dit que cette vue n'avait évidemment
rien d'extraordinaire mais donnait un sentiment de
liberté) ; elle nomma les auteurs de quelques reproductions encadrées de peintres impressionnistes (ce n'était
pas difficile car on était certain de trouver les mêmes
reproductions bon marché chez la plupart des intellec-
tuels tchèques impécunieux), puis elle se leva, tenant
sa tasse à la main, et se pencha sur le petit bureau où
plusieurs photographies étaient disposées dans un

cadre (elle constata qu'il n'y avait pas une seule photographie de jeune femme) et demanda si le visage de femme âgée que l'on voyait sur une de ces photos était le visage de sa mère (il acquiesça).

Ensuite, il lui demanda ce que c'étaient, ces affaires qu'elle était venue régler comme elle le lui avait dit au moment de leur rencontre. Elle n'avait aucune envie de parler du cimetière (ici, au cinquième étage de cet immeuble, elle était comme suspendue au-dessus des toits et aussi, sensation plus agréable encore, au-dessus de sa vie); mais, comme il insistait, elle finit par avouer (mais très brièvement, car l'impudeur d'une franchise excessive lui avait toujours été étrangère) qu'elle avait autrefois habité dans cette ville, il y avait de cela bien des années, que son mari était enterré ici (elle ne dit rien de la disparition de la tombe) et qu'elle venait ici tous les ans avec son fils, à la Toussaint.

5

« Tous les ans ? » Cette révélation l'attristait et il pensa de nouveau à la méchanceté du sort; s'il l'avait rencontrée six ans plus tôt, lorsqu'il était venu s'installer dans cette ville, tout aurait encore été possible : elle n'aurait pas encore été marquée par l'âge à ce point et elle n'aurait pas été à ce point différente de l'image de la femme qu'il avait aimée quinze ans plus tôt ; il aurait eu la force de surmonter la différence et de percevoir les deux images (l'image présente et celle du passé) comme une seule. Mais à présent elles étaient désespérément éloignées, les deux images.

Elle avait bu sa tasse de café, elle parlait et il s'efforçait de déterminer exactement l'ampleur de cette métamorphose, à cause de laquelle elle allait *une deuxième fois* lui échapper : le visage était ridé (ce que plusieurs couches de poudre s'efforçaient en vain de réfuter) ; le cou était fané (ce qu'elle s'efforçait en vain de cacher sous un col montant) ; les joues étaient pendantes ; les cheveux (mais ça, c'était presque beau !) grisonnaient. Cependant, ce qui l'attirait le plus, c'étaient les mains (que ni la poudre ni le fard ne peuvent, hélas, embellir) : le réseau bleu des veines qui s'y dessinait en relief en faisait presque des mains d'homme.

Le regret se mêlait en lui à la colère ; il eut envie d'alcool pour oublier que cette rencontre avait lieu trop tard ; il lui demanda si elle n'avait pas envie d'un cognac (il avait une bouteille entamée dans l'armoire, derrière la cloison) ; elle répondit que non et il se souvint qu'elle ne buvait presque pas voici quinze ans, de peur sans doute que l'alcool ne prive son jeu d'une modération de bon goût. Et quand il vit le geste délicat de la main qu'elle esquissa pour refuser l'offre du cognac, il comprit que ce charme du bon goût, cette séduction, cette grâce qui l'avaient envoûté étaient toujours les mêmes bien qu'ils fussent cachés sous le masque de l'âge, et toujours aussi attirants, même derrière un grillage.

Quand il se dit que ce grillage était *le grillage de l'âge,* il éprouva pour elle une immense pitié, et cette pitié la lui rendit plus proche (cette femme jadis éblouissante, qui lui faisait perdre l'usage de la parole) et il eut envie de bavarder avec elle comme un ami avec une amie, longuement, dans l'atmosphère bleutée de la résignation mélancolique. Et de fait, il parlait avec volubilité et fit allusion pour finir à ses idées pessimistes qui l'assaillaient depuis quelque temps. Bien entendu, il ne dit rien de sa calvitie naissante (de même qu'elle n'avait rien dit de la tombe disparue) ; la vision de la calvitie fut transsubstantiée dans des phrases quasi philosophiques au sujet du temps qui court trop vite pour que l'homme puisse le suivre, de la vie marquée par l'inévitable décomposition et dans d'autres phrases semblables, auxquelles il attendait que la visiteuse fît écho par une remarque compatissante ; mais il attendit en vain.

« Je n'aime pas tous ces discours, dit-elle presque avec véhémence, c'est terriblement superficiel, tout ce que vous dites là. »

6

Elle n'aimait pas que l'on parle du vieillissement et de la mort, car il y avait dans ces discours l'image de la laideur physique qui lui répugnait. Elle répéta plusieurs fois à son hôte, presque avec émotion, que ses vues étaient *superficielles* ; l'homme, disait-elle, est plus que son corps qui dépérit, car l'essentiel c'est l'œuvre de l'homme, ce que l'homme laisse pour les autres. Ce n'était pas, de sa part, un argument nouveau ; elle y avait eu recours trente ans plus tôt, lorsqu'elle s'était éprise de son futur époux, qui avait dix-neuf ans de plus qu'elle ; elle n'avait jamais cessé de le respecter sincèrement (malgré toutes ses infidélités dont il ne savait rien ou dont il ne voulait rien savoir) et elle s'efforçait de se convaincre elle-même que l'intelligence et le rôle de son mari compensaient le lourd fardeau de ses années.

« Quelle œuvre, je vous le demande ! Quelle œuvre voulez-vous que nous laissions ! » répliqua-t-il avec un rire amer.

Elle ne voulait pas invoquer son défunt mari, bien qu'elle fût fermement convaincue de la valeur durable de tout ce qu'il avait accompli ; elle se contenta donc de répondre que tout homme ici-bas accomplit une œuvre, aussi modeste soit-elle, et que c'est cela, et cela seulement, qui lui donne sa valeur ; elle se mit à parler d'elle-même avec volubilité, de son travail dans une

maison de la culture de la banlieue de Prague, des
conférences et des soirées de poésie qu'elle y organi-
sait ; elle parlait (avec une emphase qui lui parut
déplacée) des « visages reconnaissants du public » ;
puis elle dit qu'il est beau d'avoir un fils et de voir
ses propres traits (son fils lui ressemblait) changer
peu à peu pour devenir un visage d'homme, qu'il est
beau de lui donner tout ce qu'une mère peut donner à
un fils et de s'effacer sans bruit sur les traces de sa
vie.

Ce n'était pas un hasard si elle s'était mise à parler
de son fils car, ce jour-là, son fils était présent dans
chacune de ses pensées et lui reprochait son échec au
cimetière ; c'était étrange ; elle n'avait jamais permis à
un homme de lui imposer sa volonté, mais son propre
fils la tenait sous le joug, sans qu'elle pût comprendre
comment. Si l'échec au cimetière l'avait à ce point
bouleversée, c'est surtout parce qu'elle se sentait
coupable devant lui et redoutait ses reproches. Son fils
veillait avec un soin jaloux à ce qu'elle honore digne-
ment la mémoire de son père (c'était lui qui insistait
chaque année à la Toussaint pour qu'ils n'oublient pas
d'aller au cimetière !), et, elle s'en doutait depuis
longtemps : ce souci était moins dicté par l'amour du
père décédé que par le désir de tyranniser la mère, de la
maintenir dans des limites convenables pour une
veuve ; car c'était ainsi, bien qu'il ne l'eût jamais avoué
et qu'elle s'efforçât (en vain) de l'ignorer : il lui
répugnait de penser que sa mère pût avoir une vie
sexuelle, il considérait avec dégoût tout ce qui pouvait
subsister en elle (même comme virtualité) de sexuel et,

comme l'idée du sexuel est liée à l'idée de la jeunesse, il
considérait avec dégoût tout ce qui subsistait en elle de
juvénile ; il n'était plus un enfant et la jeunesse de sa
mère (associée à l'agressivité de la sollicitude maternelle) formait comme un obstacle entre lui et la
jeunesse des filles qui commençaient à l'intéresser ; il
lui fallait une mère âgée pour qu'il pût supporter son
amour et qu'il fût capable de l'aimer. Et elle, bien
qu'elle se rendît compte, parfois, qu'il la poussait ainsi
dans la tombe, avait fini par lui céder, par capituler
sous sa pression et même par idéaliser cette capitula-
tion en se persuadant que la beauté de sa vie provenait
justement de ce silencieux effacement derrière une
autre vie. Au nom de cette idéalisation (sans laquelle
les rides de son visage l'auraient brûlée davantage
encore), elle mettait dans la discussion avec son hôte
une ardeur si inattendue.

Mais son hôte se pencha soudain sur la table basse
qui les séparait, lui caressa la main et dit : « Pardon-
nez-moi si j'ai dit des bêtises, vous savez bien que j'ai
toujours été un imbécile. »

7

Leur discussion ne l'avait pas irrité, bien au
contraire, la visiteuse ne faisait que confirmer à ses
yeux son identité : dans la protestation qu'elle avait

élevée contre ses propos pessimistes (mais n'était-ce pas avant tout une protestation contre la laideur et le mauvais goût ?) il la retrouvait telle qu'il la connaissait, de sorte que son personnage et leur aventure d'autrefois emplissaient toujours davantage sa pensée, et il ne souhaitait plus qu'une chose, que rien ne vînt rompre cette atmosphère bleutée si propice à la conversation (c'est pourquoi il lui avait caressé la main et s'était traité d'imbécile) et pouvoir lui parler de ce qui lui paraissait maintenant essentiel : leur aventure commune ; car il était persuadé qu'il avait vécu avec elle quelque chose de tout à fait extraordinaire dont elle n'avait pas conscience et pour quoi il devait chercher et trouver lui-même des mots précis.

Il ne se souvenait même plus comment ils avaient fait connaissance, elle était sans doute venue se joindre à un groupe d'amis étudiants, mais il se souvenait encore parfaitement du discret petit bar pragois où ils s'étaient donné leur premier rendez-vous : il était assis en face d'elle dans un box tendu de velours rouge, il était gêné et silencieux, mais en même temps littéralement enivré par les signes délicats au moyen desquels elle lui faisait comprendre sa sympathie. Il essayait de se représenter (sans oser espérer la réalisation de ces rêves) comment elle serait s'il l'embrassait, la déshabillait et l'aimait, mais il n'y parvenait pas. Oui, c'était étrange : il tenta des milliers de fois de l'imaginer dans l'amour physique mais en vain : son visage continuait de le regarder avec le même sourire tranquille et doux et il ne pouvait pas (même au prix du plus opiniâtre effort d'imagination) y voir la grimace d'exaltation

amoureuse. *Elle échappait totalement à son imagination.*

C'était une situation qui ne s'est plus jamais
reproduite dans sa vie : il s'était trouvé confronté à
l'inimaginable. Il venait de vivre cette période trop
brève de la vie (la période *paradisiaque*) où l'imagination n'est pas encore saturée par l'expérience, n'est pas
devenue routine, où l'on connaît et où l'on sait peu de
choses, de sorte que l'inimaginable existe encore ; et si
l'inimaginable est sur le point de se transformer en
réalité (sans l'intermédiaire de l'imaginable, sans la
passerelle des images), on est pris de panique et de
vertige. Et réellement, il fut saisi de vertige lorsque,
après plusieurs autres rencontres au cours desquelles il
ne put se résoudre à rien, elle se mit à l'interroger en
détail et avec une éloquente curiosité sur la chambre
d'étudiant qu'il occupait dans une cité universitaire,
l'obligeant presque à l'inviter.

La chambre de la cité universitaire où il habitait
avec un camarade qui lui avait promis, moyennant un
verre de rhum, de ne pas rentrer avant minuit ce soir-
là, ne ressemblait guère au studio d'aujourd'hui : deux
lits métalliques, deux chaises, une armoire, une
ampoule aveuglante sans abat-jour, un épouvantable
désordre. Il fit le ménage et à sept heures (elle était
toujours exacte, cela faisait partie de son élégance) elle
frappa à la porte. On était au mois de septembre et
l'obscurité commençait à tomber lentement. Ils s'assirent sur le bord du lit métallique et ils commencèrent à
s'embrasser. Ensuite il fit de plus en plus sombre et il
ne voulait pas allumer, car il était heureux qu'on ne

puisse pas le voir et il espérait que l'obscurité soulage-
rait la gêne qu'il ne manquerait pas d'éprouver quand
il se déshabillerait devant elle. (S'il savait tant bien que
mal déboutonner le corsage des femmes, il se déshabillait devant elles avec une hâte pudique.) Mais cette
fois-là, il hésita longuement avant de défaire le premier
bouton de la blouse (il se disait que le geste initial du
déshabillage doit être un geste élégant et délicat dont
seuls sont capables les hommes expérimentés et il
redoutait de trahir son inexpérience), de sorte qu'elle
se leva d'elle-même et lui demanda avec un sourire :
« Est-ce que je ne ferais pas mieux d'enlever cette
cuirasse ?... », et elle commença à se déshabiller ; mais
il faisait noir et il ne voyait que les ombres de ses
mouvements. Il se déshabilla à la hâte et il n'éprouva
une certaine assurance que lorsqu'ils commencèrent
(grâce à la patience dont elle fit preuve) à s'aimer. Il
regardait son visage mais, dans la pénombre, son
expression lui échappait et il n'arrivait même pas à
distinguer ses traits. Il regrettait de ne pas avoir allumé
mais il lui semblait impossible de se lever maintenant
pour se diriger vers la porte et tourner l'interrupteur ;
donc, il continuait de se fatiguer inutilement les yeux :
il ne la reconnaissait pas ; il avait l'impression d'aimer
quelqu'un d'autre ; un personnage postiche, abstrait,
désindividualisé.

Ensuite elle s'assit sur lui (et même alors, il ne
voyait d'elle que son ombre dressée) et, ondulant des
hanches, elle dit quelque chose d'une voix étouffée,
dans un murmure, mais il était difficile de savoir si
elle disait cela pour lui ou pour elle-même. Il ne

distinguait pas les mots et il lui demanda ce qu'elle disait. Elle continuait de chuchoter, et même quand il la serra de nouveau contre lui il ne put comprendre ses paroles.

8

Elle écoutait son hôte et elle était de plus en plus captivée par des détails qu'elle avait oubliés depuis longtemps : par exemple, ce tailleur bleu pâle en tissu léger d'été, dans lequel elle ressemblait, disait-il, à un ange intangible (oui, elle se souvenait de ce tailleur), ou ce gros peigne en écaille qu'elle avait dans les cheveux et qui lui donnait, disait-il, une noblesse surannée de grande dame, ou bien cette habitude qu'elle avait, dans le bar où ils se donnaient rendez-vous, de toujours commander un thé au rhum (son seul péché d'alcoolisme), et tout cela l'emportait agréablement, loin du cimetière, de la tombe disparue, loin des jambes endolories, de la maison de la culture, loin des yeux réprobateurs de son fils. Ah, songeait-elle, j'ai beau être telle que je suis à présent, je n'aurais pas vécu inutilement si un peu de ma jeunesse continue de vivre dans la mémoire de cet homme ; et elle se dit ensuite que c'était là une nouvelle confirmation de sa conviction : toute la valeur de l'être humain tient à cette faculté de se surpasser, d'être en dehors de soi, d'être en autrui et pour autrui.

Elle l'écoutait et ne se défendait pas quand il lui caressait de temps à autre la main ; ce geste s'accordait avec l'atmosphère intime de la conversation et il en émanait une désarmante ambiguïté (à qui s'adressait-il, ce geste ? à celle *dont* on parlait ou bien à celle *à qui* l'on parlait ?) ; d'ailleurs, celui qui la caressait lui plaisait ; elle se disait même qu'il lui plaisait plus que le petit jeune homme d'il y avait quinze ans, dont la maladresse, si elle s'en souvenait bien, était plutôt pénible.

Quand il arriva, dans son récit, au moment où son ombre mobile se dressait au-dessus de lui, et où il tentait vainement de saisir ses paroles, il se tut un instant, et elle (naïvement comme s'il connaissait ces paroles et comme s'il voulait, après tant d'années, les lui rappeler comme un secret oublié) lui demanda doucement : « Et qu'est-ce que je disais ? »

9

« Je ne sais pas », répondit-il. Il ne le savait pas, en effet ; elle avait échappé alors non seulement à son imagination mais à ses perceptions ; à son regard comme à son oreille. Quand il ralluma la lumière dans

la petite chambre de la cité universitaire, elle était déjà
rhabillée, tout sur elle était de nouveau lisse, éblouis-
sant, parfait, et il cherchait vainement le lien entre ce
visage éclairé et le visage qu'il devinait dans l'obscurité
quelques instants plus tôt. Ils ne s'étaient pas encore
quittés, ce soir-là, et déjà il appelait à lui son souvenir :
il s'efforçait d'imaginer comment était son visage
(dissimulé dans la pénombre) et son corps (dissimulé
dans la pénombre) quelques instants plus tôt, pendant
l'amour. En vain ; elle échappait toujours à son imagination.

Il se promit que la prochaine fois il lui ferait
l'amour en pleine lumière. Mais il n'y eut pas de
prochaine fois. Elle l'évitait adroitement et poliment et
il cédait au doute et au désespoir : ils avaient bien fait
l'amour, peut-être, mais il savait aussi à quel point il
avait été impossible, *avant*, et il en avait honte ; il se
sentait condamné, parce qu'elle l'évitait, et il n'osa
plus persister à la revoir.

« Dites-moi, pourquoi est-ce que vous m'évitiez ?

— Je vous en prie, dit-elle de sa voix la plus
tendre. Il y a si longtemps de cela. Qu'est-ce que j'en
sais ? » et, comme il insistait encore, elle dit : « Il ne
faut pas toujours revenir sur le passé. Il suffit déjà
qu'on lui consacre tant de temps malgré soi, au
passé ! » Elle avait dit cela pour calmer un peu son
insistance (et cette dernière phrase prononcée avec un
léger soupir la ramenait sans doute à sa dernière visite
au cimetière), mais il interpréta autrement sa déclara-
tion : comme si celle-ci était destinée à lui faire
brusquement et délibérément comprendre (ce fait

évident) qu'il n'y avait pas deux femmes (celle d'aujourd'hui et celle d'autrefois), mais une seule et même femme et que cette femme, qui lui avait échappé quinze ans plus tôt, était maintenant ici, était à portée de sa main.

« Vous avez raison, le présent est plus important », dit-il avec une intonation significative, et ce disant il regardait très intensément son visage souriant où les lèvres entrouvertes découvraient une rangée de dents ; à ce moment, un souvenir lui revint à l'esprit : ce soir-là, dans la petite chambre de la cité universitaire, elle lui avait pris les doigts et les avait mis dans sa bouche, elle les avait mordus très fort, au point de lui faire mal et, pendant ce temps, il lui palpait tout l'intérieur de la bouche, et il s'en souvenait encore distinctement ; d'un côté, il lui manquait quelques dents au fond (alors, cette découverte ne l'avait pas dégoûté ; au contraire, ce petit défaut s'accordait avec l'âge de sa partenaire, âge qui l'attirait et l'excitait). Mais à présent, en regardant dans la fente qui s'ouvrait entre les dents et le coin de la bouche, il put constater que les dents étaient trop parfaitement blanches et qu'il n'en manquait aucune, et il en fut contrarié : une fois encore, les deux images se détachaient l'une de l'autre, mais il ne voulait pas l'admettre, il voulait à nouveau les réunir, par la force et par la violence, et il dit : « Vous n'avez vraiment pas envie d'un cognac ? », et comme elle refusait, avec un sourire charmant et les sourcils légèrement levés, il se retira derrière la cloison, sortit la bouteille de cognac, l'inclina vers sa bouche et but rapidement. Il se dit ensuite qu'elle risquait, à son

haleine, de découvrir ce qu'il venait de faire en
cachette, prit deux verres, la bouteille, et les apporta
dans la pièce. De nouveau, elle hocha la tête. « Au
moins symboliquement », dit-il, et il remplit les deux
verres. Il trinqua avec elle : « Pour que je ne parle plus
de vous qu'au présent ! » Il vida son verre, elle
humecta ses lèvres, il s'assit à côté d'elle sur le bras du
fauteuil, et il lui prit les mains.

10

Elle ne soupçonnait pas, quand elle avait accepté de
l'accompagner dans son studio, qu'un *tel* contact pût se
produire et, sur le coup, elle en fut effrayée ; comme si
ce contact s'était produit avant qu'elle ait eu le temps
de s'y préparer (cet *état de préparation permanente*, tel
que le connaît la femme mûre, elle l'avait depuis
longtemps perdu) ; (on pourrait déceler, peut-être,
dans cette frayeur, quelque chose de commun avec la
frayeur de l'adolescente qui vient d'être embrassée
pour la première fois, car si l'adolescente n'est pas
encore prête et si elle, la visiteuse, ne l'est *plus*, ce
« plus » et cet « encore » sont mystérieusement liés
comme le sont la vieillesse et l'enfance). Ensuite, il la
fit asseoir sur le divan, la serra contre lui, la caressa sur
tout le corps, et elle se sentait molle entre ses bras
(oui, molle : car son corps avait depuis longtemps

perdu cette sensualité souveraine qui communiquait à ses muscles le rythme des contractions et des relâchements et l'activité de centaines de tropismes délicats).

Mais la frayeur du premier instant se dissipa vite sous ses caresses, et elle, pourtant si éloignée de la belle femme mûre qu'elle était autrefois, retournait maintenant à une vitesse vertigineuse dans cet être disparu, dans sa sensibilité, dans sa conscience, elle retrouvait l'ancienne assurance d'amante expérimentée, et comme elle n'avait pas éprouvé cette assurance depuis longtemps, elle l'éprouvait maintenant plus intensément que jamais dans le passé ; son corps qui, l'instant d'avant, était encore surpris, effrayé, passif et mou, s'animait, répondait maintenant par ses propres caresses, et elle sentait la précision et le savoir de ces caresses et cela l'emplissait de bonheur ; ces caresses, la manière dont elle posait son visage sur son corps, les mouvements délicats par lesquels son buste répondait à l'étreinte, elle retrouvait tout cela non pas comme une chose apprise, quelque chose qu'elle savait et qu'elle exécutait à présent avec une froide satisfaction, mais comme quelque chose d'essentiellement *à elle*, avec quoi elle se confondait dans l'ivresse et l'exaltation, comme si elle retrouvait son continent familier (ah, le continent de la beauté !), d'où elle avait été bannie et où elle retournait solennellement.

A présent, son fils était infiniment loin ; quand son hôte l'enlaça, elle l'aperçut qui la blâmait dans un recoin de sa pensée, mais il disparut bien vite, et maintenant, à cent lieues à la ronde, il n'y avait plus qu'elle et l'homme qui la caressait et l'étreignait. Mais quand il posa sa bouche sur sa bouche et voulut ouvrir ses lèvres avec sa langue, tout changea : elle revint à la réalité. Elle serra fermement les dents (elle sentait son dentier, collé contre son palais, et avait l'impression d'en avoir plein la bouche), puis le repoussa doucement : « Non. Vraiment. Je vous en prie. Il ne faut pas. »

Et comme il continuait d'insister, elle le saisit aux poignets et répéta son refus ; puis elle lui dit (elle parlait avec peine, mais elle savait qu'il fallait qu'elle parle si elle voulait qu'il lui obéisse) que c'était trop tard pour qu'ils fissent l'amour ; elle lui rappela l'âge qu'elle avait ; elle dit que s'ils faisaient l'amour, il n'éprouverait pour elle que dégoût, et elle en serait désespérée, parce que ce qu'il lui avait dit sur leur aventure d'autrefois était infiniment beau et important pour elle ; son corps était mortel et s'abîmait, mais elle savait à présent qu'il en restait quelque chose d'immatériel, quelque chose qui ressemblait à un rayon qui continue de briller, même après que l'étoile est éteinte ; et peu importait qu'elle vieillît si sa jeunesse restait intacte, présente dans un autre être. « Vous m'avez élevé un monument dans votre mémoire. Nous ne pouvons pas permettre qu'il soit détruit. Comprenez-moi, disait-elle pour se défendre. Vous n'avez pas le droit, vous n'en avez pas le droit. »

11

Il lui assura qu'elle était toujours belle, qu'en réalité rien n'était changé, que l'on reste toujours soi-même, mais il savait qu'il mentait et qu'elle avait raison : il ne connaissait que trop bien son excessive sensibilité à l'égard des choses physiques, la répugnance, chaque année plus prononcée, qu'il éprouvait envers les défauts du corps féminin, et qui, ces dernières années, le conduisait auprès de femmes de plus en plus jeunes et donc, comme il s'en rendait compte avec amertume, de plus en plus vides et stupides ; oui, il ne pouvait y avoir aucun doute à ce sujet : s'il la persuadait de faire l'amour, il y aurait au bout du compte le dégoût, et ce dégoût ne pourrait que souiller, non seulement l'instant présent, mais l'image d'une femme aimée depuis longtemps, cette image qu'il conservait dans sa mémoire comme un joyau.

Il savait tout cela, mais tout cela ce n'étaient que des idées, et les idées ne pouvaient rien contre le vouloir, qui ne savait qu'une chose : la femme dont l'intangibilité et l'insaisissabilité l'avaient tourmenté pendant quinze ans, cette femme était ici ; il allait pouvoir enfin la voir en pleine lumière, il allait pouvoir enfin, dans son corps d'aujourd'hui, déchiffrer son corps d'autrefois, dans son visage d'aujourd'hui déchiffrer son visage d'autrefois. Il allait enfin pouvoir découvrir son inimaginable mimique amoureuse, son inimaginable spasme amoureux.

Il lui enlaça les épaules et la regarda dans les yeux : « Ne vous défendez pas. Cela n'a pas de sens de résister. »

12

Mais elle hocha la tête, parce qu'elle savait qu'il n'était nullement absurde de lui résister, elle connaissait les hommes et leur attitude à l'égard du corps féminin, elle savait qu'en amour même l'idéalisme le plus fervent ne peut ôter à la surface d'un corps son terrible pouvoir ; certes, elle avait encore une silhouette tout à fait convenable, qui avait conservé ses proportions initiales, et elle avait encore l'apparence tout à fait jeune, surtout quand elle était habillée, mais elle savait qu'en se dévêtant elle révélerait les rides de son cou et qu'elle mettrait à nu sa longue cicatrice, séquelle d'une opération de l'estomac qu'elle avait subie dix ans plus tôt.

Et, au fur et à mesure qu'elle reprenait conscience de son apparence physique actuelle, qu'elle avait oubliée quelques instants plus tôt, les angoisses de la matinée d'aujourd'hui montaient des profondeurs de la rue jusqu'à la fenêtre du studio (qu'elle avait cru pourtant suffisamment haut pour la mettre à l'abri de sa vie), elles emplissaient la pièce, se posaient sur les reproductions encadrées, sur le fauteuil, sur la table, sur la tasse à café vide, et le visage de son fils menait leur cortège ; dès qu'elle l'aperçut, elle rougit et chercha refuge quelque part tout au fond d'elle-même : folle qu'elle était, elle avait failli s'écarter de la route qu'il lui avait tracée et qu'elle avait jusqu'à présent suivie avec le sourire et des paroles enthousiastes ; elle avait voulu (même pour un bref instant) fuir et voilà qu'elle devait docilement reprendre son chemin et reconnaître que c'était le seul qui lui convenait. Le visage de son fils était à ce point sarcastique qu'elle se sentait, dans sa honte, devenir de plus en plus petite devant lui, au point de n'être plus, au comble de l'humiliation, que la cicatrice qu'elle avait sur l'estomac.

Son hôte la tenait par les épaules et répétait : « Ça n'aurait pas de sens de résister », et elle hochait la tête, mais tout à fait machinalement, car ses yeux ne voyaient pas l'hôte mais le visage du fils ennemi qu'elle détestait davantage à mesure qu'elle se sentait plus petite et plus humiliée. Elle l'entendait qui lui reprochait la tombe disparue, et, du chaos de sa mémoire, au mépris de toute logique, surgit cette phrase qu'elle lui cria au visage, rageusement : *Les vieux morts doivent céder la place aux jeunes morts, mon petit !*

13

Il ne pouvait plus douter le moins du monde
que cela finirait par le dégoût car, à présent, même
le regard qu'il posait sur elle (regard scrutateur et
pénétrant) n'était pas exempt d'un certain dégoût
mais, chose étrange, cela ne le gênait pas, cela
l'excitait et le stimulait, comme s'il souhaitait ce
dégoût : le désir de coït se rapprochait en lui du
désir de dégoût ; au désir de lire sur son corps ce
qu'il avait dû si longtemps ignorer se mêlait le désir
de souiller aussitôt le secret nouvellement déchiffré.

D'où lui venait cette passion ? Qu'il en eût ou
non conscience, une occasion unique s'offrait à lui :
sa visiteuse incarnait pour lui tout ce qu'il n'avait
pas eu, tout ce qui lui avait échappé, tout ce qu'il
avait manqué, tout ce dont l'absence lui rendait
insupportable son âge d'à présent avec ses cheveux
qui commençaient à tomber et ce bilan pitoyable-
ment vide ; et lui, qu'il en eût clairement conscience
ou qu'il s'en doutât vaguement, il pouvait maintenant priver de signification toutes ces joies qui lui
avaient été refusées (et dont les couleurs chatoyantes
rendaient sa vie si tristement incolore), il pouvait
découvrir qu'elles étaient dérisoires, qu'elles n'étaient
qu'apparence et déchéance, qu'elles n'étaient que

poussière qui parade, il pouvait se venger d'elles, les humilier, les anéantir.

« Ne me résistez pas », répétait-il, tout en s'efforçant de l'attirer contre lui.

14

Elle avait toujours devant les yeux les traits sardoniques de son fils et quand son hôte l'attira de force contre lui, elle dit : « S'il vous plaît, laissez-moi une seconde », et elle lui échappa ; elle craignait en effet de rompre le fil de ses idées : les vieux morts devaient céder la place aux jeunes morts et les monuments ne servaient à rien, même ce monument à sa mémoire que l'homme qui était maintenant à côté d'elle avait révéré pendant quinze ans ne servait à rien, tous les monuments étaient pour rien, pour rien. Voilà ce qu'elle disait à son fils en pensée, et elle regardait avec une satisfaction vengeresse son visage qui se crispait et qui lui criait : « Tu n'as jamais parlé comme ça, maman ! » Elle le savait bien, qu'elle n'avait jamais parlé comme ça, mais cet instant était plein d'une lumière qui rendait toute chose parfaitement claire :

Elle n'a aucune raison de donner à des monuments la préférence devant la vie ; son propre monument n'a plus pour elle qu'une seule raison d'être : elle peut en abuser maintenant, pour le bien de son corps méprisé ;

car l'homme qui est assis à côté d'elle lui plaît, il est
jeune et c'est probablement (presque certainement
même) le dernier homme qui lui plaît et qu'elle peut
avoir, et cela seul compte ; si ensuite elle lui inspire du
dégoût et ruine son propre monument dans sa pensée,
elle s'en moque, parce que ce monument est en dehors
d'elle-même, comme sont en dehors d'elle-même la
pensée et la mémoire de cet homme, et rien ne compte
de ce qui est en dehors d'elle-même. « Tu n'as jamais
parlé comme ça, maman ! » Elle entendait l'exclama-
tion de son fils, mais n'y prêtait pas attention. Elle
souriait.

« Vous avez raison, pourquoi est-ce que je résiste-
rais ? » dit-elle doucement et elle se leva. Puis elle
commença lentement à dégrafer sa robe. Le soir était
encore loin. Cette fois, il faisait tout à fait clair dans la
pièce.

Le docteur Havel
vingt ans plus tard

1

Le jour où le docteur Havel partit faire une cure, sa belle épouse avait les yeux mouillés de larmes. Sans doute étaient-ce des larmes de compassion (Havel souffrait depuis quelque temps d'une affection de la vésicule biliaire et sa femme ne l'avait encore jamais vu souffrir), mais il est également vrai que la perspective de trois semaines de séparation éveillait en elle les tourments de la jalousie.

Que dites-vous ? Que cette actrice, belle, admirée, et beaucoup plus jeune, était jalouse d'un monsieur vieillissant qui, depuis plusieurs mois, ne sortait pas de chez lui sans mettre dans sa poche une fiole de comprimés pour se prémunir contre les douleurs perfides ?

C'était ainsi pourtant, et personne ne la comprenait. Pas même le docteur Havel qui, lui aussi, l'avait jugée, selon son apparence, invulnérable et souveraine ; il n'en avait été que plus séduit, il y a quelques années, quand il avait commencé à mieux la connaître et qu'il avait découvert sa simplicité, sa nature casanière, sa timidité ; c'était étrange : même quand ils s'étaient mariés, l'actrice n'avait pas un instant tenu compte de l'avantage que lui assurait sa jeunesse ; elle était comme envoûtée par son amour et par la terrible réputation érotique de son époux lequel lui semblait toujours fuyant et insaisissable, et bien qu'il s'efforçât, jour après jour, de la convaincre, avec une patience infinie (et une totale sincérité), qu'elle n'avait et ne pourrait jamais avoir d'égale, elle était douloureusement et violemment jalouse ; seule sa noblesse naturelle parvenait à maintenir sous le couvercle ce mauvais sentiment qui n'en bouillonnait que plus violemment.

Havel savait tout cela, tantôt il en était ému, tantôt agacé, et déjà un peu las, mais parce qu'il aimait sa femme il faisait tout pour soulager ses tourments. Cette fois encore, il essayait de l'aider : il exagérait ses douleurs et la gravité de son état, car il savait que la peur que sa femme éprouvait à la pensée de sa maladie était pour elle une peur tonique et réconfortante, tandis que les craintes que lui inspirait sa bonne santé (pleine d'infidélités et d'embûches) la minaient ; c'est pourquoi il mettait souvent la conversation sur la doctoresse Frantiska qui allait s'occuper de lui pendant sa cure ; l'actrice la connaissait et l'image de son physique, parfaitement débonnaire et absolument étranger à toute image lascive, la rassurait.

Lorsque le docteur Havel, une fois dans le car, vit les yeux larmoyants de la jolie femme debout sur le quai, c'est à vrai dire une impression de soulagement

qu'il ressentit, car l'amour de son épouse était certes
agréable, mais pesant. Il n'en restait pas moins qu'à la
station thermale ça n'allait pas si bien que ça. Après
avoir pris les eaux, dont il devait abreuver sa carcasse
trois fois par jour, il avait des douleurs, il se sentait
fatigué, et quand il rencontrait de jolies femmes sous
les arcades, il constatait avec effroi qu'il se sentait
vieux et qu'elles ne lui faisaient pas envie. La seule
femme qu'il lui fût permis de voir à satiété, c'était la
brave Frantiska, qui lui faisait des piqûres, lui prenait
sa tension, lui palpait l'abdomen et le renseignait
abondamment sur ce qui se passait à la station thermale
et sur ses deux enfants, surtout sur son fils qui, paraît-
il, lui ressemblait.

Il était dans cet état d'esprit quand il reçut une
lettre de sa femme. Ah malheur ! Cette fois la noblesse
de son épouse n'avait pu tenir fermé le couvercle à
l'abri duquel bouillonnait la jalousie ; c'était une lettre
pleine de gémissements et de plaintes : elle ne voulait
rien lui reprocher, disait-elle, mais elle ne pouvait pas
fermer l'œil de la nuit ; elle savait bien, disait-elle, que
son amour le gênait, et elle imaginait sans peine
combien il était heureux de pouvoir se reposer loin
d'elle ; oui, elle ne comprenait que trop bien qu'elle
l'agaçait ; et elle savait aussi qu'elle était trop faible
pour changer sa vie, que traversaient toujours des
cortèges de femmes ; oui, elle le savait, elle ne protes-
tait pas, mais elle pleurait et ne pouvait pas dormir...

Lorsque le docteur Havel eut achevé cette longue
liste de lamentations, il évoqua les trois vaines années
pendant lesquelles il s'était patiemment efforcé d'appa-

raître à sa femme comme un débauché repenti et un
époux aimant ; il éprouva une lassitude et un désespoir
immenses. Il froissa la lettre avec colère et la jeta à la
corbeille.

2

Le lendemain, il se sentait mieux ; sa vésicule ne lui
faisait plus mal et il eut faiblement mais nettement
envie de plusieurs femmes qu'il vit le matin se
promener sous les arcades. Malheureusement, ce
modeste progrès fut effacé par une découverte beaucoup plus grave : ces femmes passaient près de lui sans
la moindre marque d'attention ; pour elles, il se
confondait avec le cortège maladif des pâles buveurs
d'eau minérale...

« Tu vois, ça va mieux, lui dit Frantiska, la
doctoresse, après l'avoir ausculté le matin. Surtout,
observe scrupuleusement ton régime. Heureusement,
les malades que tu croises sous les arcades sont trop
âgées et trop mal portantes pour pouvoir te troubler, et
ça vaut mieux pour toi, parce que tu as surtout besoin
de calme. »

Havel rentrait sa chemise dans son pantalon ; ce
faisant, il se tenait devant le petit miroir accroché dans
un coin au-dessus du lavabo, et il observait amèrement
son visage. Puis, il dit avec une grande tristesse : « Tu

te trompes. J'ai remarqué que parmi les vieilles qui se promènent sous les arcades il y a quelques très jolies filles. Seulement, elles ne m'ont même pas regardé.

— Je veux bien croire tout ce que tu voudras, mais pas ça ! » répliqua Frantiska, et le docteur Havel, détournant les yeux du triste spectacle qu'il voyait dans le miroir, plongea son regard dans les yeux crédules et fidèles de la doctoresse ; il éprouva pour elle de la gratitude, tout en sachant fort bien qu'elle ne faisait qu'exprimer une croyance dans une tradition, une croyance dans le rôle qu'elle était accoutumée de lui voir jouer (rôle qu'elle désapprouvait, mais toujours avec attendrissement).

Puis on frappa à la porte. Frantiska ouvrit, la tête d'un jeune homme qui s'inclinait respectueusement parut. « Ah c'est vous ! Je vous avais complètement oublié ! » Elle fit entrer le jeune homme dans le cabinet de consultation et elle expliqua à Havel : « Voilà deux jours que le rédacteur en chef du journal local essaie de te joindre. »

Le jeune homme commença par s'excuser avec volubilité de déranger aussi inopportunément le docteur Havel et s'efforça (hélas ! avec une expression un peu désagréablement tendue) de prendre un ton léger : il ne fallait pas que le docteur Havel en voulût à la doctoresse d'avoir révélé sa présence car, de toute façon, le journaliste aurait fini par le découvrir, au besoin dans sa baignoire d'eau thermale ; et le docteur Havel ne devait pas non plus en vouloir au journaliste de son effronterie car c'était là une qualité indispensable à la profession journalistique, sans

laquelle il n'aurait pu gagner sa vie. Puis il parla
longuement du magazine illustré que la station thermale publiait une fois par mois et dont chaque numéro
contenait un entretien avec un malade célèbre qui
faisait une cure dans la station ; il mentionna à titre
d'exemple plusieurs noms, dont celui d'un membre du
gouvernement, celui d'une cantatrice et celui d'un
joueur de hockey sur glace.

« Tu vois, dit Frantiska, les jolies femmes des
arcades ne s'intéressent pas à toi, mais, en revanche, tu
intéresses les journalistes.

— C'est une affreuse déchéance », dit Havel. Mais
il était heureux de cet intérêt ; il sourit au journaliste et
il rejeta son offre avec un manque de sincérité si
manifeste qu'il en était touchant : « En ce qui me
concerne, monsieur, je ne suis ni un membre du
gouvernement, ni un joueur de hockey, et encore
moins une cantatrice. Certes, je ne veux pas sous-
estimer mes travaux scientifiques, mais ils intéressent
plutôt les spécialistes que le grand public.

— Mais ce n'est pas vous que je veux interviewer ;
je n'y avais même pas songé, répondit le jeune homme
avec une rapide franchise. C'est votre femme. J'ai
entendu dire qu'elle vous rendrait visite pendant votre
cure.

— Vous êtes mieux renseigné que moi », dit plutôt
froidement le docteur Havel ; puis, s'approchant du
miroir, il examina de nouveau son visage, qui lui
déplaisait. Il boutonnait son col de chemise et se
taisait, cependant que le jeune journaliste plongeait
dans un embarras qui lui fit vite perdre son effronterie

professionnelle si fièrement proclamée ; il s'excusa
auprès de la doctoresse, il s'excusa auprès du docteur
et il se sentit soulagé quand il fut dehors.

3

Le journaliste était plutôt un écervelé qu'un imbécile. Il n'appréciait pas beaucoup le magazine de la
station thermale, mais comme il en était l'unique
rédacteur, il devait tout faire pour en remplir chaque
mois les vingt-quatre pages avec les photos et les mots
indispensables. En été il y parvenait tant bien que mal
car la station grouillait d'hôtes de marque, divers
orchestres venaient donner des concerts en plein air, et
les petites nouvelles à sensation ne manquaient pas. En
revanche, pendant les mois pluvieux, les arcades
étaient envahies par les paysannes et l'ennui, et il fallait
saisir la moindre occasion. Aussi, quand il avait appris
la veille que la station comptait actuellement parmi ses
hôtes l'époux d'une actrice célèbre, celle justement qui
jouait dans le nouveau film policier qui réussissait
depuis quelques semaines à distraire les mornes
curistes, il avait humé le vent et s'était aussitôt mis à sa
recherche.

Mais à présent, il avait honte.

En effet, comme il doutait toujours de lui, il était
dans un état de dépendance servile à l'égard des gens

qu'il fréquentait ; craintivement, il cherchait dans leur regard la confirmation de ce qu'il était et de ce qu'il valait. Or, il estimait qu'on l'avait trouvé lamentable, stupide, importun, et cette idée lui était d'autant plus pénible que l'homme qui l'avait ainsi jugé lui était de prime abord sympathique. C'est pourquoi, talonné par l'inquiétude, il téléphona le jour même à la doctoresse pour lui demander qui était en fait le mari de l'actrice, et il apprit que ce monsieur n'était pas seulement une sommité du monde médical mais un personnage très fameux même sans cela ; se pouvait-il que le journaliste n'en eût jamais entendu parler ?

Le journaliste avoua que non et la doctoresse lui dit avec mansuétude : « Evidemment, vous êtes encore un enfant. Et heureusement, dans la spécialité où le docteur Havel s'est si brillamment distingué vous n'êtes qu'un ignorant. »

Quand il comprit, après avoir posé d'autres questions à d'autres personnes, que la spécialité à laquelle la doctoresse avait tant fait allusion ne pouvait être que l'érotisme, domaine dans lequel le docteur Havel, paraît-il, était sans égal dans son pays, il eut honte d'avoir été taxé d'ignorant et d'avoir, au reste, confirmé cette appréciation par le fait qu'il n'avait jamais entendu parler du docteur Havel. Et comme il avait toujours rêvé d'être un connaisseur comme cet homme-là, il était froissé à l'idée qu'il s'était conduit, devant lui justement, devant son maître, comme un odieux imbécile ; il se souvenait de son bavardage, de ses plaisanteries stupides, de son manque de tact, et il ne pouvait que reconnaître humblement le bien-fondé

du verdict qu'il avait cru lire dans le silence réproba-
teur du maître et dans son regard absent fixé sur le
miroir.

La station thermale où a lieu ce récit n'est pas
grande, et tout le monde s'y rencontre plusieurs fois
par jour, bon gré mal gré. Le jeune journaliste n'eut
donc pas de mal à rencontrer bientôt l'homme auquel il
pensait. C'était en fin d'après-midi et la foule des
hépatiques allait et venait sous les arcades. Le docteur
Havel sirotait une eau malodorante dans un gobelet de
porcelaine. Le jeune journaliste s'approcha de lui et
commença à présenter confusément des excuses. Il ne
se doutait nullement, disait-il, que l'époux de Mme
Havel, l'actrice célèbre, c'était lui, le docteur Havel, et
pas un autre Havel ; il y avait beaucoup de Havel en
Bohême, et le journaliste n'avait malheureusement pas
établi le rapport entre l'époux de l'actrice et le médecin
illustre dont il avait évidemment entendu parler depuis
longtemps, non seulement comme d'une sommité du
monde médical, mais aussi — il pouvait sans doute se
permettre de le dire — d'après les rumeurs et les
anecdotes les plus diverses.

Il n'y a aucune raison de nier que le docteur Havel,
dans l'humeur maussade où il était, entendit avec
plaisir les paroles du jeune homme, surtout son
allusion aux rumeurs et aux anecdotes, dont le docteur
Havel savait fort bien qu'elles étaient soumises, comme
l'homme lui-même, aux lois du vieillissement et de
l'oubli.

« Vous n'avez pas besoin de vous excuser », dit-il
au jeune homme, et comme il voyait son embarras il le

prit doucement par le bras et l'invita à déambuler avec lui sous les arcades. « Ça ne vaut même pas la peine d'en parler », affirma-t-il pour le rassurer mais, en même temps, il s'attardait lui-même avec complaisance sur ces excuses et il répéta plusieurs fois : « Alors, comme ça, vous avez entendu parler de moi ? », et à chaque fois, il éclatait d'un rire heureux.

« Oui, acquiesça fébrilement le journaliste. Mais je ne vous imaginais pas du tout comme ça.

— Et comment m'imaginiez-vous ? » demanda le docteur Havel avec un intérêt sincère, et comme le journaliste, ne trouvant rien à dire, bredouillait quelque chose, il dit avec mélancolie : « Je sais. Contrairement à nous, les personnages des romans, des légendes ou des histoires drôles sont faits d'une matière qui n'est pas soumise à la corruption de l'âge. Non, je ne veux pas dire par là que les légendes et les histoires drôles sont immortelles ; il est certain qu'elles vieillissent aussi, et que leurs personnages vieillissent avec elles ; seulement ils vieillissent de telle façon que leurs traits ne se modifient pas et ne s'adultèrent pas, mais s'estompent, s'effacent lentement et finissent par se confondre avec la transparence de l'espace. C'est ainsi que disparaîtront Pépé le Moko et Havel le Collectionneur, et aussi Moïse et Pallas Athéna ou saint François d'Assise ; mais songez que François va s'estomper lentement avec les petits oiseaux posés sur son épaule, avec le faon qui se frotte contre sa jambe et avec le bouquet d'oliviers qui lui prête son ombre, songez que tout son paysage va lentement s'effacer avec lui et se muer avec lui en amour consolateur, tandis que moi, cher ami, tel que je suis, nu, arraché à la légende, je vais disparaître sur l'arrière-plan d'un paysage aux couleurs implacablement criardes et sous les yeux d'une jeunesse sarcastiquement vivante. »

Le journaliste était à la fois décontenancé et enthousiasmé par la tirade de Havel, et les deux hommes se promenèrent encore un long moment dans la nuit qui commençait à tomber. Quand ils se séparèrent, Havel déclara qu'il en avait assez de la nourriture de régime et qu'il ferait volontiers un bon dîner le lendemain ; il demanda au journaliste s'il n'accepterait pas de se joindre à lui.

Bien sûr qu'il accepta.

4

« Ne le dites pas à la doctoresse, dit Havel quand il fut à table en face du journaliste et qu'il se fut emparé du menu, mais j'ai une conception originale du régime : j'évite soigneusement tous les plats dont je n'ai pas envie. » Puis il demanda au jeune homme ce qu'il voulait prendre comme apéritif.

Le rédacteur n'avait pas l'habitude de prendre un alcool avant les repas et, ne trouvant rien d'autre à dire : « Une vodka », répondit-il.

Le docteur Havel parut mécontent : « La vodka, ça pue l'âme russe !

— C'est exact », dit le jeune homme, et à partir de
ce moment il fut perdu. Il était comme un candidat au
baccalauréat devant le jury. Il ne cherchait pas à dire ce
qu'il pensait et à faire ce qu'il voulait, mais il s'efforçait
de donner satisfaction aux examinateurs ; il s'efforçait
de deviner leurs idées, leurs caprices, leurs goûts ; il
souhaitait être digne d'eux. Pour rien au monde, il
n'eût admis que ses dîners étaient mauvais et vulgaires,
qu'il n'avait aucune idée du vin qu'il faut boire avec
telle viande. Et le docteur Havel le faisait involontaire-
ment souffrir en le consultant interminablement sur le
choix du hors-d'œuvre, du plat principal, du vin et du
fromage.

Quand le journaliste constata que le jury lui avait
mis une mauvaise note à l'oral de gastronomie, il
voulut compenser cette perte par un zèle accru et
pendant la pause, entre le hors-d'œuvre et le plat
principal, il examina ostensiblement les femmes présentes dans le restaurant ; il tenta ensuite, par quelques
remarques, de démontrer son intérêt et son expérience.
De nouveau, mal lui en prit. Quand il dit qu'une
femme rousse, qui était assise deux tables plus loin,
serait certainement une excellente maîtresse, le docteur
Havel lui demanda sans malveillance ce qui lui faisait
dire ça. Le rédacteur fit une réponse vague, et quand le
docteur l'interrogea sur ses expériences avec les
rousses, il s'embrouilla dans d'invraisemblables mensonges et se tut rapidement.

Le docteur Havel, en revanche, se sentait à l'aise et
heureux sous les yeux admiratifs du journaliste. Il
commanda une bouteille de vin rouge pour accompa-

gner la viande, et le jeune homme, encouragé par
l'alcool, fit une nouvelle tentative pour se montrer
digne de la faveur du maître ; il parla longuement
d'une jeune fille qu'il avait rencontrée récemment et à
laquelle il faisait la cour depuis quelques semaines avec
un grand espoir de succès. Sa confession fut assez
nébuleuse, et le sourire contraint recouvrant son visage
aurait dû exprimer, par son ambiguïté délibérée, ce qui
n'était pas dit mais il n'exprimait qu'une incertitude
péniblement surmontée. Havel sentait bien tout cela
et, mû par la sympathie, il interrogeait le journaliste
sur les caractéristiques physiques les plus diverses de la
jeune fille en question, pour lui permettre de s'attarder
sur un sujet qui lui était cher et de parler plus
librement. Mais cette fois encore le jeune homme
échoua : ses réponses étaient remarquablement
vagues ; il ne fut pas capable de décrire avec quelque
précision ni l'architecture générale du corps de la jeune
fille ni les divers aspects de son anatomie, moins encore
son caractère. Donc, le docteur Havel finit par faire
lui-même tous les frais de la conversation, et, se
laissant peu à peu griser par le confort de la soirée et
par le vin, il imposait au journaliste un spirituel
monologue fait de ses propres souvenirs, de ses
anecdotes et de ses bons mots.

Le journaliste buvait lentement son vin, écoutait
et, ce faisant, il éprouvait des sentiments contradic-
toires : tout d'abord, il était malheureux : il se sentait
insignifiant et stupide, il se faisait l'effet d'un douteux
apprenti devant un maître indubitable, et il avait honte
d'ouvrir la bouche ; mais en même temps il était

heureux : il se sentait flatté, parce que le maître s'était assis en face de lui, s'entretenait avec lui en camarade et lui confiait toutes sortes d'observations personnelles extrêmement précieuses.

Comme le discours de Havel se prolongeait, le jeune homme eut envie d'ouvrir la bouche à son tour, d'ajouter son mot, de faire chorus, de se montrer bon partenaire ; c'est pourquoi il fit à nouveau glisser la conversation sur son amie et demanda confidentiellement à Havel s'il accepterait de la rencontrer le lendemain pour lui dire comment il la jugeait à la lumière de son expérience ; en d'autres termes (oui, c'est le mot qu'il prononça dans son élan) pour qu'il l'*homologue*.

D'où lui venait cette idée ? N'était-ce qu'une idée soudaine née des vapeurs du vin et du désir fébrile de dire quelque chose ?

Aussi spontanée qu'elle fût, le journaliste en attendait un triple avantage :

— la conspiration de l'expertise commune et clandestine (l'homologation) créerait entre lui et le maître un lien secret, renforcerait la camaraderie, la complicité à laquelle aspirait le journaliste ;

— si le maître donnait son approbation (comme le jeune homme l'espérait, car il était lui-même fortement attiré par la jeune fille en question), ce serait une approbation pour le jeune homme, pour son choix, pour son goût, et il serait ainsi promu, aux yeux du maître, du rang d'apprenti au rang de compagnon, et de ce fait il gagnerait en importance à ses propres yeux ;

— et enfin : la jeune fille elle-même n'en aurait que plus de prix aux yeux du jeune homme, et le plaisir qu'il retirait de sa présence se changerait d'un plaisir fictif en un plaisir réel (car le jeune homme avait parfois le sentiment que le monde où il vivait était pour lui un labyrinthe de valeurs dont le sens ne lui apparaissait que de manière extrêmement confuse et qui ne pouvaient se changer de valeurs apparentes en valeurs réelles qu'après avoir été *vérifiées*).

5

Quand le docteur Havel se réveilla le lendemain, il sentit que sa vésicule était légèrement douloureuse à cause du dîner de la veille ; et quand il regarda sa montre, il constata qu'il devait être à sa séance d'hydrothérapie dans une demi-heure et qu'il devait par conséquent se dépêcher, bien que se dépêcher fût une des choses qu'il détestait le plus au monde ; et en se coiffant, il aperçut dans la glace un visage qu'il trouva déplaisant. La journée commençait mal.

Il n'eut même pas le temps de prendre son petit déjeuner (cela aussi lui parut mauvais signe, car il tenait beaucoup à ses habitudes de vie régulières) et il se dirigea à la hâte vers l'établissement thermal. Là, il s'engagea dans un long couloir ; il frappa à une porte et une jolie blonde en blouse blanche apparut ; elle lui fit remarquer d'un air maussade qu'il était en retard et l'invita à entrer. Havel commença à se déshabiller dans une cabine, derrière la cloison. « Alors, ça vient ? » entendit-il au bout d'un instant. La voix de la masseuse, de plus en plus impolie, blessait le docteur Havel et l'incitait à la vengeance (hélas ! le docteur Havel, depuis des années, ne connaissait qu'une seule forme de vengeance à l'égard des femmes !). Donc, il enleva son slip, rentra le ventre, bomba le torse et voulut sortir de la cabine ; mais ensuite, écœuré par cet effort indigne de lui, qui lui aurait paru tellement ridicule chez un autre, il laissa confortablement retomber son ventre et, avec une nonchalance qu'il jugeait seule digne de lui, il se dirigea vers la grande baignoire et se plongea dans l'eau tiède.

La masseuse, tout à fait indifférente à sa poitrine et à son ventre, tournait des robinets sur la plaque de commande, et quand le docteur Havel fut allongé au fond de la baignoire elle s'empara de sa jambe droite et appliqua sous l'eau, contre la plante de son pied, la bouche d'un tuyau d'où jaillissait un jet violent. Le docteur Havel, qui était chatouilleux, remua la jambe, et la masseuse le rappela à l'ordre.

Il n'aurait certainement pas été difficile, par un bon mot, un bavardage, une question spirituelle, de contraindre la blonde à renoncer à sa froide impolitesse, mais Havel était trop agacé, trop offensé. Il se disait qu'elle était digne d'un châtiment et qu'il n'avait pas à lui faciliter les choses. Comme elle lui appliquait le tuyau sur le bas-ventre et qu'il dissimulait ses parties sexuelles avec ses mains, car il redoutait que le jet

violent ne lui fasse mal, il lui demanda ce qu'elle faisait
ce soir-là. Sans le regarder, elle lui demanda pour
quelle raison son emploi du temps l'intéressait. Il lui
expliqua qu'il habitait seul dans une chambre à un lit et
qu'il voulait qu'elle vienne l'y rejoindre. « Je crois que
vous vous trompez d'adresse », lui dit la blonde et elle
l'invita à se tourner sur le ventre.

Donc, le docteur Havel était couché sur le ventre
au fond de la baignoire, et il levait le menton pour
respirer. Il sentait le jet violent lui masser les cuisses et
il était satisfait du ton juste sur lequel il s'était adressé à
la masseuse. Car le docteur Havel avait de tout temps
châtié les femmes rebelles, insolentes ou gâtées, en
les conduisant froidement, sans la moindre tendresse
et presque en silence, jusqu'à son divant d'où il les
congédiait tout aussi froidement. Il lui fallut un instant
pour comprendre qu'il s'était adressé à la masseuse
avec la froideur appropriée et sans la moindre tendresse, mais qu'il ne l'avait pas conduite, et qu'il ne la
conduirait sans doute pas jusqu'à son divan. Il comprit
qu'il était rejeté et ce fut un nouvel affront. Il fut
heureux de se retrouver seul dans la cabine, enveloppé
dans une serviette de bain.

Ensuite, il sortit à la hâte de l'établissement et se
dirigea vers le panneau d'affichage du cinéma *Le
Temps*, où étaient exposées trois photographies publici-
taires, dont l'une était celle de sa femme que l'on
pouvait voir, épouvantée, agenouillée devant un cada-
vre. Le docteur Havel contemplait ce tendre visage
déformé par la terreur, et il éprouvait un amour sans
bornes et une immense nostalgie. Il fut un long

moment sans pouvoir détacher les yeux de la vitrine. Puis il décida de passer chez Frantiska.

6

« Demande l'interurbain, s'il te plaît, il faut que je parle à ma femme », dit-il lorsque la doctoresse eut pris congé de son malade et l'eut invité à entrer dans son cabinet de consultation.

« Il est arrivé quelque chose ?

— Oui, dit Havel. Je me sens seul ! »

Frantiska le regarda avec méfiance, composa le numéro de l'interurbain et répéta le numéro que Havel lui indiquait. Puis elle raccrocha l'écouteur et dit : « Toi, tu te sens seul ?

— Et pourquoi pas ? dit Havel avec humeur. Tu es comme ma femme. Vous voyez en moi un homme que j'ai cessé d'être depuis longtemps. Je suis humble, je suis esseulé, je suis triste. Je prends de l'âge. Et je peux te le dire, ce n'est guère agréable.

— Tu devrais avoir des enfants, lui répondit la doctoresse. Tu ne penserais pas autant à toi. Moi aussi je prends de l'âge, et je n'y pense même pas. Quand je vois mon fils grandir, je me demande de quoi il aura l'air quand il sera un homme, et je ne me lamente pas sur les années qui passent. Figure-toi qu'il m'a dit hier : à quoi servent les médecins puisque les gens meurent de toute façon ? Qu'est-ce que tu en dis ? Que répondrais-tu à ça ? »

Par chance, le docteur Havel n'eut pas à répondre car le téléphone sonnait. Il souleva l'écouteur et quand il entendit la voix de sa femme il lui dit aussitôt qu'il était triste, qu'il n'avait personne avec qui parler, personne qu'il eût envie de regarder, qu'il ne supporterait pas de rester seul ici.

Une petite voix se fit entendre dans l'écouteur, d'abord méfiante, paralysée, presque bégayante, mais qui finit par céder un peu sous la pression des paroles de l'époux.

« S'il te plaît, viens ici, viens me rejoindre ici, dès que tu pourras ! » disait Havel dans le microphone et il entendait sa femme lui répondre qu'elle viendrait volontiers mais qu'elle avait une représentation presque tous les jours.

« Presque tous les jours, ce n'est pas tous les jours », dit Havel, et il entendit sa femme lui répondre qu'elle avait congé le lendemain, mais qu'elle ne savait pas si ça valait la peine de venir pour une journée.

« Comment peux-tu dire ça ? répliqua Havel. Tu ne sais donc pas comme c'est précieux, une journée, dans une courte vie ?

— Et tu ne m'en veux vraiment pas ? demanda la petite voix dans l'écouteur.

— Pourquoi est-ce que je t'en voudrais ?

— A cause de cette lettre. Tu as des douleurs, et moi je t'embête avec une lettre stupide de femme jalouse. »

Le docteur Havel inonda le microphone d'un flot

de tendresse et sa femme annonça (d'une voix maintenant tout à fait attendrie) qu'elle viendrait le lendemain.

« Tout de même, je t'envie, dit Frantiska quand Havel eut raccroché. Tu as tout. Des maîtresses tant que tu en veux, et tout de même un beau ménage. »

Havel regardait son amie qui parlait d'envie mais qui était sans doute trop bonne pour pouvoir envier qui que ce soit, et il eut pitié d'elle car il savait que la joie que donnent les enfants ne peut remplacer d'autres joies, et qu'une joie sur laquelle pèse l'obligation de remplacer d'autres joies est bien vite une joie usée.

Il alla ensuite déjeuner, après le déjeuner il fit la sieste, et au réveil il se souvint que le jeune journaliste l'attendait au café pour lui présenter son amie. Donc, il s'habilla et sortit. En descendant l'escalier de la maison de cure, il aperçut dans le hall, au vestiaire, une grande femme qui ressemblait à un beau cheval de course. Ah, il ne manquait plus que ça ! Car c'étaient justement ces femmes-là qui, depuis toujours, rendaient fou le docteur Havel. La dame du vestiaire tendit son manteau à la grande femme et Havel s'avança pour l'aider à enfiler une manche. La femme pareille à un cheval remercia négligemment et Havel lui dit : « Puis-je encore faire quelque chose pour vous, madame ? » Il lui sourit, mais elle, sans sourire, répondit que non, et sortit précipitamment.

Havel ressentit cela comme une gifle et, dans un état d'esseulement renouvelé, se dirigea vers le café.

7

Le journaliste était installé, depuis un long moment, dans un box à côté de son amie (il avait choisi une place d'où l'on pouvait voir l'entrée) et il ne parvenait pas à se concentrer sur la conversation qui, d'habitude, bruissait entre eux, gaiement et infatigablement. Il avait le trac à cause de Havel. Pour la première fois depuis qu'il connaissait son amie, il tentait de la regarder d'un œil critique, et pendant qu'elle parlait (heureusement, elle ne cessait pas une seconde de parler, de sorte que l'inquiétude du jeune homme passait inaperçue), il découvrit à sa beauté plusieurs petits défauts ; il en fut troublé, mais il se rassura aussitôt à l'idée que ces menus défauts rendaient sa beauté plus intéressante et que c'était justement à cause de ces défauts que tout son être lui était si tendrement proche.

Car le jeune homme aimait bien son amie.

Mais s'il l'aimait bien, pourquoi donc avait-il cédé à l'idée, pour elle si humiliante, de la faire *homologuer* par un médecin lubrique ? Et même si nous lui accordons des circonstances atténuantes, en admettant, par exemple, que ce n'était pour lui qu'un jeu, comment se fait-il qu'un simple jeu l'ait à ce point troublé ?

Ce n'était pas un jeu. Le jeune homme ne savait vraiment pas ce qu'il devait penser de son amie, il était

vraiment incapable de prendre la mesure de son
charme et de sa beauté.

Etait-il donc tellement naïf et inexpérimenté qu'il
ne pouvait pas distinguer une jolie femme d'une laide ?

Non, il n'était pas à ce point dépourvu d'expérience, il avait déjà connu plusieurs femmes et il avait
eu avec elles toutes sortes d'intrigues, mais il s'était
toujours beaucoup plus soucié de lui-même qu'il ne
s'était occupé d'elles. Considérons par exemple ce
détail remarquable : il se rappelait exactement comment il était habillé le jour où il était sorti avec une
telle, il savait que tel et tel jour il portait un pantalon
trop large et qu'il en était malheureux, il savait qu'un
autre jour il portait un sweater blanc dans lequel il se
faisait l'effet d'un sportif élégant, mais il ne se rappelait
absolument pas comment étaient habillées ses amies.

Oui, c'est en effet remarquable : à l'occasion de ses
brèves aventures, il se livrait, devant la glace, à de
longues et minutieuses études de sa propre personne,
alors qu'il n'avait qu'une perception globale et superficielle de ses vis-à-vis de sexe féminin ; il se souciait
beaucoup plus de l'image qu'il donnait à sa partenaire
que de l'image que celle-ci lui offrait. Cela ne veut pas
dire que c'était pour lui sans importance si la jeune
femme avec qui il sortait était belle, ou ne l'était pas.
Bien au contraire. Car, outre qu'il était vu lui-même
par les yeux de sa partenaire, tous deux étaient vus et
jugés ensemble par les yeux des autres (par les yeux du
monde), et il tenait beaucoup à ce que le monde fût
satisfait de son amie, sachant qu'en la personne de son
amie, son choix, son goût, son niveau seraient jugés,

donc lui-même. Mais précisément parce qu'il s'agissait du jugement des autres, il n'osait pas trop se fier à ses propres yeux ; jusque-là, au contraire, il s'était contenté de prêter l'oreille à la voix de l'opinion générale et de s'identifier à elle.

Mais qu'était la voix de l'opinion générale comparée à la voix d'un maître et connaisseur ? Il regardait avec impatience vers l'entrée et quand il vit enfin la silhouette du docteur Havel à travers la porte vitrée, il joua la surprise et dit à son amie que, par pur hasard, un homme éminent qu'il voulait prochainement interviewer pour son magazine entrait dans le café. Il se dirigea à la rencontre du docteur Havel et le conduisit à sa table. La jeune fille, interrompue quelques instants par les présentations, ne tarda pas à renouer le fil de l'intarissable bavardage.

Le docteur Havel, éconduit dix minutes plus tôt par la femme pareille à un cheval de course, examinait longuement la gamine gazouillante et s'abandonnait toujours davantage à son humeur maussade. La gamine n'était pas une beauté, mais elle était tout à fait charmante et il n'y avait aucun doute que le docteur Havel (dont on avait prétendu qu'il était comme la mort et prenait tout) l'aurait prise au moindre signal, bien volontiers. Elle avait en effet certains traits remarquables par leur ambiguïté esthétique : elle avait à la racine du nez une fine pluie de taches dorées, qui pouvait passer pour une tare sur la blancheur de la peau, mais aussi pour un joyau naturel sur cette blancheur ; elle était extrêmement gracile, ce que l'on pouvait interpréter comme une imperfection par rap-

port aux proportions féminines idéales, mais tout aussi
bien comme l'émoustillante délicatesse de l'enfant
qui persiste dans la femme ; elle était excessivement
bavarde, ce qui pouvait passer pour une pénible manie,
mais aussi pour une heureuse disposition qui permet-
tait à son partenaire de s'abandonner à ses propres
pensées sans risque d'être surpris.

Le journaliste observait discrètement et anxieusement le visage du médecin, et comme ce visage lui
semblait dangereusement pensif (ce qui n'était pas de
très bon augure) il appela le garçon et commanda trois
cognacs. La jeune fille protesta, disant qu'elle ne
boirait pas, puis elle se laissa longuement convaincre
qu'elle pouvait et devait boire, et le docteur Havel
comprit avec tristesse que cette créature esthétique-
ment ambiguë, qui révélait dans un fleuve de paroles
toute la simplicité de son âme, serait très probablement
son troisième échec de la journée, s'il faisait une
tentative, car le docteur Havel, jadis souverain comme
la mort, n'était plus celui qu'il avait été.

Ensuite le garçon apporta les cognacs, ils levèrent
tous trois leurs verres pour trinquer, et le docteur
Havel plongea dans les yeux bleus de la jeune fille
comme dans les yeux hostiles d'un être qui ne lui
appartiendrait pas. Et quand il eut saisi ces yeux
comme hostiles, il leur rendit cette hostilité et ne vit
soudain devant lui qu'une créature dont le caractère
esthétique était tout à fait clair : une gamine chétive,
au visage éclaboussé par la saleté des taches de
rousseur, intolérablement bavarde.

Bien que cette métamorphose fît plaisir au docteur

Havel, comme lui faisait plaisir le regard du jeune homme suspendu sur lui avec une interrogation anxieuse, ces joies étaient bien petites auprès de l'abîme d'amertume qui s'ouvrait en lui. Il se dit qu'il aurait tort de prolonger cette rencontre qui ne pouvait lui apporter aucun plaisir ; il prit donc la parole, fit devant le jeune homme et son amie quelques mots d'esprit charmants, exprima sa satisfaction d'avoir pu passer avec eux un si agréable moment, annonça qu'il était attendu et prit congé.

Quand le docteur fut arrivé à la porte vitrée, le jeune homme se frappa le front et dit qu'il avait complètement oublié de convenir d'un rendez-vous pour l'interview. Il sortit précipitamment du box et rejoignit Havel dans la rue. « Alors, comment la trouvez-vous ? » demanda-t-il.

Le docteur Havel regarda longuement dans les yeux du jeune homme dont l'impatiente admiration lui faisait chaud au cœur.

Par contre, le silence du docteur mettait le journaliste mal à l'aise, si bien qu'il prit les devants : « Je sais, ce n'est pas une beauté.

— Certainement pas », dit Havel.

Le journaliste baissa la tête : « Elle est un peu bavarde. Mais à part ça, elle est gentille !

— Oui, gentille, dit Havel. Mais un chien aussi peut être gentil, un canari ou un canard qui se dandine dans la cour d'une ferme. Ce qui compte dans la vie, ce n'est pas d'avoir le plus grand nombre possible de femmes, parce que ça, ce n'est qu'une réussite apparente. Il s'agit plutôt de cultiver une exigence particulière vis-à-vis de soi-même. Retenez bien, mon ami, que le vrai pêcheur rejette à l'eau les petits poissons. »

Le jeune homme commença à s'excuser et affirma qu'il avait lui-même de sérieux doutes au sujet de son amie, ce dont témoignait d'ailleurs le fait qu'il avait demandé l'avis du docteur Havel.

« Ça n'a pas d'importance, dit Havel. Ne vous inquiétez pas pour si peu. »

Mais le jeune homme continuait de s'excuser et de se justifier, et il finit par dire qu'en automne il y avait peu de jolies femmes dans la station et qu'on était bien obligé de prendre ce qu'on trouvait.

« Sur ce point, je ne suis pas d'accord avec vous, répliqua Havel. J'ai vu ici plusieurs femmes extrêmement séduisantes. Mais je vais vous dire une chose. Il y a une superficielle joliesse de la femme que le goût provincial considère à tort comme la beauté. Et puis, il y a la vraie beauté érotique de la femme. Mais bien sûr, reconnaître cette beauté-là du premier coup d'œil, ce n'est pas une chose facile. C'est tout un art. » Puis il tendit la main au jeune homme et s'éloigna.

8

Le journaliste était au désespoir : il comprenait qu'il était un incorrigible imbécile, égaré dans le désert infini (oui, il le croyait infini) de sa propre jeunesse ; il comprenait que le docteur Havel lui avait mis une mauvaise note ; et il lui apparaissait, sans aucun doute possible, que son amie était insignifiante, inintéressante et pas belle. Quand il revint s'asseoir à côté d'elle, il se dit que tous les clients du café, ainsi que les deux garçons qui allaient et venaient, le savaient et le regardaient avec une pitié malveillante. Il demanda l'addition, et il expliqua à son amie qu'il avait un travail urgent et qu'il devait la quitter. Elle se rembrunit et il sentit son cœur se serrer : tout en sachant qu'il allait, comme un vrai pêcheur, la rejeter à l'eau, il continuait tout de même, en son for intérieur (secrètement et avec une sorte de honte), de l'aimer.

Le lendemain n'apporta aucune lueur dans son humeur maussade, et quand il croisa devant l'établissement thermal le docteur Havel en compagnie d'une dame élégante, il céda à un sentiment d'envie qui ressemblait presque à de la haine : cette femme était scandaleusement belle, et l'humeur du docteur Havel, qui lui fit signe gaiement dès qu'il l'aperçut, était scandaleusement radieuse, de sorte que le jeune journaliste se sentait encore plus misérable.

« Je te présente le rédacteur en chef du journal de la station, dit Havel. Il a cherché à faire ma connaissance uniquement pour avoir une chance de te rencontrer. »

Quand le jeune homme comprit qu'il se trouvait devant une femme qu'il avait vue à l'écran, son embarras ne fit que croître ; Havel le contraignit à les accompagner, et le journaliste, ne sachant que dire, se mit à expliquer son projet d'interview et le compléta

par une idée nouvelle : publier dans son magazine une
double interview de Mme Havel et du docteur.

« Mon cher ami, répliqua Havel, les propos que
nous avons échangés étaient agréables et, grâce à vous,
même intéressants. Mais dites-moi, pourquoi faudrait-
il les publier dans une feuille destinée à des hépatiques
et à des ulcères du duodénum ?

— Je les imagine sans peine, vos propos, ironisa
Mme Havel.

— Nous avons parlé des femmes, dit   docteur
Havel. J'ai trouvé en monsieur un partenaire et un
causeur de premier ordre, le compagnon lumineux de
mes jours sombres. »

Mme Havel se tourna vers le jeune homme : « Il ne
vous a pas ennuyé ? »

Le journaliste était heureux que le docteur l'eût
appelé son compagnon lumineux, et à son envie se
mêlait de la gratitude : c'était plutôt lui qui avait
ennuyé le docteur ; il n'était que trop conscient de son
inexpérience et de son manque d'intérêt, de son
insignifiance, finit-il par ajouter.

« Ah mon cher, dit l'actrice, comme tu as dû. te
vanter ! »

Le jeune journaliste prit la défense du médecin.
« Ce n'est pas vrai ! Vous dites ça parce que vous ne
savez pas, chère madame, ce que c'est qu'une petite
ville, ce que c'est que ce trou où j'habite.

— Mais c'est une jolie ville, protesta l'actrice.

— Oui, pour vous, parce que vous y êtes pour peu
de temps. Mais moi, j'y habite et je continuerai d'y
habiter. Toujours le même cercle de gens que je

connais déjà par cœur. Toujours les mêmes gens, qui
pensent tous la même chose, et tout ce qu'ils pensent
n'est que niaiseries et platitudes. Il faut que je fasse
bon ménage avec eux, que je le veuille ou non, et je
m'adapte à eux, petit à petit, sans m'en rendre compte.
Quelle horreur ! Dire que je pourrais devenir un des
leurs ! Dire que je pourrais voir le monde avec leurs
yeux myopes ! »

Le journaliste parlait avec une fièvre croissante et
l'actrice crut saisir dans ses paroles le souffle de
l'éternelle protestation de la jeunesse ; elle en fut
captivée, elle en fut bouleversée et elle dit : « Non, il
ne faut pas vous adapter. Il ne faut pas !

— Il ne faut pas, acquiesça le jeune homme. Le
docteur m'a ouvert les yeux, hier. Il faut à tout prix
que je sorte du cercle vicieux de ce milieu. Du cercle
vicieux de cette petitesse, de cette médiocrité. Il faut
que j'en sorte, répéta le jeune homme, que j'en sorte.

— Nous avons dit, expliqua le docteur Havel à sa
femme, que le goût banal de la province se fait un faux
idéal de la beauté, et que cet idéal est fondamentale-
ment a-érotique, voire antiérotique, alors que le vrai
charme, érotique, explosif, reste inaperçu de ce goût-
là. Il y a autour de nous des femmes qui pourraient
faire connaître à un homme les plus vertigineuses
aventures des sens, et personne ne les voit.

— C'est ça, approuva le jeune homme.

— Personne ne les voit, reprit le médecin, parce
qu'elles ne correspondent pas aux normes d'ici ; en
effet, le charme érotique se manifeste plutôt par l'ori-
ginalité que par la régularité ; plutôt par l'expres-

sivité que par la mesure ; plutôt par l'anormalité que
par la banale joliesse.

— Oui, approuva le jeune homme.

— Tu connais Frantiska ? dit Havel à sa femme.

— Oui, dit l'actrice.

— Et tu sais que beaucoup de mes amis donne-
raient tout ce qu'ils possèdent pour passer une seule
nuit avec elle. Je donnerais ma tête à couper que
personne ne la remarque dans cette ville. Eh bien,
dites-moi, mon ami, vous qui la connaissez, avez-vous
déjà remarqué que Frantiska est une femme extraordinaire ?

— Non, vraiment pas ! dit le jeune homme. Il ne
m'est jamais venu à l'esprit de la regarder comme une
femme !

— Ça ne m'étonne pas, dit le docteur Havel. Vous
ne la trouviez ni assez mince ni assez bavarde. Elle
n'avait pas assez de taches de rousseur !

— C'est ça, dit le jeune homme d'un air malheureux. Vous avez bien vu hier à quel point je suis
stupide.

— Mais avez-vous quelquefois remarqué sa
démarche ? poursuivit Havel. Avez-vous déjà remarqué que ses jambes parlent littéralement quand elle
marche ? Mon ami, si vous entendiez ce que disent ces
jambes, vous en rougiriez, et pourtant, tel que je vous
connais, vous êtes un sacré débauché. »

9

« Tu aimes bien te payer la tête des innocents, dit l'actrice à son mari quand ils furent seuls.

— Tu sais que chez moi c'est un signe de bonne humeur, dit-il. Et je te jure que c'est bien la première fois que ça m'arrive depuis que je suis ici. »

Cette fois, le docteur Havel ne mentait pas ; quand l'autocar était entré dans la gare, le matin, et qu'il avait vu par la vitre sa femme assise, puis quand il l'avait vue souriante sur le marchepied, il s'était senti heureux, et comme les journées précédentes avaient laissé intactes en lui des réserves entières de gaieté, il avait toute la journée manifesté sa joie d'une manière un peu folle. Ils s'étaient promenés tous deux sous les arcades, ils avaient mordu à belles dents dans des gaufres rondes et sucrées, ils étaient passés chez Frantiska pour y entendre les commentaires sur les derniers propos de son fils, ils avaient fait avec le journaliste la promenade décrite au chapitre précédent et ils s'étaient moqués des curistes qui faisaient leur balade hygiénique dans les rues de la station. A cette occasion le docteur Havel nota que quelques passants avaient les yeux fixés sur l'actrice ; en se retournant il put constater qu'ils s'étaient arrêtés pour les regarder.

« On t'a reconnue, dit Havel. Ici les gens ne savent pas quoi faire et vont au cinéma avec passion.

— Ça t'ennuie ? demanda l'actrice qui considérait

comme un péché la publicité inhérente à sa profession, car, comme tous ceux qui aiment d'un amour vrai, elle désirait un amour paisible et caché.

— Au contraire », dit Havel, et il rit. Puis ils s'amusèrent longuement d'un jeu puéril, essayant de deviner quels seraient les passants qui la reconnaîtraient ou ne la reconnaîtraient pas, et pariant sur le nombre de personnes qui la reconnaîtraient dans la prochaine rue. Et les gens se retournaient, de vieux messieurs, des paysans, des gosses, et aussi les quelques jolies femmes qui faisaient une cure à cette saison.

Havel qui vivait depuis quelques jours dans une humiliante invisibilité se délectait de l'intérêt des passants et désirait que les rayons de l'attention tombent aussi le plus possible sur lui ; il prenait l'actrice par la taille, lui chuchotait à l'oreille toutes sortes de douceurs et d'obscénités, et elle se serrait en retour contre lui, levait vers son visage ses yeux enjoués. Et Havel, sous tant de regards, sentait qu'il recouvrait sa visibilité perdue, que ses traits indécis devenaient perceptibles et nets, et il était fier à nouveau de la joie que lui procuraient son corps, ses pas, tout son être.

Ils longeaient ainsi, amoureusement enlacés, les vitrines de la rue principale, quand le docteur Havel aperçut dans un magasin d'accessoires de chasse la masseuse blonde qui l'avait si cavalièrement traité la veille ; elle était dans la boutique vide et bavardait avec la vendeuse. « Viens, dit-il soudain à sa femme étonnée. Tu es la plus merveilleuse créature que je connaisse ; je veux te faire un cadeau », et il la prit par la main et l'entraîna dans le magasin.

Les deux femmes se turent ; la masseuse regarda longuement l'actrice, puis brièvement Havel, puis de nouveau l'actrice et de nouveau Havel ; celui-ci s'en aperçut avec satisfaction, mais sans lui consacrer un seul regard il passa rapidement en revue les articles exposés ; il voyait des bois de cerf, des besaces, des carabines, des jumelles, des cannes, des muselières.

« Que désirez-vous ? demanda la vendeuse.

— Un moment », dit Havel ; il finit par découvrir des sifflets sous le verre du comptoir et il les montra du doigt. La vendeuse lui en tendit un, Havel le porta à ses lèvres, siffla, puis l'examina de nouveau sous tous les angles et siffla encore une fois doucement. « Excellent », dit-il à la vendeuse et il posa devant elle les cinq couronnes demandées. Il tendit le sifflet à sa femme.

L'actrice voyait dans ce cadeau un de ces enfantillages qu'elle aimait tant chez son époux, une pitrerie, son sens du non-sens, et elle le remercia d'un beau regard amoureux. Mais Havel jugea que ce n'était pas suffisant et lui dit à mi-voix : « C'est comme ça que tu me remercies d'un aussi beau cadeau ? » L'actrice lui donna un baiser. Les deux femmes ne les quittaient pas des yeux et les suivaient encore du regard quand ils furent sortis du magasin.

Après cela ils reprirent leur promenade dans les rues et le jardin public, ils mordirent dans des gaufres, ils sifflèrent dans le sifflet, ils s'assirent sur un banc et ils firent des paris, s'amusant à deviner combien de passants allaient se retourner. Le soir, au moment où

ils pénétrèrent dans le restaurant, ils faillirent se
heurter à la femme pareille à un cheval de course. Elle
posa sur eux un regard étonné, longuement sur
l'actrice, plus brièvement sur Havel, puis de nouveau
sur l'actrice, et quand elle regarda de nouveau Havel
elle le salua comme malgré elle. Havel la salua à son
tour et, se penchant à l'oreille de sa femme, il lui
demanda à mi-voix si elle l'aimait. L'actrice leva sur
lui un long regard amoureux et lui caressa la joue.

Ensuite, ils s'assirent à une table, prirent un repas
léger (car l'actrice veillait scrupuleusement sur le
régime de son mari), burent du vin rouge (le seul que
le docteur Havel avait le droit de boire) et Mme Havel
eut sa minute d'émotion. Elle se pencha sur son
époux, lui prit la main et lui dit que cette journée était
l'une des plus belles qu'elle avait connues ; elle lui
avoua qu'elle s'était sentie très triste quand il était
parti faire sa cure ; elle s'excusa encore une fois de lui
avoir écrit une lettre stupide de femme jalouse et elle
le remercia de lui avoir téléphoné et de lui avoir
demandé de le rejoindre ; elle dit qu'elle serait toujours heureuse de venir le rejoindre, même si elle ne
devait le voir qu'une minute ; puis elle expliqua
longuement que la vie avec Havel était pour elle un
tourment et une incertitude de tous les instants,
comme si Havel était perpétuellement sur le point de
lui échapper, mais que, précisément pour cette raison,
chaque jour était pour elle une joie renouvelée, un
nouveau recommencement de l'amour, un nouveau
don.

Puis ils gagnèrent ensemble la chambre du docteur

Havel et la joie de l'actrice atteignit bientôt à son paroxysme.

10

Le surlendemain, le docteur Havel se rendit à sa séance d'hydrothérapie et il arriva de nouveau en retard, car, à vrai dire, il n'était jamais à l'heure. Et il fut accueilli par la même masseuse blonde, mais cette fois elle ne lui montra pas un visage sévère, au contraire, elle lui sourit et l'appela *docteur*, et Havel en conclut qu'elle était allée consulter sa fiche au bureau de l'établissement ou qu'elle s'était renseignée à son sujet. Il nota cet intérêt avec satisfaction et alla se déshabiller derrière la cloison de la cabine. Quand la masseuse lui annonça que la baignoire était pleine, il sortit en faisant saillir fièrement son nombril et s'étendit avec délices dans la baignoire.

La masseuse tourna le robinet sur la plaque de commande et demanda à Havel si sa dame était toujours avec lui. Havel dit que non et la masseuse lui demanda si on allait bientôt la revoir dans un beau film. Havel dit que oui, et la masseuse lui souleva la jambe droite. Comme le jet lui chatouillait la plante du pied, la masseuse sourit et dit que le docteur semblait avoir le corps très sensible. Puis ils continuèrent à bavarder, et Havel fit observer que la vie était ennuyeuse, ici. La masseuse eut un sourire éloquent et dit que le docteur savait certainement s'arranger pour ne pas s'ennuyer. Et quand elle se pencha en avant pour lui appliquer le tuyau sur la poitrine et que Havel la complimenta sur ses seins dont il voyait bien la partie supérieure, dans la posture où il se trouvait, la masseuse répondit que le docteur en avait certainement déjà vu de plus beaux.

De ces propos, Havel conclut que le bref séjour de sa femme l'avait totalement métamorphosé aux yeux de cette gentille fille musclée, qu'il avait acquis brusquement du charme et, bien mieux : que son corps était pour elle l'occasion de se lier secrètement à une actrice célèbre, de devenir l'égale d'une femme illustre sur laquelle tout le monde se retournait. Havel comprit que d'emblée tout lui était permis, tout lui était promis tacitement, d'avance.

Seulement voilà, c'est une chose qui arrive souvent dans la vie ! Quand nous sommes satisfaits, nous refusons volontiers et avec superbe les occasions qui s'offrent à nous, pour nous confirmer ainsi dans une bienheureuse satiété. Il suffisait que la jeune femme blonde eût renoncé à sa morgue insultante, qu'elle eût la voix douce et le regard humble, pour que le docteur Havel n'en ait plus envie.

Ensuite, il dut se tourner sur le ventre, maintenir le menton hors de l'eau et se laisser asperger des pieds à la tête par un jet violent. Cette posture lui semblait être la posture religieuse de l'humilité et du remerciement : il pensait à sa femme, il pensait comme elle était belle, comme il l'aimait et comme elle l'aimait, et qu'elle était son heureuse étoile qui lui gagnait les faveurs du hasard et des filles musclées.

Et quand le massage fut terminé et qu'il se mit debout pour sortir de la baignoire, la masseuse à la peau moite lui parut d'une beauté tellement saine et tellement savoureuse, et son regard si humblement soumis, qu'il eut envie de s'incliner dans la direction où il devinait, au loin, sa femme. Car il lui semblait que le corps de la masseuse était debout sur la grande main de l'actrice et que cette main le lui tendait comme un message d'amour, comme une offrande. Et l'idée lui vint qu'il ferait injure à sa femme en refusant cette offrande, en refusant cette tendre attention. Il sourit à la jeune femme en sueur et lui dit qu'il lui avait réservé sa soirée et qu'il l'attendrait à sept heures à la Fourche. La jeune fille accepta et le docteur Havel s'enveloppa dans une grande serviette de bain.

Quand il fut habillé et coiffé, il constata que son humeur était extraordinairement bonne. Il avait envie de bavarder et il s'arrêta chez Frantiska, pour qui cette visite tombait à point car elle était, elle aussi, dans d'excellentes dispositions. Elle parlait de tout et de rien, sautait du coq à l'âne, mais revenait constamment au sujet qu'ils avaient effleuré lors de leur dernière rencontre : son âge ; dans des phrases ambiguës, elle tentait de suggérer qu'il ne faut pas capituler devant le nombre des années, que le nombre des années n'est pas toujours un handicap, et que c'est une sensation absolument merveilleuse de découvrir soudain que l'on peut tranquillement parler d'égal à égal avec des gens plus jeunes. « Et les enfants ne sont pas tout, dit-

elle à brûle-pourpoint. Tu sais comme j'aime mes
enfants, mais il y a aussi d'autres choses dans la vie. »

Les réflexions de Frantiska ne sortirent pas une
seconde des limites d'une vague abstraction, et pour
quiconque, non initié, ce ne pouvait être qu'un simple
bavardage. Seulement, Havel était initié et il devina le
contenu qui, derrière le bavardage, se cachait. Il en
conclut que son propre bonheur n'était qu'un maillon
dans une longue chaîne de bonheurs, et comme il avait
le cœur généreux sa bonne humeur décupla.

11

Oui, le docteur Havel voyait juste : le journaliste se
rendit chez la doctoresse le jour même où son maître
lui en fit l'éloge. Au bout de quelques phrases, il se
découvrit une surprenante audace et lui dit qu'elle lui
plaisait, qu'il voulait la voir. La doctoresse d'une voix
craintive lui dit qu'elle était plus âgée que lui et qu'elle
avait des enfants. A cette réponse, le journaliste sentit
croître son assurance, et il n'eut aucune peine à trouver
ses mots : il affirma que la doctoresse possédait une
beauté secrète qui était plus précieuse qu'une banale
joliesse ; il fit l'éloge de sa démarche et dit que ses
jambes parlaient quand elle marchait.

Et deux jours plus tard, à l'heure où le docteur
Havel arrivait tranquillement à la Fourche et aperce-

vait de loin la jeune femme blonde et musclée, le journaliste arpentait avec impatience son étroite mansarde ; il était presque certain du succès, mais il n'en redoutait que davantage l'erreur ou le hasard qui pourrait le lui dérober ; il ouvrait la porte à chaque instant pour regarder en bas dans la cage d'escalier ; enfin, il la vit.

Le soin avec lequel la doctoresse s'était habillée et fardée faisait presque oublier l'apparence familière de cette femme en pantalon blanc et blouse blanche ; dans son trouble, le jeune homme se disait que le charme érotique de Frantiska, qu'il n'avait jusque-là que pressenti, était là devant lui, presque impudiquement dénudé, et il se sentit gagné par la timidité qu'engendre le respect ; pour la surmonter, il saisit la doctoresse dans ses bras avant même d'avoir refermé la porte et il se mit à l'embrasser avec violence. Elle s'effraya de cette soudaineté et le pria de la laisser s'asseoir. Il y consentit, mais s'assit aussitôt à ses pieds et baisa ses bas sur les genoux. Elle lui mit la main dans les cheveux et tenta de le repousser doucement.

Prêtons l'oreille à ce qu'elle lui disait : tout d'abord, elle répéta plusieurs fois : « Il faut que vous soyez sage, il faut que vous soyez sage, promettez-moi d'être sage. » Quand le jeune homme lui dit : « Oui, oui, je serai sage », tout en avançant ses lèvres un peu plus haut sur le nylon rugueux, elle dit : « Non, non, pas ça, non, non », et quand il les posa encore plus haut, elle se mit brusquement à le tutoyer et affirma : « Oh tu es fou, oh tu es fou ! »

Cette affirmation décida de tout. Le jeune homme

ne rencontra plus aucune résistance. Il était extasié ; extasié de lui-même, de la rapidité de son succès, extasié du docteur Havel dont le génie était avec lui et pénétrait en lui, extasié de la nudité de la femme couchée sous lui dans l'étreinte amoureuse. Il voulait être un maître, il voulait être un virtuose, il voulait démontrer sa sensualité et sa voracité. Il se souleva légèrement, pour examiner d'un regard avide le corps étendu de la doctoresse, et murmura : « Tu es belle, tu es splendide, tu es splendide... »

La doctoresse cacha son ventre avec ses deux mains et dit : « Je te défends de te moquer de moi...

— Qu'est-ce que tu dis là ! Comme si je me moquais de toi ! Tu es splendide !

— Ne me regarde pas, dit-elle, en le serrant contre son corps pour qu'il ne la voie pas. J'ai eu deux enfants. Tu le sais ?

— Deux enfants ? dit le jeune homme sans comprendre.

— Ça se voit. Je ne veux pas que tu me regardes. »

Cette remarque refroidit quelque peu l'ardeur initiale du jeune homme et il ne retrouva qu'avec peine le degré d'excitation approprié ; pour mieux y parvenir, il tenta de nourrir avec des mots l'ivresse fuyante et chuchota à l'oreille de la doctoresse que c'était beau qu'elle fût ici avec lui, nue, toute nue, toute nue.

« Tu es gentil, tu es follement gentil », lui disait la doctoresse.

Le jeune homme parla encore de la nudité de la doctoresse et lui demanda si cela l'excitait elle aussi d'être ici avec lui, nue.

« Tu es un enfant, dit la doctoresse. Bien sûr que cela m'excite », mais elle ajouta après un bref silence que tant de médecins l'avaient déjà vue nue que ça en devenait banal. « Plus de médecins que d'amants », dit-elle, et elle se mit à parler de ses accouchements difficiles. « Mais ça valait la peine », dit-elle en guise de conclusion : « J'ai deux beaux enfants. Si beaux, si beaux ! »

Une fois de plus, l'excitation péniblement acquise abandonnait le journaliste, il avait tout à coup l'impression d'être au café et de bavarder avec la doctoresse devant une tasse de thé ; il en était révolté ; il se remit à l'aimer avec des mouvements rageurs et tenta de l'intéresser à des considérations plus sensuelles : « La dernière fois que je suis allé te voir, tu savais qu'on ferait l'amour ?

— Et toi ?

— Je le *voulais*, dit le journaliste, je le *voulais* tellement ! » et il mit dans le mot « voulais » une immense passion.

« Tu es comme mon fils, lui dit la doctoresse à l'oreille. Lui aussi, il voudrait tout avoir. Je lui demande toujours : tu n'as pas envie d'une montre avec un jet d'eau ? »

C'est ainsi qu'ils faisaient l'amour ; la doctoresse parlait et elle était ravie de leur conversation.

Ensuite, quand ils furent assis côte à côte sur le divan, nus et las, la doctoresse caressa le journaliste dans les cheveux et lui dit : « Tu as une houppette comme lui.

— Qui ça ?

— Mon fils.

— Tu parles tout le temps de ton fils, remarqua le journaliste avec une désapprobation timide.

— Tu sais, dit fièrement la doctoresse. C'est le chouchou de sa maman, le chouchou de sa maman. »

Puis elle se leva et se rhabilla. Et tout à coup, dans cette petite chambre de jeune homme, elle eut le sentiment d'être une jeune, une toute jeune femme, et elle se sentit délicieusement bien. Au moment de partir, elle serra le journaliste dans ses bras ; elle avait les yeux humides de gratitude.

12

Après une belle nuit, une belle journée commençait pour le docteur Havel. Pendant le petit déjeuner il échangea quelques paroles prometteuses avec la femme pareille à un cheval de course et à dix heures, quand il revint de son traitement, une lettre d'amour de sa femme l'attendait dans sa chambre. Ensuite, il alla se promener sous les arcades dans le cortège des curistes ; il tenait contre ses lèvres le gobelet rempli d'eau de source et rayonnait de bien-être. Les femmes qui, quelques jours plus tôt, passaient près de lui sans le remarquer avaient les yeux braqués sur lui, et il s'inclinait légèrement pour les saluer. Quand il aperçut

le journaliste, il l'aborda gaiement : « Je suis passé
chez la doctoresse tout à l'heure et d'après certains
signes qui ne peuvent échapper à un bon psychologue,
j'ai l'impression que vous avez réussi ! »

Le jeune homme n'avait pas de plus cher désir que
de se confier à son maître, mais la façon dont s'était
déroulée la soirée de la veille le laissait un peu
perplexe ; il n'était pas tellement certain que cette
soirée fût aussi fascinante qu'elle aurait dû l'être, et il
ne savait pas si un compte rendu précis et fidèle
rehausserait son prestige aux yeux du docteur Havel,
ou le rabaisserait ; il se demandait ce qu'il fallait avouer
ou cacher au médecin.

Mais quand il vit le visage de Havel, rayonnant
d'impudeur et de gaieté, il ne put que lui répondre sur
le même ton, gai et impudent, et il fit en termes
enthousiastes l'éloge de la femme que le docteur Havel
lui avait recommandée. Il dit qu'il avait été séduit dès
qu'il avait commencé à la regarder avec d'autres yeux
que ceux de la province, il raconta qu'elle avait accepté
avec empressement de venir chez lui et qu'elle s'était
donnée avec une excellente promptitude.

Quand le docteur Havel commença à lui poser des
questions, précises et détaillées, afin d'analyser la
chose sous toutes ses nuances, le jeune homme, dans
ses réponses, dut bon gré mal gré serrer de plus en
plus près la réalité, et il finit par reconnaître que
s'il était à tous égards parfaitement satisfait, pourtant, la conversation que la doctoresse avait menée
avec lui pendant l'amour l'avait laissé un peu dans
l'embarras.

Le docteur Havel fut très intéressé et quand le journaliste, sur ses instances, lui répéta le dialogue en détail, il ponctua son récit d'exclamations enthousiastes : « Excellent ! Parfait ! » « Ah, cet éternel cœur de mère ! » Et : « Je vous envie, mon ami ! »

A ce moment, la femme pareille à un cheval de course vint se camper devant les deux hommes. Le docteur Havel s'inclina et la grande femme lui tendit la main. « Excusez-moi, dit-elle, je suis un peu en retard !

— Ça n'a pas d'importance, dit le docteur Havel. J'ai une discussion très intéressante avec mon ami. Je vous prie de m'excuser un instant, je voudrais terminer cette conversation. »

Et sans lâcher la main de la grande femme, il se tourna vers le journaliste : « Cher ami, ce que vous venez de me dire dépasse toutes mes espérances. Car il faut bien comprendre que les divertissements charnels laissés à leur mutisme sont d'une maussade monotonie, une femme imite l'autre dans le plaisir et toutes y sont oubliées dans toutes. Et pourtant, si nous nous précipitons dans les plaisirs de l'amour c'est pour nous en souvenir. Pour que leurs points lumineux joignent d'un ruban radieux notre jeunesse à notre grand âge. Pour qu'ils entretiennent notre mémoire dans une flamme éternelle ! Et sachez, mon ami, que seul un mot prononcé dans cette situation, la plus banale de toutes, peut l'éclairer d'une lumière qui la rende inoubliable. On dit que je suis un collectionneur de femmes. En réalité, je suis bien plutôt un collectionneur de mots. Croyez-moi, vous n'oublierez jamais la soirée d'hier, et vous en serez heureux toute votre vie ! »

Puis il adressa un signe de tête au jeune homme, et tenant la main de la grande femme pareille à un cheval il s'éloigna lentement avec elle le long des arcades.

Edouard et Dieu

1

Commençons l'histoire d'Edouard dans la petite maison villageoise de son frère aîné. Celui-ci était étendu sur un divan et disait à Edouard : « Tu peux aller trouver sans crainte cette bonne femme. C'est certainement une salope, mais je crois que même ces gens-là ont une conscience. Justement parce qu'elle m'a joué autrefois un tour de cochon, elle sera peut-être contente, à présent, de te rendre service pour racheter sa faute. »

Le frère d'Edouard était toujours le même : un brave type et un paresseux. Sans doute était-il pareillement vautré sur son divan, dans sa mansarde d'étudiant, il y avait déjà pas mal d'années de cela (Edouard n'était encore qu'un gamin), le jour de la mort de Staline, qu'il avait passé chez lui à flâner et à somnoler ; le lendemain il était allé à la faculté sans se douter de rien, et il avait aperçu une de ses condisciples, la camarade Cechackova, qui se tenait au milieu du hall,

dans une pompeuse immobilité, semblable à la statue
de la douleur ; il fit trois fois le tour de la jeune fille et
partit d'un terrible éclat de rire. La jeune fille, vexée,
qualifia ce rire de provocation politique et le frère
d'Edouard dut abandonner ses études et partir travailler dans un village, où il avait à présent une maison, un
chien, une épouse, deux enfants et même un chalet de
week-end.

Et maintenant il était étendu sur son divan, dans
cette maison villageoise, et il expliquait à Edouard :
« On l'appelait le bras vengeur de la classe ouvrière.
Mais il ne faut pas que ça t'intimide. C'est une femme
mûre, aujourd'hui, et elle a toujours eu un faible pour
les jeunes gens ; c'est pourquoi elle t'aidera. »

Edouard était très jeune en ce temps-là. Il venait
d'achever ses études à la faculté (celle-là même d'où
son frère s'était fait expulser) et cherchait un poste.
Ayant suivi le conseil de son frère, il vint le lendemain
frapper à la porte du bureau de la directrice. Il
découvrit une grande femme osseuse aux cheveux noirs
et gras, aux yeux noirs, avec un duvet noir sous le nez.
Cette laideur lui épargna le trac qu'il éprouvait toujours, dans sa jeunesse, en présence de la beauté
féminine, de sorte qu'il put causer avec elle sans se
troubler, avec toute la gentillesse et toute la galanterie
souhaitables. Ce ton fit manifestement plaisir à la
directrice, et elle affirma à plusieurs reprises, avec une
exaltation nettement perceptible : « Nous avons besoin
de jeunes, ici. » Elle promit à Edouard de soutenir sa
candidature.

2

C'est ainsi qu'Edouard devint instituteur dans une petite ville de Bohême. Il n'en était ni malheureux ni heureux. Il s'efforçait toujours de faire la distinction entre le sérieux et le non-sérieux, et rangeait sa carrière d'instituteur dans la catégorie du *non-sérieux*. Non que la profession d'enseignant, en elle-même, fût dépourvue d'importance (d'ailleurs il y tenait beaucoup, car il n'aurait pu gagner sa vie par d'autres moyens), mais il la jugeait futile par rapport à l'essence de soi-même. Il ne l'avait pas choisie. Elle lui avait été imposée par la demande sociale, les appréciations de la section des cadres, les attestations du lycée, les résultats du concours d'entrée. Il avait été, par l'action conjuguée de ces forces, lâché (comme une grue lâche un sac sur un camion) du lycée à la faculté. Il s'y était inscrit à contrecœur (l'échec de son frère était de mauvais augure), mais il avait fini par se résigner. Il comprenait cependant que son métier ferait partie des hasards de sa vie. Qu'il lui collerait à la peau comme une moustache postiche qui prête à rire.

Mais si une chose *obligatoire* est une chose non-sérieuse (qui prête à rire) le sérieux est sans doute ce qui est *facultatif* : à sa nouvelle résidence Edouard rencontra bientôt une jeune fille qu'il trouvait belle, et il commença à se consacrer à elle avec un sérieux presque sincère. Elle s'appelait Alice et, comme il put s'en convaincre à sa grande tristesse dès leurs premiers rendez-vous, elle était réservée et vertueuse.

Il fit plusieurs tentatives, lors de leurs promenades vespérales, pour lui enlacer les épaules de manière à effleurer par-derrière le bord de son sein droit, et, chaque fois, elle saisit sa main et la repoussa. Un soir qu'il répétait une fois de plus cette tentative et qu'elle venait (une fois de plus) de repousser sa main, elle fit halte et dit : « Est-ce que tu crois en Dieu ? »

Les oreilles délicates d'Edouard perçurent dans cette question une discrète insistance, et il oublia aussitôt le sein.

« Crois-tu en Dieu ? » Alice répéta sa question et Edouard n'osa pas répondre. Ne lui reprochons pas de ne pas avoir eu le courage de la franchise. Il se sentait trop abandonné dans cette ville où il était un nouveau venu et Alice lui plaisait trop pour qu'il risquât de perdre sa sympathie par une seule et simple réponse.

« Et toi ? demanda-t-il pour gagner du temps.

— Moi, oui », dit Alice et elle insista de nouveau pour qu'il lui répondît.

Jusqu'à présent, l'idée ne lui était jamais venue de croire en Dieu. Mais il comprenait qu'il ne devait pas l'avouer, bien au contraire, qu'il devait saisir l'occasion et faire de sa foi un joli cheval de bois dans le ventre duquel il pourrait se dissimuler, selon l'exemple antique, pour se glisser ensuite discrètement dans le cœur de la jeune fille. Seulement, Edouard était incapable de dire à Alice, tout simplement, *oui, je crois en Dieu* ; il n'était pas impudent et avait honte de mentir ; la grossière simplicité du mensonge lui répugnait ; si le mensonge était indispensable, du moins voulait-il lui garder la plus grande ressemblance avec la vérité. Il répondit donc, d'une voix extrêmement pensive :

« Je ne sais même pas, Alice, ce que je dois te répondre à cette question. Bien sûr, je crois en Dieu, mais... » il fit une pause et Alice leva sur lui des yeux surpris. « Mais je veux être tout à fait franc avec toi. Est-ce que je peux être tout à fait franc avec toi ?

— Il le faut, dit Alice. Sans cela, nous n'aurions rien à faire ensemble.

— Vraiment ?

— Vraiment, dit Alice.

— J'ai des doutes quelquefois, dit Edouard d'une voix étranglée. Quelquefois, je me demande s'Il existe vraiment.

— Mais comment peux-tu en douter ? » dit Alice, et elle criait presque.

Edouard se tut et, après un instant de réflexion, il pensa à l'argument classique : « Quand je vois tant de malheur autour de moi, je me demande souvent s'il est possible qu'il existe un Dieu qui permet tout cela. »

Il parla d'une voix si triste qu'Alice lui prit la main : « Oui, c'est vrai, il y a beaucoup de malheur ici-bas. Je ne le sais que trop bien. Mais c'est justement pour cela qu'il faut croire en Dieu. Sans Lui, toute cette souffrance serait vaine. Rien n'aurait de sens. Et en ce cas-là je ne pourrais plus vivre.

— Tu as peut-être raison », dit Edouard d'un air songeur, et il l'accompagna à l'église le dimanche suivant. Il humecta ses doigts dans le bénitier et fit le signe de croix. Ensuite, ce fut la messe et on chanta, et il chanta avec les autres un chant religieux dont il se rappelait vaguement la mélodie et dont il ignorait les paroles. Donc, il décida de remplacer les paroles par diverses voyelles, et il attaquait chaque note avec une fraction de seconde de retard, car il ne connaissait pas si bien que ça la mélodie. Cependant, quand il eut constaté qu'il chantait juste, il s'abandonna au plaisir de faire retentir sa voix car, pour la première fois de sa vie, il venait de s'apercevoir qu'il avait une belle basse. Puis on récita le Notre Père et quelques vieilles dames s'agenouillèrent. Il ne put résister à la tentation et s'agenouilla lui aussi sur les dalles. Il faisait le signe de croix avec des gestes démesurés, et, ce faisant, il éprouvait une sensation merveilleuse à la pensée qu'il pouvait faire une chose qu'il n'avait encore jamais faite de sa vie, qu'il ne pouvait faire ni en classe, ni dans la rue, nulle part. Il se sentait merveilleusement libre.

Quand tout fut fini, Alice le regarda avec des yeux ardents et demanda : « Peux-tu encore dire que tu doutes qu'Il existe ?

— Non », dit Edouard.

Et Alice dit : « Je voudrais t'apprendre à L'aimer comme je L'aime. »

Ils se tenaient sur les larges marches du parvis et son âme était pleine de rire. Malheureusement pour lui, juste à ce moment, la directrice passait à proximité, et elle les aperçut.

3

Voilà qui était fâcheux. Je dois en effet rappeler (pour ceux à qui l'arrière-plan historique risquerait d'échapper) qu'en ce temps-là les églises n'étaient pas interdites mais qu'il n'était tout de même pas sans danger de les fréquenter.

Cela n'est pas tellement difficile à comprendre. Ceux qui se sont battus pour ce qu'ils appellent la révolution en conservent une grande fierté : *la fierté d'être du bon côté de la ligne du front*. Dix ou douze ans après (c'est vers cette période que se situe notre récit), la ligne du front commence à disparaître, et avec elle le bon et le mauvais côté de cette ligne. Il n'est donc pas surprenant que les anciens partisans de la révolution se sentent frustrés et cherchent avec impatience des fronts de *remplacement*. Grâce à la religion, ils peuvent (dans leur rôle d'athées luttant contre les croyants) se trouver à nouveau du bon côté, et garder intacte l'habituelle et précieuse emphase de leur supériorité.

Mais à vrai dire, ce front de remplacement était aussi une aubaine pour les autres, dont, et il n'est peut-être pas prématuré de le révéler, Alice faisait partie. De même que la directrice voulait être du *bon* côté, Alice voulait être du côté *opposé*. La boutique de son papa avait été nationalisée pendant les journées dites révolutionnaires et Alice détestait ceux qui lui avaient joué ce mauvais tour. Mais comment pouvait-elle manifester

sa haine ? Devait-elle prendre un couteau et s'en aller
venger son père ? Ce n'est pas l'usage en Bohême. Alice
avait un meilleur moyen de manifester son opposition :
elle entreprit de croire en Dieu.

C'est ainsi que le bon Dieu venait au secours des
deux parties, et grâce à lui Edouard fut pris entre deux
feux.

Le lundi matin, lorsque la directrice vint trouver
Edouard dans la salle des professeurs, il se sentait
extrêmement mal à l'aise. En effet, il ne pouvait pas
invoquer l'ambiance amicale de leur premier entretien
car, depuis ce jour-là (par naïveté ou négligence), il
n'avait jamais renoué le fil de leur conversation
galante. La directrice put donc lui demander avec un
sourire ostensiblement froid :

« On s'est vus hier, n'est-ce pas ?

— Oui, on s'est vus, dit Edouard.

— Je ne comprends pas comment un homme jeune
peut aller à l'église », poursuivit la directrice. Edouard
haussa les épaules d'un air gêné et la directrice hocha la
tête : « Un homme jeune.

— J'étais allé visiter l'intérieur baroque de la
cathédrale, dit Edouard en manière d'excuse.

— Ah, c'est ça, dit ironiquement la directrice. Je
ne savais pas que vous vous intéressiez à l'architecture. »

Cette conversation ne plut pas du tout à Edouard.
Il se souvenait que son frère avait fait trois fois le tour
de sa condisciple, puis qu'il était parti d'un terrible
éclat de rire. Les mésaventures familiales semblaient se
répéter, et il prit peur. Le samedi il téléphona à Alice

pour s'excuser et lui dit qu'il n'irait pas à l'église parce qu'il avait pris froid.

« Tu es bien douillet », lui dit Alice d'un ton de reproche quand ils se revirent la semaine suivante, et Edouard eut l'impression que les paroles de la jeune fille étaient dénuées de sensibilité. Il commença donc à lui parler (énigmatiquement et vaguement, parce qu'il avait honte d'avouer sa peur et ses véritables causes) des misères qu'on lui faisait à l'école et de la terrible directrice qui le persécutait sans raison. Il voulait éveiller la compassion d'Alice, mais elle lui dit :

« Moi, ma patronne est très chic », et elle se mit à raconter en pouffant les ragots de son travail. Edouard écoutait son joyeux babillage et il était de plus en plus sombre.

4

Mesdames et messieurs, ce furent des semaines de tourment ! Edouard avait une envie infernale d'Alice. Son corps l'excitait et ce corps était absolument inaccessible. Egalement tourmentant était le décor dans lequel avaient lieu leurs rendez-vous : ils erraient une heure ou deux à travers les rues noires, ou bien ils allaient au cinéma ; la monotonie et les insignifiantes possibilités érotiques de ces deux variantes (il n'y en avait pas d'autres) incitaient Edouard à penser qu'il remporterait peut-être auprès d'Alice des succès plus marquants s'il pouvait la rencontrer dans un autre cadre. Il lui proposa donc, avec un visage candide, d'aller avec lui passer le week-end à la campagne chez son frère qui avait un chalet au bord de l'eau dans une vallée boisée. Il lui dépeignit avec enthousiasme les charmes innocents de la nature, mais Alice (toujours naïve et confiante en d'autres domaines) comprit où il voulait en venir et refusa brutalement. Car ce n'était pas seulement Alice qui lui résistait. C'était, en personne (éternellement circonspect et vigilant), le Dieu d'Alice.

Ce Dieu tirait toute sa substance d'une seule idée (il n'avait pas d'autres désirs, pas d'autres opinions) : l'interdiction des rapports sexuels hors mariage. C'était donc un Dieu plutôt comique, mais ne nous moquons pas d'Alice pour autant. Des Dix Commandements que Moïse a transmis à l'humanité, il y en avait bien neuf auxquels son âme ne faisait courir aucun danger, car Alice n'avait envie ni de tuer, ni de déshonorer son père, ni de convoiter les époux de son prochain ; un seul commandement lui semblait ne pas aller de soi et constituer par conséquent un véritable défi : c'était le septième, le fameux *tu ne forniqueras point*. Pour accomplir, montrer et démontrer sa foi religieuse, c'était justement sur ce commandement-là, et sur celui-là seulement, qu'elle devait faire porter toute son attention. C'est ainsi que d'un Dieu vague, diffus et abstrait, elle avait fait un Dieu parfaitement déterminé, intelligible et concret : *Dieu Anti-Fornicateur*.

Mais je vous le demande, où commence au juste la

fornication ? Chaque femme établit cette limite d'après des critères tout à fait mystérieux. Alice se laissait bien volontiers embrasser par Edouard, et après d'innombrables tentatives de sa part elle finit par consentir à ce qu'il lui caresse les seins, mais, au milieu de son corps, elle traçait une ligne de démarcation rigoureuse et infranchissable, au-dessous de laquelle s'étendait le territoire des saintes interdictions, de l'intransigeance de Moïse et de la colère divine.

Edouard commença à lire la Bible et à étudier les écrits théologiques ; il avait décidé d'affronter Alice avec ses propres armes.

« Ma petite Alice, lui dit-il, rien n'est interdit à celui qui aime Dieu. Lorsque nous désirons une chose, nous la désirons par Sa grâce. Le Christ ne souhaitait qu'une chose, que nous soyons guidés par l'amour.

— Sans doute, dit Alice, mais pas l'amour auquel tu penses.

— Il n'y a qu'un seul amour, dit Edouard.

— Ça ferait ton affaire, hein ? dit Alice. Seulement, Dieu a établi certains commandements et nous devons nous y conformer.

— Oui, le Dieu de l'Ancien Testament, dit Edouard. Mais pas le Dieu des chrétiens.

— Comment ? Dieu est unique, répliqua Alice.

— Oui, dit Edouard, seulement les Juifs de l'Ancien Testament ne le concevaient pas exactement comme nous. Avant la venue du Christ, l'homme devait avant tout se conformer à un système de lois et de commandements divins. Ce qui se passait dans son âme ne comptait pas tellement. Mais le Christ considérait toutes ces interdictions et injonctions comme quelque chose d'extérieur. Ce qu'il y avait de plus important, à ses yeux, c'était l'homme tel qu'il est dans son for intérieur. A partir du moment où l'homme suit l'élan de son être fervent et croyant, tout ce qu'il fait est bien et plaît à Dieu. C'est pourquoi saint Paul disait : Tout est pur pour ceux qui sont purs.

— A condition d'être pur, dit Alice.

— Et saint Augustin disait, poursuivit Edouard : Aime Dieu et fais ce que voudras. Comprends-tu, Alice ? Aime Dieu et fais ce que voudras.

— Seulement, ce que tu veux n'est pas ce que je veux, répondit Alice, et Edouard comprit que pour cette fois son offensive théologique avait complètement échoué ; c'est pourquoi il dit :

— Tu ne m'aimes pas.

— Si, dit Alice avec un terrible laconisme. C'est pourquoi je ne veux pas que nous fassions une chose que nous ne devons pas faire. »

Comme je l'ai déjà dit, ce furent des semaines de tourment. Et le tourment était d'autant plus vif que le désir qu'Edouard avait d'Alice n'était pas seulement le désir d'un corps désirant un autre corps ; au contraire, plus ce corps le repoussait, plus il devenait triste et nostalgique et plus encore il désirait aussi le cœur de la jeune fille. Mais ni le corps ni le cœur d'Alice ne s'intéressaient à sa tristesse, tous deux étaient pareillement froids, pareillement refermés sur eux-mêmes et satisfaits d'eux-mêmes.

Ce qui irritait le plus Edouard, chez Alice, c'était son imperturbable mesure. Bien qu'il fût lui-même un jeune homme plutôt pondéré, il se mit à rêver d'une action extrême qui ferait sortir Alice de cette imperturbabilité. Et comme il était trop risqué de la provoquer par des excès dans le blasphème et le cynisme (auxquels le poussait sa nature) il dut choisir des excès opposés (donc beaucoup plus difficiles), qui découleraient de l'attitude même d'Alice mais qui porteraient cette attitude à de telles extrémités qu'elle aurait honte de sa tiède réserve. Autrement dit : Edouard afficha une piété exagérée. Il ne manquait plus une seule occasion d'aller à l'église (le désir qu'il avait d'Alice était plus fort que la crainte des ennuis) et il s'y conduisait avec une excentrique humilité. Il s'agenouillait au moindre prétexte, tandis qu'Alice disait ses prières et faisait le signe de croix debout à ses côtés, car elle avait peur de filer ses bas.

Un jour, il lui reprocha la tiédeur de sa foi. Il lui rappela les paroles du Christ : « Ceux qui me disent : Seigneur, Seigneur ! n'entreront pas tous dans le royaume des cieux. » Il lui dit que sa foi était formelle, extérieure, fragile. Il lui reprocha sa vie confortable. Il lui reprocha d'être trop satisfaite d'elle-même. Il lui reprocha de ne rien voir autour d'elle que sa propre personne.

Et tandis qu'il parlait (Alice ne s'attendait pas à cette attaque et se défendait mollement), il aperçut un calvaire ; une vieille croix de bronze avec un Christ en fer-blanc rouillé, qui se dressait au milieu de la rue. Il dégagea vigoureusement son bras du bras d'Alice, il s'arrêta (pour protester contre l'indifférence de la jeune fille et marquer le début de sa nouvelle offensive), et il

fit le signe de croix avec une agressive ostentation.
Mais il ne put se rendre compte de l'effet que ce geste
produisait sur Alice, car, juste à ce moment, il aperçut
la concierge de l'école sur l'autre trottoir. Elle le
regardait. Edouard comprit qu'il était perdu.

5

Ses craintes furent confirmées le surlendemain
lorsque la concierge l'arrêta dans le couloir et lui
annonça à haute et intelligible voix qu'il devait se
présenter le lendemain à midi dans le bureau de la
directrice : « Nous avons besoin de te parler, camarade. »

Edouard fut saisi d'angoisse. Le soir, il se rendit à
son rendez-vous avec Alice, comme à l'ordinaire, pour
flâner avec elle dans les rues, mais il avait renoncé à sa
ferveur religieuse. Il était abattu et voulait faire part à
Alice de ce qui lui arrivait, mais il n'en eut pas le
courage, car il savait que pour conserver son emploi
mal aimé (mais indispensable) il trahirait le bon Dieu
sans hésitation. Donc, il ne dit rien de la funeste
convocation, et, par conséquent, ne put s'attendre à
aucun mot de consolation. Il entra le lendemain dans le
bureau de la directrice avec le sentiment d'un total
esseulement.

Quatre juges l'attendaient dans la pièce : la directrice, la concierge, un collègue d'Edouard (petit et à lunettes) et un monsieur (grisonnant) qu'il ne connaissait pas et que les autres appelaient camarade inspecteur. La directrice invita Edouard à s'asseoir et lui dit ensuite qu'on l'avait convoqué à un entretien tout à fait amical et officieux, car tous les camarades étaient extrêmement préoccupés de la manière dont Edouard se comportait en dehors de l'école. Ce disant, elle regardait l'inspecteur, et l'inspecteur hochait la tête en signe d'approbation ; puis elle tourna son regard sur l'instituteur à lunettes, qui n'avait pas cessé de la regarder attentivement pendant tout ce temps-là, et qui, dès qu'il eut saisi son regard, commença un long discours. Il dit que nous voulions éduquer une jeunesse saine et exempte de préjugés et que nous étions entièrement responsables de cette jeunesse parce que nous (les enseignants), nous lui servions d'exemple ; c'est pourquoi nous ne pouvions tolérer parmi nous la présence de calotins ; il développa longuement cette idée et finit par déclarer que l'attitude d'Edouard était un scandale pour tout l'établissement.

Quelques minutes plus tôt, Edouard était persuadé qu'il renierait son Dieu frais reconnu et qu'il avouerait que sa visite de l'église, son signe de croix en public n'étaient qu'une pitrerie. Mais maintenant qu'il voyait la situation en face, il sentait qu'il était impossible d'avouer la vérité ; après tout, il ne pouvait pas dire à ces quatre personnes si sérieuses et passionnées qu'elles se passionnaient pour un malentendu, pour une bêtise. Il comprenait qu'en leur disant cela il ne ferait malgré lui que tourner en dérision leur sérieux ; il comprenait que ces gens n'attendaient de lui que des faux-fuyants et des excuses, et qu'ils étaient prêts à les rejeter. Et il comprit (d'un seul coup, car il n'avait pas le temps de réfléchir) que le plus important pour lui, en cet instant, c'était de demeurer semblable à la vérité, ou, plus exactement, semblable à l'idée que ces gens s'étaient faite de lui; s'il voulait, dans une certaine mesure, rectifier cette idée, il devait aussi dans une certaine mesure, l'accepter.

« Camarades, puis-je parler franchement ? dit-il.

— Evidemment, dit la directrice. C'est pour cela que vous êtes ici.

— Et vous ne m'en voudrez pas ?

— Dites ce que vous avez à dire, répliqua la directrice.

— Eh bien, je vais tout vous avouer, dit Edouard. Je crois vraiment en Dieu. »

Il leva les yeux sur ses juges et put constater qu'ils paraissaient tous soulagés ; seule la concierge lui cria : « Aujourd'hui, camarade ? A notre époque ? »

Edouard poursuivit : « Je savais bien que vous alliez vous fâcher, si je vous disais la vérité. Mais je ne sais pas mentir. Ne me demandez pas de vous raconter des mensonges. »

La directrice lui dit (doucement) : « Personne ne vous demande de mentir. Vous avez raison de dire la vérité. Mais ce que je voudrais, c'est que vous m'expliquiez comment vous pouvez croire en Dieu, un jeune homme comme vous !

— Aujourd'hui, à l'heure où nous lançons des fusées sur la lune, renchérit l'instituteur, tout excité.

— Je n'y peux rien, dit Edouard. Je ne veux pas croire en Dieu. Vraiment. Je ne veux pas.

— Comment ça, vous ne voulez pas, puisque vous croyez ! » intervint le monsieur aux cheveux gris (d'un ton excessivement aimable).

Edouard répéta tout bas son aveu : « Je ne veux pas croire, et je crois. »

L'instituteur à lunettes rit : « Mais il y a une contradiction là-dedans !

— Camarades, je vous dis les choses comme elles sont, dit Edouard. Je sais parfaitement que la foi en Dieu nous écarte de la réalité. Qu'adviendrait-il du socialisme, si tout le monde croyait que l'univers est au pouvoir de Dieu ? Personne ne ferait rien et chacun s'en remettrait à Dieu.

— Très juste, approuva la directrice.

— Personne n'a jamais démontré l'existence de Dieu », déclara l'instituteur à lunettes.

Edouard poursuivit : « La différence entre l'histoire de l'humanité et sa préhistoire, c'est que l'homme a pris en main son destin et n'a plus besoin de Dieu.

— La foi en Dieu conduit au fatalisme, dit la directrice.

— La foi en Dieu est un vestige du Moyen Age », dit Edouard, après quoi la directrice dit de nouveau quelque chose, puis l'instituteur, puis Edouard, puis l'inspecteur, et toutes ces réflexions se complétaient harmonieusement, de sorte qu'à la fin l'instituteur à lunettes n'y tint plus et coupa la parole à Edouard :

« Alors, pourquoi fais-tu le signe de croix dans la rue, puisque tu sais tout cela ? »

Edouard posa sur lui un regard infiniment triste et dit : « Parce que je crois en Dieu.

— Mais il y a une contradiction là-dedans, répéta l'instituteur à lunettes en jubilant.

— Oui, dit Edouard, il y a une contradiction entre la connaissance et la foi. Je reconnais que la foi en Dieu conduit à l'obscurantisme. Je reconnais qu'il vaudrait mieux que Dieu n'existe pas. Mais que puis-je faire quand ici, au fond de moi — et ce disant, il pointait un doigt sur son cœur —, je sens qu'Il existe ? Je vous en prie, camarades, comprenez-moi ! Je vous dis les choses comme elles sont, il vaut mieux que je vous dise la vérité, je ne veux pas être un hypocrite, je veux que vous me connaissiez tel que je suis vraiment », et il baissa la tête.

L'instituteur avait la vue courte ; il ne savait pas que même le révolutionnaire le plus rigoureux ne voit dans la violence qu'un mal nécessaire, alors que le *bien* de la révolution, c'est la rééducation. Lui-même, qui s'était converti au credo révolutionnaire du jour au lendemain, il n'inspirait guère de respect à la directrice, et il ne se doutait pas qu'en cet instant Edouard, qui venait de se mettre à la disposition de ses juges, comme un difficile mais malléable objet de rééducation, avait mille fois plus de valeur que lui. Et parce qu'il ne s'en doutait pas, il se livrait maintenant à une attaque brutale contre Edouard, déclarant que les hommes comme lui, qui étaient incapables de renoncer à une foi moyenâgeuse, étaient des hommes du Moyen Age et n'avaient pas leur place dans l'école nouvelle.

La directrice le laissa achever et le rappela à

l'ordre : « Je n'aime pas qu'on fasse tomber les têtes.
Le camarade a été sincère et nous a dit la vérité. C'est
une chose dont nous devons tenir compte. » Puis, se
tournant vers Edouard : « Les camarades ont évidemment raison de dire qu'un calotin ne peut éduquer
notre jeunesse. Alors, dites vous-même ce que vous
proposez.

— Je ne sais pas, camarades, dit Edouard d'un air
malheureux.

— Voici ce que je pense, dit l'inspecteur. La lutte
entre l'ancien et le nouveau a lieu non seulement entre
les classes, mais en chaque individu. C'est à ce combat
que nous assistons chez le camarade. Il sait, mais sa
sensibilité le ramène en arrière. Nous devons aider le
camarade pour que sa raison l'emporte. »

La directrice acquiesça. Puis : « Très bien, dit-elle.
Je vais m'occuper de lui personnellement. »

6

Edouard avait donc réussi à écarter le danger
immédiat ; l'avenir de sa carrière d'instituteur était
entre les mains exclusives de la directrice, ce qu'il
constatait somme toute avec satisfaction : il se souvenait en effet de la remarque de son frère, qui lui avait
dit que la directrice avait toujours eu un faible pour les
jeunes gens, et, avec toute l'instabilité de son assurance

juvénile (outrée un jour, sapée par le doute le lendemain), il décida de sortir vainqueur de l'épreuve en
gagnant, en tant qu'homme, la faveur de sa suzeraine.

Lorsqu'il se rendit quelques jours plus tard,
comme convenu, dans le bureau de la directrice, il
tenta de prendre un ton désinvolte et ne perdit pas une
occasion de glisser dans la conversation une remarque
familière ou un compliment délicat, ou de souligner
avec une discrète équivoque le caractère singulier de sa
situation : celle d'un homme à la merci d'une femme.
Mais il ne lui fut pas permis de choisir lui-même le ton
de la conversation. La directrice lui parlait aimablement, mais avec une extrême réserve ; elle lui demanda
ce qu'il lisait, indiqua elle-même le titre de plusieurs
livres et lui recommanda de les lire car elle voulait
manifestement entreprendre un travail de longue
haleine sur son esprit. Pour finir, elle l'invita à venir la
voir chez elle.

Cette réserve avait eu raison de la belle assurance
d'Edouard, et il pénétra dans le studio de la directrice
la tête basse et sans la moindre intention de lui en
imposer par son charme masculin. Elle le fit asseoir
dans un fauteuil et engagea la conversation sur un ton
très amical ; elle lui demanda de quoi il avait envie : de
café peut-être ? Il dit que non. Alors, d'un alcool ? Il se
sentit gêné : « Si vous avez du cognac. » Et il redouta
aussitôt d'avoir dit quelque incongruité. Mais la directrice répondit aimablement : « Non, je n'ai pas de
cognac, tout ce que j'ai c'est un peu de vin... », et elle
apporta une bouteille à moitié vide, dont le contenu fut
juste suffisant pour remplir deux verres.

Puis elle dit qu'Edouard ne devait pas la considérer
comme un inquisiteur ; chacun avait, bien entendu, le
droit d'avoir les convictions qu'il croyait justes ; on
pouvait évidemment se demander (ajouta-t-elle aussitôt) si une telle personne avait ou non sa place dans
l'enseignement ; c'est pourquoi ils s'étaient vus dans
l'obligation de convoquer Edouard (bien qu'à contrecœur) et de discuter avec lui, et ils étaient très satisfaits
(elle-même et l'inspecteur, en tout cas) qu'il leur ait
parlé sincèrement et qu'il n'ait rien cherché à nier. Elle
avait ensuite parlé très longuement d'Edouard avec
l'inspecteur, et ils avaient décidé de le convoquer dans
six mois pour un nouvel entretien ; d'ici là, la directrice
devait, par son influence, faciliter son évolution. Et
elle souligna une fois encore que l'aide qu'elle voulait
lui apporter ne pouvait être qu'une *aide amicale*,
qu'elle n'était ni un inquisiteur ni un flic. Elle parla
ensuite de l'instituteur qui avait si durement attaqué
Edouard, et elle dit : « Il a des ennuis, lui aussi, et il
serait bien content de mettre les autres dans le pétrin.
La concierge elle aussi raconte partout que vous avez
été insolent et que vous êtes obstinément resté sur vos
positions. Elle estime qu'il fallait vous renvoyer de
l'école, et il n'y a pas moyen de la faire changer d'avis.
Evidemment, je ne suis pas d'accord avec elle, mais,
d'un autre côté, il faut la comprendre. Moi non plus,
ça ne me plairait pas tellement de confier mes enfants à
un maître qui fait publiquement le signe de croix dans
la rue. »

C'est ainsi que la directrice exposait à Edouard, en
un flot continu de phrases, tantôt les séduisantes

possibilités de sa clémence, tantôt les menaçantes possibilités de sa rigueur, et ensuite, pour montrer que leur rencontre était réellement une rencontre amicale, elle passa à d'autres sujets : elle parla de livres, conduisit Edouard devant la bibliothèque, disserta longuement sur *L'Ame enchantée* de Romain Rolland et s'irrita qu'il ne l'ait pas lu. Puis elle lui demanda s'il se plaisait à l'école, et après une réponse conventionnelle, elle se mit à parler avec volubilité : elle dit qu'elle était reconnaissante au destin de son métier, qu'elle aimait son travail à l'école, parce qu'en éduquant des enfants elle entretenait avec l'avenir des contacts concrets et de tous les instants ; et que seul l'avenir pouvait en fin de compte justifier toute la souffrance qui existait (« oui, dit-il, il faut en convenir ») en abondance autour de nous. « Si je ne pensais pas que je vis pour quelque chose de plus grand que ma propre vie, je serais sans doute incapable de vivre. »

En disant ces mots, elle parut tout à coup très sincère, et Edouard ne comprit pas très clairement si elle voulait par là se confesser ou entamer une polémique idéologique sur le sens de la vie ; il préféra voir dans ces paroles une allusion personnelle et demanda d'une voix étouffée et discrète :

« Et votre vie, en elle-même ?

— Ma vie ? répéta la directrice.

— Oui, votre vie. Elle ne pourrait pas vous satisfaire ? »

Un sourire amer se dessina sur le visage de la directrice, et Edouard eut presque pitié d'elle. Elle était d'une laideur émouvante ; les cheveux noirs

encadraient l'osseux visage oblong et les poils noirs
sous le nez avaient le relief d'une moustache. Il saisit
d'un coup toute la tristesse de sa vie ; il voyait les traits
qui révélaient une sensualité violente, et il voyait en
même temps la laideur qui révélait l'impossibilité
d'assouvir cette violence ; il l'imaginait, qui s'était
passionnément métamorphosée en statue vivante de la
douleur le jour de la mort de Staline, qui avait
passionnément assisté à des milliers de réunions,
passionnément lutté contre le malheureux Jésus, et il
comprenait que tout cela n'était qu'un morne déversoir
pour son désir qui ne pouvait s'écouler où il voulait.
Edouard était jeune et sa faculté de compassion n'était
pas encore épuisée. Il regardait la directrice avec
compréhension. Mais, comme si elle avait honte de son
silence involontaire, elle dit d'une voix qui se voulait
enjouée :

« De toute façon, la question n'est pas là, Edouard.
On ne vit pas que pour soi. On vit toujours pour
quelque chose. » Elle le regarda dans les yeux, plus
profondément. « Mais il s'agit de savoir pour quoi. Si
c'est pour quelque chose de réel ou pour quelque chose
de fictif. Dieu, c'est une belle idée. Mais l'avenir de
l'homme, Edouard, c'est une réalité. Et c'est pour
cette réalité que j'ai vécu, que j'ai tout sacrifié. »

Ces phrases aussi, elle les prononçait avec une telle
conviction qu'Edouard ne cessait d'éprouver ce brusque sentiment de compréhension qui s'était éveillé en
lui quelques instants plus tôt ; il lui parut stupide de
mentir aussi effrontément à son prochain, et il crut que
le tour plus intime que prenait la conversation lui

offrait enfin l'occasion de renoncer à son indigne (et d'ailleurs difficile) supercherie.

« Mais je suis tout à fait d'accord avec vous, s'empressa-t-il d'assurer. Moi aussi, je préfère la réalité. Vous savez, il ne faut pas la prendre tellement au sérieux, ma piété ! »

Mais il constata aussitôt qu'il ne faut jamais se laisser fourvoyer par un brusque mouvement des sentiments. La directrice le regardait d'un air surpris et dit avec une froideur évidente : « Ne jouez pas la comédie. Ce qui m'a plu, c'est votre franchise. En ce moment, vous essayez de vous faire passer pour ce que vous n'êtes pas. »

Non, il n'était pas permis à Edouard de se débarrasser du déguisement religieux qu'il avait un jour revêtu ; il s'y résigna promptement et s'efforça d'effacer la mauvaise impression qu'il venait de donner : « Mais non, je ne voulais pas me dérober. Bien sûr, je crois en Dieu, et je ne pourrais jamais le nier. Je voulais seulement dire que je crois également dans l'avenir de l'humanité, le progrès, et tout cela. Si je n'y croyais pas, à quoi servirait tout mon travail d'instituteur, à quoi servirait que des enfants viennent au monde, à quoi servirait toute notre vie ? Et justement, je pensais que c'est aussi la volonté de Dieu que la société s'améliore et progresse. Je pensais qu'il est possible de croire à la fois en Dieu et dans le communisme, que les deux choses sont conciliables.

— Non, dit la directrice avec une autorité toute maternelle. Les deux choses sont inconciliables.

— Je sais, dit Edouard tristement. Il ne faut pas m'en vouloir.

— Je ne vous en veux pas. Vous êtes encore jeune et vous vous accrochez obstinément à ce que vous croyez. Personne ne peut vous comprendre aussi bien que moi. Moi aussi, j'ai été jeune comme vous. Je sais ce que c'est que la jeunesse. Et c'est justement votre jeunesse que j'aime en vous. Vous m'êtes sympathique. »

C'était enfin venu. Ni plus tôt ni plus tard, mais juste maintenant, exactement au bon moment. (Ce bon moment, comme on le voit, Edouard ne l'a pas choisi, c'est le moment qui s'est servi d'Edouard pour s'accomplir.) Quand la directrice dit qu'elle le trouvait sympathique, il répondit d'une voix peu expressive :

« Vous aussi, vous m'êtes sympathique.

— Vraiment ?

— Oui.

— Allons donc ! Une vieille femme comme moi », répliqua la directrice.

Edouard ne put que répondre : « Ce n'est pas vrai.

— Mais si », dit la directrice.

Edouard ne put répondre qu'avec beaucoup d'empressement : « Vous n'êtes pas vieille du tout. C'est idiot de dire ça.

— Vous croyez ?

— Bien sûr, vous me plaisez beaucoup.

— Ne mentez pas. Vous savez que vous ne devez pas mentir.

— Je ne mens pas. Vous êtes belle.

— Belle ? fit la directrice avec une moue incrédule.

— Oui, belle, dit Edouard, et comme il redoutait la flagrante invraisemblance de cette affirmation, il s'empressa de l'étayer par des arguments : « Les brunes comme vous, ça me plaît.

— Vous aimez les brunes ? s'enquit la directrice.

— Follement, dit Edouard.

— Et comment se fait-il que vous ne soyez pas venu me voir, depuis que vous êtes à l'école ? J'avais l'impression que vous m'évitiez.

— J'hésitais, dit Edouard. Tout le monde aurait dit que je vous léchais les bottes. Personne n'aurait cru que je venais vous voir uniquement parce que vous me plaisez.

— Vous n'avez plus rien à craindre à présent, dit la directrice. Maintenant, on a *décrété* que nous devons nous voir de temps en temps. »

Elle le regardait dans les yeux avec ses grands iris bruns (reconnaissons qu'ils n'étaient pas sans beauté), et, lorsqu'il prit congé, elle lui caressa légèrement la main, de sorte que cet étourdi la quitta avec une exaltante sensation de victoire.

7

Edouard était persuadé que cette pénible affaire tournait à son avantage, et le dimanche suivant il se rendit à l'église en compagnie d'Alice avec une désin-

voiture effrontée; bien mieux, il avait retrouvé toute
son assurance, car (même si cette idée n'éveille en nous
qu'un sourire de pitié) sa visite chez la directrice lui
fournissait rétrospectivement une preuve éclatante de
son charme viril.

D'ailleurs, ce dimanche-là, en arrivant à l'église, il
constata qu'Alice avait changé : dès qu'ils furent
ensemble, elle lui prit le bras et ne le lâcha plus, même
à l'église; d'ordinaire, elle se montrait discrète et
réservée, mais ce jour-là, elle se retournait de tous
côtés, et elle adressa un signe de tête souriant à une
dizaine d'amis et connaissances.

C'était étrange et Edouard n'y comprenait rien.

Le surlendemain, comme ils se promenaient dans
les rues noires, Edouard constata avec étonnement que
les baisers d'Alice, d'habitude si tristement prosaïques,
étaient devenus soudain humides, chauds, fervents.
Quand il s'arrêta avec elle contre un réverbère, il vit
deux yeux aimants qui le regardaient.

« Je t'aime, si tu veux le savoir », lui dit Alice à
brûle-pourpoint. Et elle lui ferma aussitôt la bouche :
« Non, non, ne dis rien. J'ai honte de moi. Je ne veux
rien entendre. »

Ils firent encore quelques pas, puis ils s'arrêtèrent
et Alice dit : « Je comprends tout, à présent. Je
comprends pourquoi tu me reprochais ma tiédeur. »

Mais Edouard ne comprenait rien et préférait se
taire; ils firent encore quelques pas, et Alice dit : « Et
tu ne m'as rien dit. Pourquoi ne m'as-tu rien dit ?

— Et que voulais-tu que je te dise ? demanda
Edouard.

— Oui, c'est bien toi, dit-elle avec un enthousiasme tranquille. D'autres feraient les fanfarons, mais
toi, tu te tais. Mais c'est justement pour ça que je
t'aime. »

Edouard commençait à comprendre de quoi il
s'agissait, mais il demanda : « De quoi parles-tu ?

— De ce qui t'est arrivé.

— Et comment se fait-il que tu sois au courant ?

— Mais voyons ! Tout le monde est au courant. Ils
t'ont convoqué, ils t'ont menacé et tu leur as ri au nez.
Tu n'as rien renié. Tout le monde t'admire.

— Mais je n'ai parlé de rien à personne.

— Ne sois pas naïf. Une chose comme ça, ça fait
du bruit. Ce n'est pas rien, tout de même. Tu crois que
ça existe encore aujourd'hui, quelqu'un qui ait un peu
de courage ? »

Edouard savait que dans une petite ville le moindre
événement se transforme rapidement en légende, mais
il ne soupçonnait pas qu'une légende pourrait naître
même de ses propres aventures dérisoires, dont il
n'avait jamais surestimé l'importance ; il ne saisissait
pas assez clairement à quel point il faisait l'affaire de
ses concitoyens qui, comme chacun sait, adorent les
martyrs, car ceux-ci les confirment dans leur douce
inaction en leur démontrant que la vie n'offre qu'une
alternative : être livré au bourreau ou obéir. Nul ne
doutait qu'Edouard serait livré au bourreau et tout le
monde colportait la nouvelle avec admiration et satisfaction, de sorte qu'Edouard se trouvait maintenant,
par l'intermédiaire d'Alice, face à la splendide image
de sa propre crucifixion. Il réagit avec sang-froid et

dit : « Bien sûr, je n'ai rien renié. Mais c'est tout naturel. N'importe qui en ferait autant.

— N'importe qui ? s'écria Alice. Regarde autour de toi, la façon dont les gens se conduisent ! Ils sont lâches ! Ils renieraient leur propre mère ! »

Edouard se taisait, et Alice se taisait aussi. Ils marchaient et se tenaient la main. Ensuite, Alice dit à voix basse : « Je ferai n'importe quoi pour toi. »

C'était une phrase comme personne n'en avait encore jamais dit à Edouard ; cette phrase-là, c'était un don du ciel. Certes, Edouard n'ignorait pas que c'était un don immérité, mais il songea que puisque le sort lui refusait les dons qu'il méritait, il avait le droit d'accepter ceux qu'il ne méritait pas. Il dit :

« Personne ne peut plus rien pour moi.

— Comment cela ? chuchota Alice.

— On va me chasser de l'école, et ceux qui parlent de moi comme d'un héros ne remueront pas le petit doigt pour moi. Il n'y a qu'une chose dont je suis certain : pour finir, je serai complètement seul.

— Non, dit Alice en hochant la tête.

— Si, dit Edouard.

— Non, répéta Alice, et elle criait presque.

— Tout le monde m'a abandonné.

— Je ne t'abandonnerai jamais, dit Alice.

— Tu finiras par m'abandonner, toi aussi, dit Edouard tristement.

— Jamais de la vie, dit Alice.

— Non, Alice, dit Edouard. Tu ne m'aimes pas. Tu ne m'as jamais aimé.

— Ce n'est pas vrai, chuchota Alice, et Edouard

constata avec satisfaction qu'elle avait les yeux humides.

— Non, Alice. Ces choses-là se sentent. Tu as toujours été extrêmement froide avec moi. Une femme qui aime ne se conduit pas comme ça. Je le sais. Et maintenant, tu éprouves de la compassion pour moi, parce que tu sais qu'on veut me détruire. Mais tu ne m'aimes pas et je ne veux pas que tu te mettes des idées fausses dans la tête. »

Ils marchaient toujours, se taisaient et se tenaient par la main. Alice pleurait silencieusement, mais soudain elle s'arrêta et dit au milieu de ses sanglots : « Non, ce n'est pas vrai. Tu n'as pas le droit de dire ça. Ce n'est pas vrai.

— Si », dit Edouard, et comme Alice ne cessait de pleurer, il lui proposa d'aller à la campagne le samedi suivant. Dans une jolie vallée, au bord de la rivière, son frère avait un chalet où ils pourraient être seuls.

Alice avait le visage mouillé de larmes, et elle acquiesça en silence.

8

Cela se passait le mardi, et lorsque Edouard fut de nouveau convié chez la directrice, le jeudi suivant, il s'y rendit avec une joviale assurance, car il était absolument persuadé que le charme de sa personne transformerait définitivement toute l'affaire de l'église en petit nuage de fumée. Mais c'est toujours ce qui se passe dans la vie : on s'imagine jouer son rôle dans une certaine pièce, et l'on ne soupçonne pas qu'on vous a discrètement changé les décors, si bien que l'on doit, sans s'en douter, se produire dans un autre spectacle.

Il était assis dans le même fauteuil, en face de la directrice ; entre eux il y avait une table basse où était posée une bouteille de cognac avec deux verres de part et d'autre. Et cette bouteille de cognac était justement ce nouveau décor auquel un homme perspicace et posé eût immédiatement compris qu'il ne s'agissait plus du tout de l'affaire de l'église.

Mais l'innocent Edouard était tellement infatué de lui-même qu'au début il ne se rendit compte de rien. Il participa avec bonne humeur à la conversation préliminaire (sur un thème vague et général), vida le verre qu'on lui avait offert et s'ennuya le plus candidement du monde. Au bout d'une demi-heure ou d'une heure, la directrice fit glisser discrètement la conversation sur des sujets plus personnels ; elle se mit à parler d'elle-même, longuement, et ces paroles devaient camper devant Edouard le personnage dont elle voulait avoir les traits : le personnage d'une femme raisonnable, d'âge mûr, pas très heureuse, mais digne et résignée à son sort, d'une femme qui ne regrettait rien et se félicitait même de ne pas être mariée, car, sans cela, elle ne pourrait sans doute pas goûter pleinement la saveur mûre de son indépendance et les satisfactions de sa vie privée dans son joli

petit appartement où elle était heureuse et où elle
espérait qu'Edouard ne se déplaisait pas.

« Non, dit Edouard. Je suis très bien ici », et il dit
cela d'une voix étranglée, car brusquement il se sentait
mal à l'aise. La bouteille de cognac (qu'il avait impru-
demment demandée lors de sa première visite et qui
était apparue sur la table avec une hâte menaçante), les
quatre murs du studio (qui délimitaient un espace de
plus en plus étroit, de plus en plus clos), le monologue
de la directrice (qui se concentrait sur des thèmes de
plus en plus personnels), son regard (dangereusement
fixé sur lui), tout cela lui faisait peu à peu comprendre
le changement de programme; il se rendit compte qu'il
s'était placé dans une situation dont l'évolution était
inéluctable; et il lui apparut clairement que ce qui
mettait en danger sa carrière, ce n'était pas l'antipathie
de la directrice à son égard, mais, au contraire,
l'antipathie physique qu'il éprouvait pour cette femme
maigre qui avait du duvet sous le nez et qui l'encoura-
geait à boire. Il en avait la gorge serrée.

Il obéit à la directrice et vida son verre, mais, à
présent, l'angoisse était si forte que l'alcool ne lui fit
aucun effet. En revanche, la directrice, qui avait déjà
bu plusieurs verres, avait abandonné pour de bon sa
réserve habituelle, et ses paroles se chargeaient d'une
exaltation presque menaçante : « Il y a une chose que
je vous envie, disait-elle. C'est votre jeunesse. Vous ne
pouvez pas encore savoir ce que c'est que la déception,
la désillusion. Vous voyez encore le monde sous les
couleurs de l'espérance et de la beauté. »

Elle pencha son visage vers le visage d'Edouard,

par-dessus la table basse, et dans un silence mélancolique (avec un sourire figé) elle fixait sur lui des yeux
terriblement grands, et lui, pendant ce temps, il se
disait que s'il ne réussissait pas à se soûler un peu, la
soirée se terminerait pour lui par un terrible fiasco ; il
versa du cognac dans son verre et but rapidement une
longue gorgée.

Et la directrice poursuivait : « Mais je veux le voir
sous les mêmes couleurs, sous les mêmes couleurs que
vous ! » Puis elle se leva de son fauteuil, bomba le torse
et dit : « C'est vrai que je vous suis sympathique ?
C'est vrai ? » Et elle fit le tour de la table et saisit
Edouard par la manche : « C'est vrai ?

— Oui, dit Edouard.

— Venez, nous allons danser », dit-elle. Elle lâcha
la main d'Edouard et s'élança vers le bouton de la
radio, qu'elle manipula jusqu'à ce qu'elle trouve de la
musique de danse. Puis elle se dressa, souriante,
devant Edouard.

Edouard se leva, saisit la directrice et la conduisit à
travers la pièce au rythme de la musique. La directrice
posait tendrement la tête sur son épaule, puis la levait
soudain pour regarder Edouard dans les yeux, puis elle
fredonnait à mi-voix la mélodie.

Edouard était si mal à l'aise qu'il quitta plusieurs
fois la directrice pour boire. Il n'avait pas de plus vif
désir que de mettre fin à l'horreur de cette intermina-
ble déambulation, et en même temps il redoutait cette
fin car l'horreur qui suivrait lui semblait encore pire.
Donc, il continuait de conduire à travers la pièce
étroite la dame qui fredonnait, et ce faisant il guettait

(avec une impatience angoissée) l'effet désiré de
l'alcool. Quand il eut enfin l'impression que ses sens
étaient un peu brouillés par les vapeurs du cognac, il
serra d'une main la directrice contre son corps, et il
lui posa son autre main sur la poitrine.

Oui, il venait de faire le geste dont la seule idée
l'épouvantait depuis le début de la soirée ; je ne sais
pas ce qu'il aurait donné pour ne pas avoir à le faire,
et s'il l'a tout de même fait, croyez-moi, c'est parce
qu'il était vraiment *obligé* de le faire : la situation dans
laquelle il s'était fourvoyé dès le début de la soirée
n'offrait aucune échappatoire ; on pouvait sans doute
en ralentir le cours, mais il était impossible de l'arrêter, de sorte qu'en mettant la main sur le sein de la
directrice, Edouard ne faisait qu'obéir aux injonctions
d'une inéluctable nécessité.

Mais les conséquences de son geste dépassèrent
toutes les prévisions. Comme sur un coup de baguette
magique, la directrice se mit à se tordre entre ses
bras, puis elle pressa contre sa bouche sa lèvre
supérieure velue. Ensuite elle le poussa sur le divan
et, avec des gestes convulsifs et de gros soupirs, elle
lui mordit la lèvre et le bout de la langue, ce qui fit
très mal à Edouard. Après quoi elle s'échappa de ses
bras, lui dit « Attends ! » et courut dans la salle de
bains.

Edouard se lécha le doigt et constata que sa langue
saignait légèrement. La morsure était si douloureuse
que l'ivresse péniblement acquise retomba et qu'il
sentit de nouveau sa gorge se serrer à la pensée de ce
qui l'attendait. Un grand bruit d'eau lui parvenait de

la salle de bains. Il saisit la bouteille de cognac, la porta à ses lèvres et but une longue rasade.

Mais déjà la directrice réapparaissait à la porte, vêtue d'une chemise de nuit transparente (ornée de dentelles sur la poitrine), et elle s'avançait lentement vers Edouard. Elle le prit dans ses bras. Puis elle s'écarta et dit d'un ton de reproche : « Pourquoi es-tu habillé ? »

Edouard retira son veston et, tout en regardant la directrice (qui fixait sur lui ses grands yeux), il ne pouvait penser qu'à une chose, que son corps allait très probablement saboter l'effort de sa volonté. C'est pourquoi, uniquement soucieux de fouetter son désir, il dit d'une voix mal assurée : « Déshabillez-vous complètement. »

D'un mouvement brusque, avec une ferveur docile, elle rejeta la chemise de nuit, révélant une frêle silhouette blanche où l'épaisse toison noire se détachait dans un morne abandon. Elle s'approchait de lui lentement et Edouard comprit avec effroi ce qu'il savait de toute façon déjà : son corps était littéralement paralysé par l'angoisse.

Je sais, messieurs, qu'avec les années vous avez pris l'habitude de ces désobéissances provisoires de votre corps, et que cela ne vous inquiète nullement. Mais, comprenez-vous ? Edouard était jeune en ce temps-là ! Le sabotage de son corps le précipitait à chaque fois dans une incroyable panique, et il le considérait comme un stigmate irrémédiable, qu'il eût pour témoin quelque joli visage, ou une figure aussi laide et comique que la figure de la directrice. Et la directrice n'était plus qu'à un pas de lui, et lui, épouvanté et ne sachant que faire, il dit tout à coup, sans même savoir comment (c'était plutôt le résultat d'une impulsion que d'une manœuvre réfléchie) : « Non, non ! Grand Dieu, non ! C'est un péché, ce serait un péché ! » et il s'écarta d'un bond.

Mais la directrice s'approchait de lui et grommelait : « Comment un péché ? Il n'y a pas de péché ! »

Edouard se réfugia derrière la table à laquelle ils étaient assis quelques instants plus tôt : « Non. Je n'ai pas le droit, je n'ai pas le droit. »

La directrice repoussa le fauteuil qui lui barrait le passage et continua de se rapprocher d'Edouard, sans détacher de lui ses grands yeux noirs : « Il n'y a pas de péché ! Il n'y a pas de péché ! »

Edouard fit le tour de la table, il n'y avait plus derrière lui que le divan ; la directrice était tout près de lui. Il ne pouvait plus échapper, et c'est sans doute le désespoir suprême qui, en cette seconde sans issue, lui fit ordonner à la directrice : « A genoux ! »

Elle le regarda sans comprendre, mais quand, d'une voix désespérée mais ferme, il répéta : « A genoux », elle s'agenouilla devant lui avec ferveur et lui enlaça les jambes.

« Lâche-moi ! cria-t-il. Joins les mains ! »

De nouveau, elle le regarda sans comprendre.

« Joins les mains ! Tu as entendu ? »

Elle joignit les mains.

« Prie ! » ordonna-t-il.

Elle avait les mains jointes et levait sur lui des yeux fervents.

« Prie ! Pour que Dieu nous pardonne ! » cria-t-il.

Elle avait les mains jointes et elle le regardait de ses grands yeux, de sorte qu'Edouard, outre qu'il gagnait un temps précieux, commençait à perdre, dans cette posture où il l'examinait de haut, le pénible sentiment de n'être qu'une proie, et retrouvait son assurance. Il s'écarta pour la voir tout entière, et répéta son ordre : « Prie ! »

Et comme elle continuait de se taire, il lui cria : « A haute voix ! »

Et vraiment : la dame agenouillée, maigre et nue, se mit à réciter : « Notre Père qui es aux cieux, que ton nom soit sanctifié, que ton règne vienne... »

Tout en prononçant les mots de la prière, elle levait les yeux sur lui comme s'il était lui-même Dieu. Il l'observait avec une jouissance croissante : elle était devant lui, la directrice à genoux humiliée par un subordonné ; elle était devant lui, la révolutionnaire nue humiliée par la prière ; elle était devant lui, une femme en prière humiliée par sa nudité.

Cette triple image de l'humiliation le grisait et il se produisit une chose inattendue : son corps mit fin à sa résistance passive ; Edouard banda !

Au moment où la directrice dit : « Mais ne nous soumets pas à la tentation », il se débarrassa à la hâte de tous ses vêtements. Quand elle dit « Amen », il la souleva violemment et la traîna sur le divan.

9

Donc cela, c'était le jeudi et, le samedi, Edouard emmena Alice à la campagne chez son frère. Celui-ci les accueillit aimablement et leur prêta la clef de son chalet.

Les deux amoureux partirent se promener et passèrent tout l'après-midi dans les bois et dans les prés. Ils s'embrassaient et Edouard pouvait constater, de ses mains satisfaites, que la ligne imaginaire tracée à la hauteur du nombril pour séparer la zone de l'innocence de la zone de la fornication avait perdu toute valeur. Son premier mouvement fut de confirmer par des paroles cet événement si longtemps attendu, mais il hésita et comprit qu'il valait mieux se taire.

Il était sans doute bien avisé : la brusque volte-face d'Alice n'avait en effet rien à voir avec l'effort qu'Edouard déployait depuis des semaines pour la convaincre, elle n'avait rien à voir avec l'argumentation *rationnelle* d'Edouard. Au contraire, elle était fondée exclusivement sur la nouvelle du martyre d'Edouard, donc sur une *erreur*, et même entre cette erreur et la conclusion qu'Alice en avait tirée, il n'y avait aucun rapport *logique*; car réfléchissons un instant : pourquoi le fait qu'Edouard était resté fidèle à la foi jusqu'au martyre devait-il inciter Alice à transgresser la loi divine ? Devait-elle trahir Dieu devant Edouard parce qu'Edouard avait refusé de le trahir devant la commission d'enquête ?

Dans ces conditions, la moindre réflexion prononcée à haute voix risquait de révéler à Alice l'incohérence de son attitude. Donc, Edouard faisait bien de se taire, et son mutisme ne fut guère remarqué, car Alice parlait elle-même suffisamment, était gaie et rien n'indiquait que la volte-face qui s'était opérée dans son âme eût été dramatique ou douloureuse.

Quand la nuit fut venue, ils rentrèrent dans le chalet, allumèrent, ouvrirent le lit, s'embrassèrent, et Alice demanda à Edouard d'éteindre. Mais comme la fenêtre laissait entrer la pénombre nocturne, Edouard, à la demande d'Alice, dut également fermer les volets. C'est dans une complète obscurité qu'Alice se dévêtit et se donna à lui.

Il avait attendu ces instants pendant tant de semaines et, chose étrange, maintenant qu'ils s'accomplissaient enfin, leur importance ne répondait pas du tout à la longueur de son attente ; l'acte d'amour avait au contraire, l'air tellement facile et tellement naturel qu'Edouard en était presque distrait et qu'il tentait vainement de chasser les pensées qui lui passaient par la tête : il se représentait ces longues et inutiles semaines pendant lesquelles Alice l'avait tourmenté par sa froideur, il se représentait tous les ennuis qu'elle lui avait causés à l'école, et au lieu de lui être reconnaissant de se donner à lui, il éprouvait une sorte de rancune vindicative. Il s'indignait qu'elle eût trahi, si aisément et sans remords, son Dieu Anti-Fornicateur auquel elle vouait auparavant un culte fanatique ;

il s'indignait qu'aucun désir, aucun événement, aucun bouleversement ne fût en mesure de troubler sa sérénité ; il s'indignait qu'elle vécût tout cela sans déchirement intérieur, sûre d'elle-même et facilement. Et quand il fut sous l'emprise de cette indignation, il s'efforça de l'aimer violemment et rageusement, pour lui arracher un cri, un gémissement, un mot, une plainte, mais il n'y réussit pas. La petite fille était muette et, malgré tous les efforts d'Edouard, leur étreinte s'acheva modestement et en silence.

Ensuite, elle se blottit contre sa poitrine et s'endormit rapidement, tandis qu'Edouard resta longtemps éveillé et se rendit compte qu'il n'éprouvait aucune joie. Il essayait de se représenter Alice (pas son apparence physique mais si possible son être dans son essence) et il comprit subitement qu'il ne la voyait que *diffuse*.

Arrêtons-nous un instant à ce mot : Alice, telle qu'elle lui était apparue jusqu'à présent, était à ses yeux, malgré sa naïveté, un être ferme, aux contours bien dessinés : la belle simplicité de son physique semblait correspondre à la simplicité élémentaire de sa foi, et la simplicité de son destin semblait être la raison de son attitude. Jusque-là, Edouard l'avait considérée comme un être monolithique et cohérent : il avait beau se moquer d'elle, la maudire, la circonvenir par ses ruses, il ne pouvait faire autrement (malgré lui) que la respecter.

Mais voilà que le piège de la fausse nouvelle (ce piège qu'il n'avait pas prémédité) brisait la cohérence de ce personnage, et Edouard se disait que les idées d'Alice n'étaient en réalité qu'une chose *plaquée* sur son destin, et que son destin n'était qu'une chose plaquée sur son corps, et il ne voyait plus en elle que l'assemblage fortuit d'un corps, d'idées et d'une biographie, assemblage inorganique, arbitraire et labile. Il se représentait Alice (qui respirait profondément au creux de son épaule) et il voyait d'un côté son corps et de l'autre ses idées, ce corps lui plaisait, ces idées lui paraissaient ridicules, et ce corps et ces idées ne créaient aucune unité ; il la voyait comme une ligne absorbée dans une feuille de papier buvard : sans contours, sans forme.

Oui, ce corps lui plaisait vraiment. Quand Alice se leva le lendemain matin, il l'obligea à rester nue, et elle qui, la veille encore, avait insisté pour qu'on ferme les volets, car la lueur pâle des étoiles la gênait, oubliait maintenant sa pudeur. Edouard l'examinait (elle sautillait gaiement, à la recherche d'un paquet de thé et de biscottes pour le petit déjeuner), et elle s'aperçut au bout d'un instant qu'il avait l'air soucieux. Elle lui demanda ce qu'il avait. Il lui répondit qu'il devait aller voir son frère après le petit déjeuner.

Comme son frère lui demandait comment ça marchait à l'école, Edouard dit que ça ne marchait pas mal, et son frère lui dit : « Cette Cechackova est une salope, mais il y a longtemps que je lui ai pardonné. Je lui ai pardonné parce qu'elle ne savait pas ce qu'elle faisait. Elle voulait me faire du tort, mais c'est grâce à elle que je suis si heureux. Je gagne mieux ma vie comme agriculteur et le contact avec la nature me sauve du scepticisme auquel succombent les gens des villes.

— Moi aussi, cette bonne femme m'a porté chance », dit Edouard d'un air pensif, et il raconta à son frère qu'il était tombé amoureux d'Alice, qu'il avait feint de croire en Dieu, qu'il avait dû comparaître devant une commission, que cette Cechackova avait voulu le rééduquer et qu'Alice s'était finalement donnée à lui, le prenant pour un martyr. Mais il ne raconta pas jusqu'au bout comment il avait obligé la directrice à réciter le *Pater noster,* car il crut saisir un reproche dans les yeux de son frère. Il se tut et son frère lui dit :

« J'ai sans doute des défauts, mais je suis certain d'une chose. Je n'ai jamais joué la comédie et j'ai toujours dit aux gens ce que je pensais, en face. »

Edouard aimait bien son frère et sa désapprobation le blessait. Il voulut se justifier et ils commencèrent à se disputer. Pour finir, Edouard dit :

« Je sais que tu as toujours été un type droit et que tu en es fier. Mais pose-toi une question : *Pourquoi* dire la vérité ? Qu'est-ce qui nous y oblige ? Et pourquoi faut-il considérer la sincérité comme une vertu ? Suppose que tu rencontres un fou qui affirme qu'il est un poisson et que nous sommes tous des poissons. Vas-tu te disputer avec lui ? Vas-tu te déshabiller devant lui pour lui montrer que tu n'as pas de nageoires ? Vas-tu lui dire en face ce que tu penses ? Eh bien, dis-moi ! »

Son frère se taisait, et Edouard poursuivit : « Si tu ne lui disais que la vérité, que ce que tu penses vraiment de lui, ça voudrait dire que tu consens à avoir une discussion sérieuse avec un fou et que tu es toi-même fou. C'est exactement la même chose avec le

monde qui nous entoure. Si tu t'obstinais à lui dire la
vérité en face, ça voudrait dire que tu le prends au
sérieux. Et prendre au sérieux quelque chose d'aussi
peu sérieux, c'est perdre soi-même tout son sérieux.
Moi, je *dois* mentir pour ne pas prendre au sérieux des
fous et ne pas devenir moi-même fou. »

10

Le dimanche s'achevait et les deux amoureux
prirent le chemin du retour ; ils étaient seuls dans le
compartiment (de nouveau la petite fille babillait
joyeusement) et Edouard se souvenait comme il s'était
réjoui, tout récemment encore, à l'idée qu'il pourrait
trouver dans le personnage *facultatif* d'Alice un sérieux
que ses obligations ne pourraient jamais lui procurer,
et il comprenait avec tristesse (les roues frappaient
idylliquement les joints des rails) que l'aventure amoureuse qu'il venait de vivre avec Alice était dérisoire,
faite de hasards et d'erreurs, dépourvue de sérieux et
de sens ; il écoutait les paroles d'Alice, il voyait ses
gestes (elle pressait sa main), et il se disait que c'étaient
des signes sans signification, des billets de banque sans
couverture, des poids en papier, qu'il ne pouvait pas
leur accorder plus de valeur que Dieu ne pouvait en
accorder à la prière de la directrice nue ; et il se dit tout
à coup que tous les gens qu'il côtoyait dans cette ville

n'étaient en réalité que des lignes absorbées dans une
feuille de papier buvard, des êtres aux attitudes
interchangeables, des créatures sans substance solide ;
mais ce qui était pire, ce qui était bien pire (se dit-il
ensuite), c'est qu'il n'était lui-même que l'ombre de
tous ces personnages-ombres, car il épuisait toutes les
ressources de son intelligence dans le seul dessein de
s'adapter à eux et de les imiter, et il avait beau les
imiter avec un rire intérieur, sans les prendre au
sérieux, il avait beau s'efforcer par là de les ridiculiser
en secret (et de justifier ainsi son effort d'adaptation),
cela ne changeait rien, car une imitation, même
malveillante, est encore une imitation, même une
ombre qui ricane est encore une ombre, une chose
seconde, dérivée, misérable.

C'était humiliant, terriblement humiliant. Les
roues frappaient idylliquement les joints des rails (la
petite fille babillait) et Edouard dit :

« Alice, es-tu heureuse ?

— Oui, dit Alice.

— Moi, je suis désespéré, dit Edouard.

— Tu es fou ? dit Alice.

— Nous n'aurions pas dû faire ça. Il ne fallait pas.

— Qu'est-ce qui te prend ? C'est toi qui as voulu !

— Oui, dit Edouard. Mais c'est ma plus grande
faute, que Dieu ne me pardonnera pas. C'était un
péché, Alice.

— Je t'en prie, qu'est-ce qui t'arrive ? dit calme-
ment la jeune fille. Tu ne faisais toi-même que répéter
que Dieu veut l'amour, d'abord l'amour ! »

Quand Edouard constata qu'Alice s'était tranquil-

lement approprié le sophisme théologique qui lui était
d'un si faible secours, récemment encore, dans son
difficile combat, il vit rouge : « Je t'ai dit cela pour te
mettre à l'épreuve. Maintenant je sais comme tu es
fidèle à Dieu ! Mais qui est capable de trahir Dieu, est
cent fois plus capable de trahir un homme ! »

Alice trouvait toujours de nouvelles réponses toutes
prêtes, mais elle eût été bien avisée de n'en pas trouver,
car ces réponses ne faisaient qu'attiser la colère vengeresse d'Edouard. Edouard parla longuement et il parla
tant et si bien (il employa les mots *nausée* et *dégoût
physique*) qu'il finit par arracher à ce paisible et tendre
visage (enfin !) un sanglot, des larmes et un gémissement.

« Adieu », lui dit-il à la gare, et il la laissa en
larmes. Quand il fut de retour chez lui, ce ne fut qu'au
bout de plusieurs heures, et quand cette étrange colère
fut enfin apaisée, qu'il comprit toutes les conséquences
de ce qu'il venait de faire : il se représentait ce corps
qui, ce matin encore, gambadait tout nu devant lui, et
quand il se dit que ce beau corps il l'avait lui-même et
volontairement chassé, il se traita d'imbécile et il eut
envie de se gifler.

Mais ce qui était fait était fait, et on ne pouvait plus
rien y changer.

Je dois d'ailleurs ajouter, pour être fidèle à la
vérité, que, si l'idée de ce beau corps qui lui échappait
causait à Edouard une certaine tristesse, c'était une
perte dont il prit assez vite son parti. Peu après son
arrivée dans la petite ville, il avait souffert du manque
d'amour physique, mais ce fut une pénurie toute

provisoire. Edouard n'avait plus à souffrir de cette
pénurie-là. Une fois par semaine il allait voir la
directrice (l'habitude avait délivré son corps des
angoisses du début), et il avait décidé qu'il irait chez
elle régulièrement tant que les choses ne seraient pas
définitivement éclaircies à l'école. En plus, il tentait
avec un succès croissant de séduire diverses femmes
et jeunes filles. Ce qui fait qu'il appréciait bien
davantage les moments où il était seul, et il se mit à
aimer les promenades solitaires dont il profitait parfois (veuillez consacrer encore un peu d'attention à
ce détail) pour faire un tour à l'église.

Non, soyez sans crainte, Edouard n'a pas trouvé
la foi. Je n'ai pas l'intention de couronner mon récit
par un paradoxe aussi flagrant. Mais tout en étant
presque certain que Dieu n'existe pas, Edouard
tourne volontiers dans sa tête, et avec nostalgie,
l'idée de Dieu.

Dieu c'est l'essence même, tandis qu'Edouard (et
il s'est écoulé plusieurs années depuis ses aventures
avec Alice et avec la directrice) n'a jamais rien trouvé
d'essentiel ni dans ses amours, ni dans son métier, ni
dans ses idées. Il est trop honnête pour admettre
qu'il trouve l'essentiel dans l'inessentiel, mais il est
trop faible pour ne pas désirer secrètement l'essentiel.

Ah, mesdames et messieurs, comme il est triste
de vivre quand on ne peut rien prendre au sérieux,
rien ni personne!

C'est pourquoi Edouard éprouve le désir de
Dieu, car seul Dieu est dispensé de l'obligation de

paraître et peut se contenter d'*être*; car lui seul constitue (lui seul, unique et non existant) l'antithèse essentielle de ce monde d'autant plus existant qu'il est inessentiel.

Donc, Edouard vient de temps à autre s'asseoir à l'église et lève vers la coupole des yeux rêveurs. C'est à un tel moment que nous prendrons congé de lui : l'après-midi s'achève, l'église est silencieuse et déserte, Edouard est assis sur un banc de bois et il se sent triste à l'idée que Dieu n'existe pas. Mais en cet instant, sa tristesse est si grande qu'il voit émerger soudain de sa profondeur le visage réel et *vivant* de Dieu. Regardez ! C'est vrai ! Edouard sourit ! Il sourit et son sourire est heureux...

Gardez-le dans votre mémoire, s'il vous plaît, avec ce sourire.

Ecrit en Bohême
entre 1959 et 1968.

COLLECTION FOLIO

Dernières parutions

Impression Bussière à Saint-Amand (Cher),
le 24 janvier 1990.
Dépôt légal : janvier 1990.
1er dépôt légal dans la collection : avril 1986.
Numéro d'imprimeur : 201.

ISBN 2-07-037702-4./Imprimé en France.